Lily e Dunkin

DONNA GEPHART

Lily & Dunkin

TRADUÇÃO
Marcia Men

SÃO PAULO, 2016

Lily e Dunkin
Lily and Dunkin
Copyright © 2016 by Donna Gephart
Copyright © 2016 by Novo Século Editora Ltda.

COORDENAÇÃO EDITORIAL
Vitor Donofrio

EDITORIAL
Giovanna Petrólio
João Paulo Putini
Nair Ferraz
Vitor Donofrio

TRADUÇÃO
Marcia Men

PREPARAÇÃO
Equipe Novo Século

REVISÃO
Gabriel Patez Silva

GERENTE DE AQUISIÇÕES
Renata de Mello do Vale

ASSISTENTE DE AQUISIÇÕES
Acácio Alves

ILUSTRAÇÃO DE CAPA
Alexandre Santos

PROJETO GRÁFICO, DIAGRAMAÇÃO E CAPA
João Paulo Putini

Texto de acordo com as normas do Novo Acordo Ortográfico da Língua Portuguesa (1990), em vigor desde 1º de janeiro de 2009.

Dados Internacionais de Catalogação na Publicação (CIP)
Angélica Ilacqua CRB-8/7057

Gephart, Donna
Lily e Dunkin
Donna Gephart; tradução de Marcia Men.
Barueri, SP: Novo Século Editora, 2016.

Título original: Lily and Dunkin

1. Literatura norte-americana 2. Homossexualidade
I. Título II. Men, Marcia.

16-0858   CDD-813

Índice para catálogo sistemático:
1. Literatura norte-americana 813

NOVO SÉCULO EDITORA LTDA.
Alameda Araguaia, 2190 – Bloco A – 11º andar – Conjunto 1111
CEP 06455-000 – Alphaville Industrial, Barueri – SP – Brasil
Tel.: (11) 3699-7107 | Fax: (11) 3699-7323
www.novoseculo.com.br | atendimento@novoseculo.com.br

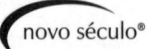

*Em memória de Leelah Alcorn
(15/11/97 – 28/12/14),
cuja vida e morte
nos mostram a necessidade urgente de empatia,
compreensão e bondade.
E ao nosso filho, Andrew...
Porque eu prometi.*

*Não é possível fazer uma bondade cedo demais,
pois nunca se sabe quando será tarde demais.*
RALPH WALDO EMERSON

Árvore genealógica de Lily

- Bob McGrother
- Ruth McGrother
- Gary McGrother
- Ellie McGrother
- Sarah McGrother
- **Lily Jo McGrother** (*Timothy James McGrother*)
- Almôndega McGrother (*cachorro*)

ÁRVORE GENEALÓGICA DE DUNKIN

- Bubbie Bernice
  - Gail Dorfman
- Doug Dorfman
  - **Dunkin Dorfman** (*nascido Norbert Dorfman*)

Menina

Lily Jo não é o meu nome. Ainda.

Mas estou trabalhando nisso.

É por isso que estou no armário. Literalmente dentro do closet da minha mãe, com Almôndega me seguindo.

Eu coço embaixo do queixo de Almôndega, e sua minúscula língua rosada escapa pela lateral da boca. Ele é assim, adorável.

– Ensaio – digo a Almôndega. – Só mais seis dias até as aulas começarem.

Eu tenho que fazer isso. Mas não posso. Tenho que. Não posso. Eu quase sinto minha melhor amiga (certo, minha única amiga), Dare, me empurrar na direção do vestido.

Pensar em meu plano para o primeiro dia da oitava série[*] faz meu estômago se contorcer, como se eu tivesse me jogado do topo de uma montanha-russa na Universal Studios. Tenho certeza de que não há nenhuma outra pessoa que frequente a Gator Lake Middle que esteja lidando com a mesma coisa que eu, provavelmente nenhuma outra pessoa em todo o estado da Flórida. Estatisticamente, eu sei que não é verdade, porque busquei muitas informações na internet, mas às vezes é como eu me sinto.

Almôndega está balançando o curto rabo com tanta força que chacoalha o corpo inteiro. Eu queria que o mundo fosse feito só de cães. Eles o amam cem por cento do tempo, não importa o que aconteça.

– Eu tenho uma piada para você – digo a Almôndega, enquanto retiro um cabide da arara. – Passado, presente e futuro entram em um bar.

Eu examino o tecido vermelho de verão. A estampa de minúsculas flores brancas. Eu me lembro de que estava com a mamãe quando ela comprou esse vestido.

– Está pronto para o gancho da piada?

Almôndega levanta os grandes olhos castanhos para mim, os pelos escuros caindo sobre eles.

---

[*] A oitava série, nos Estados Unidos, corresponde atualmente ao nono ano, no Brasil. (N.E.)

– Levou um tempo.

Silêncio.

Segurando o vestido junto ao peito, eu digo:

– Passado, presente e futuro entram em um bar. Levou um tempo. Entendeu?

Almôndega inclina a cabeça, como se estivesse fazendo força para entender. Eu coço o queixo dele, para que saiba que é um bom garoto e eu sou uma tonta por contar uma piada gramática para um animal.

Em seguida, me concentro no vestido.

– São lírios do vale – disse mamãe, apontando para as flores enquanto estávamos na loja. Ela segurou o vestido contra a bochecha por um instante. – Essas eram minhas flores favoritas quando eu era pequena em Burlington, Nova Jersey. Nós tínhamos algumas plantadas no jardim na frente da nossa casa, perto dos pés de azaleia rosa. Era uma delícia aquele cheiro!

Eu cheiro as flores agora, como se os pequeninos botões em formato de sino pudessem exalar algum outro cheiro que não o de um vestido.

– Estou contente que papai esteja na Publix – digo a Almôndega. – E mamãe em seu estúdio. Isso me dá tempo para colocar a primeira parte do meu plano em ação. A parte de praticar.

Parte de mim está tão empolgada que eu podia até explodir. É bom estar finalmente fazendo isso. A outra parte – na qual as vozes das outras pessoas se misturam no meu cérebro – está apavorada. Empolgada. Apavorada. É, essas são as palavras corretas.

Eu tiro o pijama e deixo o vestido deslizar por cima da minha cabeça e sobre meu corpo. O forro sedoso é macio e suave contra minha pele. É difícil alcançar o zíper nas costas. Eu cogito ir até o quarto de Sarah e pedir ajuda, mas resolvo fazer isso sozinha, apesar de saber que ela me ajudaria.

Quando eu era pequena, experimentei um dos vestidos velhos da Sarah e adorei a sensação. Como *eu* me sentia nele. Quando mamãe chegou em casa do trabalho naquele dia, ela riu e me fez girar e girar. Até papai riu. Naquela época.

– O que você acha? – pergunto a Almôndega enquanto giro, sentindo a saia do vestido subir um pouco, depois cair contra as minhas pernas.

Almôndega late.

— Vou considerar isso uma aprovação.

Ele torna a latir.

— Ou talvez você precise ir fazer xixi.

Coloco as sandálias da mamãe, mal acreditando que meus pés cresceram até o tamanho dos dela, mas é verdade.

No espelho de corpo inteiro, eu observo a parte de cima do vestido, está frouxa. Se ao menos eu tivesse algo ali para encher o vestido, como mamãe e Sarah têm... Penso em pegar um dos sutiãs de mamãe e enchê-lo de meias, para ver como ficaria. Qual seria a sensação.

Uma buzina de carro despedaça meus pensamentos.

Almôndega late.

Pegando-o e ajeitando-o debaixo do braço, eu coloco meu rosto perto do dele.

— Venha. Vamos ajudar o papai a descarregar as compras e trazê-las para dentro.

Ele lambe o meu nariz.

— Ai, Almôndega, seu hálito é horrível!

Ele se aninha em meu braço.

— Mas seu coração é tão bom! — Eu beijo o topo da cabeça dele. — Espero que papai tenha se lembrado dos Pop-Tarts. O café da manhã dos campeões.

Enquanto corremos escada abaixo, eu escuto a porta do quarto de Sarah se abrir atrás de mim. Quando chegamos lá embaixo, eu solto Almôndega, em seguida corro até a porta da frente e a escancaro.

Papai está abaixado, pegando sacolas de compras no porta-malas do carro. Eu desço pela entrada de casa para ajudar. O dia está tão claro e ensolarado que preciso proteger os olhos com o antebraço, mas posso distinguir a parte de trás da camiseta do papai: *Os Reis da Crise*. Dou risada, percebendo que provavelmente deveria estar escrito *Os Reis do Crime*, o nome de uma das equipes de boliche locais. Papai e a mãe dele, vovó Ruth, têm uma estamparia – Te Damos Cobertura – e às vezes as encomendas dão problema.

Como papai detesta desperdiçar qualquer coisa, todos nós acabamos tendo que usar os enganos dele. Meu favorito foi quando um grupo de idosos encomendou camisetas, com as palavras *Velhinhos Sarados*, para que todos do grupo usassem nas férias que tirariam em breve. Papai se atrapalhou nas letras, e as camisetas acabaram como *Velhinhos Tarados*. Ele teve que refazer a encomenda toda. Mas as camisetas acabaram sendo jogadas fora, papai disse que de jeito nenhum um de nós usaria esses refugos. É engraçado como algo tão pequeno pode fazer tanta diferença no significado.

Vovô Bob, que fundou a empresa com a vovó Ruth há mais ou menos um milhão de anos, costumava dizer: "As palavras têm o poder de mudar o mundo. Use-as com cuidado".

Depois de dois anos de sua ausência, ainda sinto a falta dele e de suas palavras sábias.

Estou estendendo a mão para ajudar quando papai se vira para mim, com ambos os braços cheios de sacolas de compras.

Eu prendo o fôlego, torcendo para que papai compreenda o quanto isso significa para mim. Torcendo para que, dessa vez, seja diferente, que...

– Timothy! Que diabos você está fazendo?

Eu murcho como um balão furado. *Praticando, papai. Estou praticando ser eu mesma.*

– Você conhece as regras – diz ele, soltando um suspiro dramático. – Não pode sair de casa vestido assim. – Papai reequilibra as sacolas nas mãos. – Onde está a sua mãe?

Eu deixo meus braços caírem ao lado do corpo, frouxos. Eu não teria energia para carregar as compras para dentro agora, nem se quisesse. E certamente não tenho energia para responder à pergunta de papai. Ele deveria saber que mamãe está em seu estúdio de ioga. Não é tarefa minha relembrá-lo da agenda dela.

– Volte para dentro de casa, Tim. – Papai soa como se o ar tivesse vazado dele também. Odeio ter sido eu a causa disso. – E se um de seus colegas de classe o vir? Imagine o quanto eles vão tirar sarro de você quando as aulas começarem. Para dentro. Agora.

Eles já tiram sarro de mim, pai.

Ele olha ao nosso redor.

– Alguém está vindo. Vá logo.

Eu olho para a calçada. Alguém está vindo, mesmo. Um menino, carregando uma sacola do Dunkin' Donuts e balançando-se com alguma música que só ele pode ouvir. Eu adoro o jeito como ele parece não ligar para sua aparência, caminhando e dançando assim. Ele poderia estar em um comercial do Dunkin' Donuts: "Menino feliz, carregando donuts". Eu queria me sentir feliz assim. Eu queria...

– Vá! – insiste papai.

Eu deveria voltar para dentro. Facilitar as coisas para papai. Facilitar para mim mesma.

Mas não volto.

O menino se aproxima da nossa casa. Ele tem mais ou menos a minha idade. Alto. Cabelos escuros e cacheados, meio parecidos com a pelagem do Almôndega. Calças grossas demais para esse calor de verão.

O rosto do papai está vermelho-vivo agora. Ele está respirando forte pelas narinas, como um touro. Eu queria que *ele* fosse para dentro e me deixasse sozinha, mas ele fica ali de pé, o suor encharcando as axilas de sua camiseta de refugo.

Cada molécula em meu corpo diz para eu me mover, mas eu me forço a esperar mais alguns segundos. Dare ficaria tão orgulhosa de mim! Mas ela não está aqui. Olho para trás e vejo Sarah na porta – esguia, graciosa, com os ombros para trás e os cabelos vermelhos longos e soltos –, Almôndega aos pés dela, o rabo curto balançando. Posso ver pela expressão nos olhos de Sarah que ela está torcendo por mim, esperando para ver o que eu vou fazer. Para ver o que papai vai fazer. *Ensaio*, digo para mim mesma. *Isso é um ensaio.* E coloco meus ombros para trás também.

– Timothy McGrother – diz meu pai, baixinho. – Se você quer vestir *isso aí...* – ele empina o queixo na direção do lindo vestido de mamãe com nojo – vai ter que fazer dentro de casa. E não aqui fora. – Ele olha para o garoto alto com as calças grossas, que está muito mais perto agora. – Você... está... entendendo?

Meu coração dispara.

Sarah sai, vestindo uma saia, regata e sandálias. Ninguém grita para ela voltar para dentro. Nenhum alarme soa quando ela sai usando uma saia. Ninguém se preocupa que os vizinhos, no bairro perfeitamente elegante de Beckford Palms Estates, a vejam. Ninguém está com vergonha... dela.

– Agora! – explode papai, tenso por causa dos sacos de compras que está carregando e por sua frustração comigo.

– Estou indo – digo. – É só que...

– Depressa, Tim!

Papai parece mais em pânico do que zangado, então eu me viro para entrar. Mas aí me viro de novo, porque aquele garoto, que eu nunca tinha visto por aqui antes, está na calçada, passando bem na frente da nossa casa. Eu quase posso ouvir minha amiga Dare gritando dentro da minha cabeça: *Diga oi pra ele, idiota!*

Ensaio, digo para mim mesma. *Diga oi, idiota. Ensaie. Oi, idiota.*

Eu levanto o braço e aceno, totalmente ciente de que estou usando o vestido vermelho da minha mãe e suas sandálias brancas. *Oi, idiota.*

Pelo canto do olho, eu vejo a veia na têmpora de papai latejar.

O garoto repara em mim acenando. Ele para de se balançar e olha na minha direção, surpreso. *O que ele vê? Uma menina presa no corpo de um menino ou um menino enfiado em um vestido de menina? Provavelmente a segunda opção.* Eu espero as feições dele se contorcerem em uma expressão de pura repugnância. Minha mente repassa todas as maneiras como isso pode dar terrivelmente errado. Na frente do papai. *O que eu estava pensando?*

Porém, o garoto sorri. Para mim. Do lado de fora, em plena luz do sol, enquanto eu estou usando o vestido e as sandálias da mamãe. Talvez ele pense que eu sou uma garota. *Eu sou uma garota.* Infelizmente, nem todo mundo entende isso ainda.

Aí o garoto acena de volta, com a mão em que segura a sacola do Dunkin'. Eu amo aquela sacola, oficialmente. E, se não estou enganada, ele caminha com mais balanço no andar quando prossegue. *Será que isso é por minha causa ou será a música que ele está ouvindo?*

– Está feliz agora? – pergunta papai. A voz dele soa derrotada. – Por favor, saia da frente. Essas sacolas estão acabando com os meus braços.

Eu desfilo de volta pelo caminho da entrada de casa até minha irmã, que assistiu à cena e também está sorrindo.

– Não se preocupe – Sarah sussurra no meu ouvido. – Eu pego o restante das compras. – Em seguida, ela acrescenta: – Ele é bonitinho, não é?

E meu coração palpita.

Eu amo a minha irmã.

Não consigo tirar o sorriso da minha cara, apesar de saber que papai está triste e zangado, e muito desapontado. Por causa daquele menino do Dunkin' Donuts, eu sinto que meu primeiro ensaio foi muito bem.

Papai larga as sacolas de compra no balcão da cozinha com tanta força que eu fico preocupada se os potes de vidro que ouço baterem contra o balcão podem se quebrar. Mas não fico por ali para descobrir se quebraram, nem mesmo para conferir se ele se lembrou dos Pop-Tarts.

Lá em cima, no meu quarto, deitada de lado sobre o feioso edredom marrom, com Almôndega aninhado atrás dos meus joelhos, eu aliso as florezinhas no vestido da mamãe várias e várias vezes.

O menino do Dunkin' Donuts sorriu quando me viu.

Eu.

Lily Jo McGrother.

Menina.

MENINO

Norbert não é um nome normal. Eu faria qualquer coisa para trocar esse nome por algo menos digno de zombaria.

Mas papai me deu o nome de seu pai e de seu avô. *Papai. Não pense nele.*

Como se eu conseguisse frear meu cérebro. Minha mente é como uma pista de corrida multinível, com dúzias de carros chispando em direções diferentes. Para interromper tanta atividade mental, seria necessário algo drástico, como ser atropelado por uma carreta.

Eu atravesso a rua que sai de Beckford Palms Estates, onde estou ficando com Bubbie, para o mundo real de casas menores e shopping centers com mercadinhos Publix. E calor. Calor úmido, grudento. Mas nenhuma carreta. Na verdade, praticamente nenhum tráfego. Em Nova Jersey, de onde eu venho, você carrega sua vida nas mãos quando atravessa uma rua desse tamanho.

A salvo no lado oposto, eu tento lembrar para que lado fica o Dunkin' Donuts. Faz muito tempo desde a última vez que estive aqui, visitando Bubbie Bernice, e naquela época minha mãe nos levava ao Dunkin', então eu não prestava atenção para que lado ela ia. *Eu trocaria meu nome para o quê? Thaddeus? Pretensioso. Mark? Chato. Phineas? Já estão usando.* Isso me faz sorrir. O velho e bom Phineas. Não posso acreditar que tive que deixá-lo para trás quando nos mudamos para a Flórida. Deixar meu amigo Phineas foi uma das coisas mais difíceis quando saí de Nova Jersey e me mudei para cá.

Mas não *a* coisa mais difícil.

Não pense nisso!

Ninguém aqui me conhece como Norbert. Talvez eu possa mudar meu nome antes que as aulas comecem. Vou pedir à mamãe.

Não posso acreditar que as aulas começam em apenas seis dias. Vou ter que comprar roupas. Eu queria que eles exigissem uniforme, assim ao menos eu saberia o que todo mundo estaria usando. Será que a moda aqui na Flórida é a mesma que em Nova Jersey? Queria que Phin estivesse aqui. Ele saberia o que eu deveria usar. Ele é muito bom em saber esse tipo de coisa – o que é descolado e o que é brega.

Mesmo sem Phin aqui para me dizer, é óbvio que o que estou vestindo agora é superbrega. Está fazendo um milhão de graus lá fora, e eu estou suando em lugares que não sabia que era possível suar – como atrás dos joelhos, por exemplo –, porque estou de calças de veludo cotelê. Que pessoa em juízo perfeito usa calças de veludo cotelê em agosto no sul da Flórida? Mas quando me dei conta de como estava calor, eu não quis voltar para casa para me trocar. Mamãe estava chorando quando eu saí, e Bubbie afagava sua mão e fazia chá. Quando mamãe chora com essa intensidade, eu fico preocupado com papai, pois acho que talvez ele não vá ficar bem. Eu não posso pensar negativamente, então tive que sair. E ficar fora por algum tempo, mesmo com as calças de veludo derretendo minhas pernas e tudo o mais.

Antes de eu deixar Nova Jersey, Phin me disse que eu precisava ser incansavelmente positivo. Então é isso o que vou fazer. Papai vai ficar bem. Papai vai ficar bem. Papai vai ficar...

Pare. De. Pensar. Nisso.

Para acalmar meu cérebro enquanto ando, enfio os fones de ouvido e aumento o volume na música que Phineas escolheu para mim da última vez que a gente ficou de bobeira juntos. Ele disse que escolheu apenas músicas animadas, porque sabia que eu precisaria delas. E aqui estou eu, no sul da Flórida, mais quente que o Hades, precisando delas.

Espero encontrar alguém com quem me sentar durante o intervalo na Gator Lake Middle – minha nova escola. Nós passamos de carro por ela ontem. Tem quadras de basquete e de corrida atrás do prédio térreo e um laguinho. Eu me pergunto se há aligátores naquele lago. Provavelmente. Deve ser por isso que se chama Gator Lake Middle.

Bubbie me disse que aligátores podem ficar em qualquer massa de água que não seja uma piscina ou o mar. Eu não acreditei nela, então fui pesquisar sobre a Flórida. Ela tem razão sobre os aligátores. Mas aposto que ela não sabia que a estimativa é que há 1,3 milhão de aligátores na Flórida.

Se você pensar a respeito – e eu pensei –, existem pelo menos seis modos de morrer no sul da Flórida: devorado por um aligátor, mordido por uma cobra venenosa (há seis variedades de cobras venenosas na Flórida), atingido por um raio (o sul da Flórida é a capital da queda de raios nos Estados Unidos), furacão, enchente e até mesmo mordido por formigas, se você encontrar um número suficiente delas.

Eu não queria ter me mudado para o sul da Flórida. Há muitas formas de morrer aqui.

Eu não quero morrer. Eu não quero...
Pare! Você não vai morrer aqui no sul da Flórida.
Mas poderia acontecer. Poderia acontecer em qualquer lugar.

Às vezes, eu queria que existisse um interruptor para desligar os meus pensamentos, tão rápidos como carros de corrida.

Eu caminho mais rápido, com passadas extralongas para combinar com as batidas do meu coração, apesar de não saber para onde estou indo.

Porém, tenho certeza de que, se caminhar o bastante, vou encontrar um Dunkin' Donuts. Há uma loja em qualquer esquina.

Eu subo por uma rua e desço por outra, enxugando o suor da testa e acima da boca, desejando estar vestindo shorts em vez dessas calças compridas de veludo cotelê, desejando que Phin estivesse aqui, desejando...

Pare!

Quando vejo a placa do Dunkin' Donuts, uma onda de alívio me envolve. Eu preciso de um café gelado e um donut antes que desmaie. Cafeína e açúcar. O café da manhã dos campeões. Talvez dois donuts e um café gelado bem grande. Talvez dois cafés.

No entanto, só tenho dinheiro para um café gelado e dois donuts, então é isso o que eu compro.

Depois de acrescentar vários saquinhos de açúcar ao café e tomá-lo de uma virada, resolvo guardar os donuts até chegar em casa. Vou precisar de algo que me ajude a suportar esse dia.

A cafeína me dá uma excitação boa, e eu me sinto bem. Muito bem mesmo. Estou meio dançando, meio caminhando de volta a Beckford

Palms Estates, o que é maluco, se você pensar em todas as coisas erradas em minha vida.

Quando passo pela grande fonte na entrada e atravesso a grande entrada para pedestres em Beckford Palms Estates, acho estranho que não haja ninguém do lado de fora. Eu caminho dançando por um gramado perfeito após o outro e não vejo uma única pessoa. Nem um casal, falando nisso. Ha! Ha! Phineas teria achado graça.

Parece que estou no cenário de um programa de TV, um *reality show*. Talvez esteja. E se houver câmeras em todo lugar e nada disso for real? E se as pessoas estiverem nos assistindo o tempo todo? Eu paro de caminhar em movimentos dançantes, só para prevenir. É claro, gente esperta está provavelmente aproveitando o ar-condicionado, trabalhando, assistindo à TV ou sendo mordida por um batalhão de formigas-de-fogo ou seja lá o que for que as pessoas no sul da Flórida fazem quando faz um milhão de graus centígrados lá fora. Percebo que muito provavelmente não estou em um *reality show*, o que é um grande alívio. Assim, volto a me balançar ao som da música animada que inunda meu cérebro com felicidade através dos fones de ouvido.

Dou uma espiada adiante e vejo um cara tirando compras do porta-malas do carro.

Vida! Existe vida real aqui em Beckford Palms Estates.

Uma garota corre pela entrada da casa até ele. Provavelmente o cara é o pai dela. Eu queria que ele fosse o meu pai. Sei que isso é bobo, mas, se ele fosse o meu pai, minha vida definitivamente seria diferente. Mais fácil. Infinitamente melhor.

Pare de pensar.

Mas ele não é. Ele é o pai dela, e ela provavelmente não se dá conta de como é sortuda. O que meio que me faz não gostar dela, apesar de não conhecê-la.

A garota acena. Para mim! Ela está usando um vestido vermelho que é uma gracinha. De súbito, minha opinião muda e eu gosto dela.

Não consigo evitar um sorriso.

Tenho certeza de que pareço um completo idiota, usando calças grossas no verão e suando feito uma cachoeira, mas ela não parece se importar. Ela tem os olhos azuis mais lindos que já vi. Olhos incríveis, como uma piscina brilhante na qual eu quero mergulhar.

OQPF? O que Phineas faria?

Ele acenaria de volta, é claro. Simples. Perfeito. Óbvio. *Apenas acene de volta, seu tonto.*

Então é o que eu faço. Só que eu aceno com a mão que segura o saco do Dunkin' Donuts, porque eu sou assim, jeitoso.

Mas a garota sorri. A garota de olhos azuis com o bonito vestido vermelho sorri. Para mim.

Faço uma anotação mental do número da casa dela – Lilac Lane, 1205 – e sigo em frente.

Talvez Beckford Palms não vá ser o pior lugar do mundo.

E aí eu me lembro do motivo pelo qual estamos aqui. Lembro-me de onde meu pai está. Por que mamãe estava chorando quando eu saí de casa.

E, eu sei, com certeza, que vai ser o pior, sim.

NÓS DOIS

No instante em que atravesso o saguão e entro na casa de Bubbie Bernice, meu suor se transforma em cristais de gelo, até na parte de trás dos joelhos. Aqui dentro parece um iglu – um iglu gigante, com cinco quartos e seis banheiros e um enorme salão para exercícios. Cruzo os braços sobre o peito e estremeço.

Mamãe está na cozinha, sentada à mesa redonda, perto das portas de vidro deslizantes que levam até a piscina. As pálpebras dela estão rosadas e inchadas, mas pelo menos ela parou de chorar. Eu me preocupo com ela. Tem estado triste demais ultimamente. Espero que ela saia dessa logo.

Mamãe olha para o saquinho do Dunkin' Donuts.

– O café da manhã dos campeões... – comento, sem graça, enquanto deslizo para uma cadeira perto dela.

Ela inclina a cabeça, e seus cachos longos e castanhos caem para o lado.

– Como você está, Norbert? – Ela aperta minha mão. – De verdade?

Como é que eu estou? Faço um rápido inventário de meu cérebro. Eu me sinto exausto por tudo o que vem acontecendo. Mas ainda sinto uma agitação em meu estômago porque aquela garota sorriu para mim. *Exausto. Empolgado. Exausto. Empolgado.* Parte de mim quer se levantar de um salto e fazer alguma coisa. Outra parte quer tirar uma longa soneca em um quarto frio e escuro. *Como é que eu explico isso tudo à mamãe?*

Dou de ombros.

– Onde está Bubbie Bernice?

– Ela saiu para uma corrida de dez quilômetros, coisa rápida.

Dez quilômetros, coisa rápida? Baixo o olhar para mim mesmo. Minha barriga está um pouco protuberante, talvez levemente acima de um pouco, mas eu sou alto, então não tem problema. Certo?

– Está tipo um milhão de graus lá fora. – Mordo um dos donuts de creme Boston. – Ela vai ficar bem correndo neste calor?

Mamãe tamborila na mesa com as unhas roídas e ri.

— Norbert, sua tia poderia correr uma maratona pelo Vale da Morte e ficar bem.

Dou outra mordida, suave e cremosa, e lambo o chocolate do lábio superior.

— Isso lá é verdade, provavelmente.

Mamãe indica meu donut com um gesto de cabeça.

— Posso dar uma mordida?

Passo a guloseima para mamãe, que dá uma mordida imensa do lado em que eu ainda não havia tocado.

— Humm... — Ela fecha os olhos por um momento. — Desculpe. Eu não pretendia pegar tanto.

Eu penso no que mamãe tem passado, onde ela teve que deixar papai antes de virmos para a casa da Bubbie, o quanto ela teve de dirigir para nos trazer até aqui — 1900 miseráveis e anestesiantes quilômetros —, e entrego a ela o outro donut.

— Tem certeza?

Assinto. É gostoso fazer algo legal para a mamãe.

Ela aponta para mim com o doce entre os dedos.

— Não conte a Bubbie que eu comi isso. Ela provavelmente me forçaria a fazer cem abdominais ou algo assim para compensar.

Ambos rimos.

— Bubbie é peso-pesado quando se trata de exercícios — digo.

— Um-hum — concorda mamãe, com a boca cheia de donut.

Queria que papai estivesse aqui. Ele também adora donuts de creme Boston. Duvido que eles tenham donuts onde ele está. Quando papai estava de bom humor, ele conseguia devorar meia dúzia de donuts de uma vez. Às vezes, até uma dúzia inteira, exceto pelos dois que eu e mamãe pegávamos. E papai nem ficava grande de comer todos esses donuts, exceto da vez que eles trocaram os remédios dele e ele inchou feito o boneco da Goodyear.

Aquela foi uma época difícil.

Mamãe volta a tamborilar na mesa.

– Norbert, por que não vamos comprar umas roupas novas para você usar na escola? – Ela passa um guardanapo pelos lábios. – Também podemos parar para o almoço. Será legal, só nós dois.

As palavras dela, "só nós dois", deveriam ser palavras alegres, de união, mas tudo o que ouço é que um de nós está faltando. *Papai*.

– A menos que você queira esperar a titia, para ela vir conosco... – diz mamãe, acabando com seu donut e lambendo os dedos um de cada vez.

– Mamãe?

– Sim, Norb?

– Você acha que nós podemos... – Não sei como dizer isso. – Podemos mudar o meu nome antes de eu começar nessa nova escola?

Mamãe cai na risada.

– Não é engraçado – digo.

Mamãe cobre a boca com a mão.

– É claro que não. Me desculpe. Eu sei que as crianças já zombaram do seu nome no passado.

– E os professores – complemento.

– É mesmo? Eu não sabia disso.

Faço que sim com a cabeça.

– E você não quer que isso aconteça aqui, hein?

Torno a concordar.

Mamãe esfrega a bochecha esquerda com os nós dos dedos.

– Sabe, foi o seu pai que lhe deu o nome de Norbert. Ele escolheu esse nome porque significava muito para ele.

Com essas palavras, todo o ar de felicidade se esvai da cozinha. E lá estamos, mamãe e eu, e o peso do que aconteceu ao papai entre nós.

Ela funga com força e enxuga os cantos dos olhos com um guardanapo.

Eu não sinto vontade de sair para comprar roupas novas nem almoçar nem nada.

– Talvez possamos ir mais tarde.

Mamãe estende a mão para mim, mas eu não tenho energia para segurar a mão dela, então ela desiste e a solta sobre a mesa. Eu reparo que há cobertura de chocolate na unha de seu polegar.

Arrasto meu corpo pesado, cheio de donut e chocolate, para o andar de cima até um dos quartos de visitas, onde estou ficando. Empurro as almofadas enfeitadas para fora do caminho e desabo na cama grande. Por cima do edredom branco e feminino, eu me encolho, com o suor se acumulando atrás dos joelhos, nas costas e no pescoço, a despeito do ar congelante na casa. Estremeço e fixo o olhar na porta espelhada. Eu quase espero ver outra pessoa no reflexo. Phineas? Papai?

Porém, tudo o que vejo sou eu, enrolado em formato de donut.

Pareço triste, como a mamãe parecia mais cedo.

Quero parecer feliz, como a garota que vi hoje na Lilac Lane, 1205. Aquela com os olhos muito azuis e o vestido vermelho bonito.

Uma palavra

Com relutância, arrasto meu corpo para fora da cama, vou até o quarto de mamãe e papai e coloco o vestido e as sandálias de mamãe de volta em seu armário. Saindo, toco em alguns de seus terninhos e me lembro de quando mamãe trabalhava como advogada. Ela voltava para casa tarde todas as noites e se jogava em uma cadeira, exausta. Nós tivemos uma reunião de família quando mamãe decidiu desistir da advocacia e abrir seu próprio estúdio de ioga – Poses Tranquilas.

Mamãe parecia muito séria quando contou a Sarah e a mim que seus pais a forçaram a se tornar uma advogada, mas abrir um estúdio de ioga era o que ela sempre tivera vontade de fazer.

Nós a apoiamos cem por cento.

Tem sido bom ter mamãe em casa mais... relaxada e cheia de energia.

Eu me troco, vestindo o short cargo folgado que papai comprou para mim e uma das camisetas rejeitadas de sua companhia: *Parabéns, Beckford Palms Baseball Camps!*

A prática acabou por hoje. Eu queria que fosse um alívio voltar a vestir roupas de menino. Eu prefiro usar roupas de menina, mas o resto do mundo não gosta. *Papai não gosta.* Eu queria que ele me aceitasse mais, como mamãe e Sarah. Como Dare. Se é tão difícil ser eu mesma em casa sob o olhar crítico de papai, como vou conseguir fazer isso na escola este ano?

Lá embaixo, papai está tomando uma cerveja e assistindo à TV.

Está cedo demais para uma cerveja... e TV. Ele normalmente está na loja de camisetas a essa hora do dia.

– Papai? – digo, hesitante.

– O que foi? – Ele toma um gole extralongo e não desvia o olhar da tela.

Eu queria que Sarah estivesse aqui comigo em vez de lá em cima, no quarto dela, provavelmente trabalhando em um de seus projetos bacanas de crochê e tricô e conversando on-line com as amigas. Se Sarah estivesse aqui, ela saberia as coisas certas a dizer. Entretanto, eu tenho que descobrir isso sozinha.

– Posso me sentar com você?

Papai afasta alguns jornais, mas ainda não olha para mim. Eu quero voltar lá para cima correndo, me esconder embaixo do edredom marrom e feio. Em vez disso, eu me sento.

– Então...

Papai enfia o polegar no botão Mute, silenciando a TV, e vira-se para mim.

– Eu tenho que ir para a loja em breve – diz ele, como se mal pudesse esperar para fugir de mim, como quando as crianças da escola brincavam de manter distância da criança que elas diziam ter sapinho. No que diz respeito ao papai, eu sempre me sinto como aquela criança com sapinho. Quanto mais eu tento ser quem realmente sou, mais ele se afasta. E parece que está piorando nos últimos anos, em especial depois que vovô Bob morreu.

Papai repara em minha camiseta e a expressão de seu rosto relaxa.

– Como vai, Camp? – Ele me dá um soco de brincadeira no ombro.

Eu esfrego o lugar, como se ele tivesse me machucado.

– Desculpe, eu não tive a intenção...

– Sério, papai? Você acha que *isso* me machucaria?

Ele dá de ombros.

Eu relaxo as mãos no colo e balanço a cabeça.

– Você não me machucou. – *Pelo menos, não do jeito que está pensando.*

– Que bom – diz papai, e estende a mão para o controle remoto, como se a nossa conversa, por mais curta que tenha sido, estivesse acabada.

– Papai?

Ele solta a mão e olha para o próprio colo.

– Humm?

Eu queria poder falar rápido, despejar a coisa toda. Fazê-lo entender. Eu tenho mil palavras rolando na minha cabeça, mas não consigo escolher as corretas, aquelas de que preciso para que ele me ouça.

– Eu quero falar sobre o vestido. E... sobre outra coisa.

Ele inspira com rapidez.

Eu expiro lentamente, do jeito que mamãe me ensinou. *Está tudo na respiração. Você pode passar por quase qualquer coisa com a respiração.*

– Eu gostaria de comprar roupas novas, para quando as aulas começarem, talvez alguns vestidos e...

Papai se levanta de um pulo, derrubando os jornais e o controle remoto no chão.

– Eu não quero falar sobre isso agora, Tim. Tenho que ir para a loja. Não posso deixar a vovó sozinha muito tempo.

A palavra "Tim" me magoa. É de se imaginar que eu estaria acostumada com ela a essa altura, depois de ouvi-la durante treze anos, mas nunca vou me acostumar com esse nome.

– Mas, papai... – Eu me levanto. Meu coração palpita com tanta força que parece que todas as exalações lentas do mundo não seriam capazes de acalmá-lo. – Eu preciso conversar sobre isso e...

– Isso não pode esperar até sua mãe chegar em casa? – Papai desliza os dedos por seus cabelos vermelhos espetados.

Com muita gentileza, digo:

– Eu preciso conversar com *você*, papai.

Ele torna a se sentar, então eu também me sento, mas ele está mais longe.

– Certo – diz papai, estendendo as mãos, depois as apertando em punho. Abre, fecha. Abre, fecha.

Parece que ele vai sair correndo se eu disser uma palavra errada. Eu me movo um milímetro mais para perto dele. Sempre me sinto como se estivesse tentando me aproximar e ele continuasse se afastando. *Que palavras eu poderia usar para segurá-lo aqui e dizer o que preciso dizer?* Eu tive essa conversa em minha cabeça tantas vezes, mas agora, quando preciso que as palavras venham, elas se amontoam como para-choques em um engavetamento maciço em meu cérebro. E parece que eu não consigo soltar as palavras corretas.

– Papai – digo suavemente, desejando que as palavras encontrem o caminho até minha boca a tempo.

O joelho dele saltita, como se esperasse pelo tiro de partida para começar a correr.

– Eu me vesti como um menino até a sétima série.

Papai assente.

- Isso mesmo.

Eu testo a água.

- Por você...

- Por mim? - Ele balança a cabeça. - Você quer dizer por você, Tim.

Eu contenho minha colisão de palavras e deixo papai falar.

- Você apanhou? Alguém o atacou?

Eu não digo a papai o quanto zombaram de mim, me provocaram, abusaram. Não conto para ele que é uma pequena tortura toda vez que tenho que me vestir e agir como alguém que não sou, que é como representar um papel em um filme do qual não quero fazer parte. Um papel que não nasci para representar. Simplesmente balanço a cabeça de um lado para o outro.

- Viu? - diz papai. - Então você fez por você mesmo, Timothy, para se manter a salvo.

As palavras de papai são tensas e rarefeitas. As palavras de papai são as erradas. Elas estão cheias de inverdades.

- Olhe - digo. - Eu sei que nasci com corpo de menino. Entendo isso. E as pessoas ficam mais confortáveis se eu me vestir e agir como um menino. É o que elas aprenderam a esperar. Mas se lembra de quando eu era pequeno e colocava os vestidos da Sarah?

Papai faz que sim.

- Mas você passou daquela fase, Tim.

- Não - falo baixinho, as unhas se enterrando na carne das palmas das mãos. *Nunca foi uma fase. Você apenas escolheu acreditar nisso, mesmo quando a verdade estava o olhando de frente.*

Papai abaixa a cabeça e passa a mão pelos cabelos de novo.

- Você não pode fazer isso, Tim. Não pode sair dessa casa daquele jeito. Não é certo. Você vai ser...

Estou em silêncio e dou a papai uma chance de terminar, mas ele não completa a frase.

- Vou ser o quê?

Não consigo imaginar nada mais difícil do que sair todos os dias como alguém que não sou.

Papai pressiona as palmas das mãos sobre as coxas e olha diretamente adiante.

– Você só precisa se esforçar um pouco mais, filho.

As palavras dele me esmagam. *Não sou seu filho!* Tenho vontade de gritar. *Me esforçar para o quê? Para quem?*

– Eu já me esforcei – digo, a garganta se fechando, a voz soando espremida. – Me esforcei, e me esforcei, e me esforcei. – *Por você.* – Mas não é quem eu sou. Todo dia, *a cada minuto de cada dia*, eu sei que eu... sou... uma... menina.

Ele se vira, de modo que só consigo ver a parte de trás de sua cabeça.

– Eu, hum, tenho que...

– Papai. – Estendo a mão e toco gentilmente seu ombro.

Ele se encolhe.

– Preciso conversar com você sobre outra coisa. – Eu engulo o nó em minha garganta. – Os bloqueadores hormonais. Lembra-se de que eu falei com o senhor sobre eles? Eu tenho que começar a tomá-los agora ou...

– Mas que droga, Timothy! – Papai se vira, o rosto cheio de fúria e alguma outra coisa. Dor? – Sua mãe deu à luz um menino. Nós tivemos um menino. O que eu devo fazer? Simplesmente abrir mão disso? Devo deixá-lo morrer?

As últimas palavras ainda perduram no ar entre nós quando a porta da frente se abre e mamãe chega, inconsciente do desastre no qual está entrando.

– Como está a minha família feliz? – pergunta ela, com o tapete de ioga enrolado e pendurado no ombro e os chinelos batendo no piso enquanto ela se aproxima. *Flap. Flap. Flap.*

Nenhum de nós responde.

Papai se levanta de súbito e beija mamãe no rosto, falando diretamente para ela, como se eu tivesse deixado o recinto.

– Tenho de ir trabalhar, querida.

– Mas, papai...

Ele já se foi. A porta da frente bate e mamãe se vira para me encarar. Uma olhada para mim é tudo de que ela precisa para compreender.

Mamãe se joga no sofá perto de mim e coloca o braço nu ao redor dos meus ombros. Ela inclina a cabeça sobre a minha. E sem saber o que foi dito, de alguma maneira, ela já sabe.

– Sinto muito.

– Por quê? – pergunto, inclinando a cabeça contra a dela. – Por que ele não me deixa ser... eu? Eu sou tão ruim assim? Ele não me deixou nem *falar* sobre os bloqueadores hormonais. Eu preciso deles, mamãe!

– Shhh. – Ela afaga meus cabelos. – É difícil para o seu pai, meu bem. A mãe dele é tão... tão...

– É difícil para mim. – *Papai não tem que lidar com os neandertais da minha escola.*

Mamãe beija o topo da minha cabeça.

– Eu sei. Seu pai está preocupado com você. É só isso.

Ouço o exalar lento de minha mãe, e tenho vontade de dizer a ela que não funciona. Quando se lida com meu pai, esse negócio de respiração lenta é totalmente ineficaz.

– Ele está tornando as coisas impossíveis para mim – digo. – Não posso continuar assim. Não posso me transformar em...

– Shhhh. – Mamãe pressiona a cabeça ainda mais junto da minha.

Eu quero chorar, porque parece que mamãe realmente compreende. Eu não sei o que faria sem ela e Sarah do meu lado. E Dare, é claro, pronta para lutar contra o mundo inteiro em meu nome, ou ao menos contra os moleques na escola. Tenho sorte de ter cada uma delas.

Mas também preciso do papai.

– Ele vai mudar de ideia – diz mamãe. – Só vai levar mais algum tempo para ele se acostumar.

– Eu não tenho mais tempo. – Eu me afasto dela. – Estou começando a mudar. E isso está me deixando louca. Eu preciso começar a tomar os bloqueadores hormonais agora mesmo, ou vão acontecer coisas que não podem ser revertidas. Não posso esperar mais, e preciso que um de vocês assine o formulário para eu consegui-los.

– Vou falar com ele – diz mamãe. – De novo. Por favor, seja paciente só mais um pouquinho. Eu quero que seu pai esteja a bordo antes de darmos esse próximo passo.

Eu me levanto, sentindo a cabeça rodar.

– É tão injusto.

Enquanto me afasto em pernas instáveis, tentando não pensar no que vai acontecer com o meu corpo sem os bloqueadores hormonais – a voz mais grossa, o pomo-de-adão, barba, pelos lá embaixo, o que já está começando a acontecer –, mamãe diz uma palavra que atravessa a dor. Uma palavra que consegue fazer os músculos de minha boca formarem um sorriso débil.

Uma palavra que importa.

Eu arrasto meu corpo traidor até meu quarto no andar de cima e me deito sobre o edredom marrom e feio. Lágrimas escorrem, mas eu sei que perderia o controle por completo se a palavra pequenina de duas sílabas da mamãe não estivesse se batendo de um lado para o outro no meu cérebro, soltando pequenos nacos de esperança a cada impacto, me tranquilizando, dizendo quem eu sou.

Lily.

Ela me chamou de Lily – o nome que escolhi – pela primeira vez. *Por que agora? Será que ela entende o quanto eu preciso que ela faça isso? Será que ela percebe o quanto sua aceitação completa importa para mim?* Talvez ela vá continuar me chamando de Lily. Espero que sim. Agora talvez Sarah me chame de Lily também. E algum dia, talvez até papai possa...

Lily.

Lily.

Lily.

Eu.

Lily.

Esperança.

Almôndega chispa para dentro do quarto, os pendentes balançando, e salta para cima da cama. Ele se aproxima e lambe meu rosto várias vezes com sua linguinha cor-de-rosa. Ele deve gostar do sabor salgado.

Lily.

AQUELES OLHOS

Quando Bubbie bate à porta, eu acordo já sentado. Devo ter caído no sono.

- Oi, bubela - diz ela, marchando para dentro do quarto. - O calor o deixou esgotado?

A camiseta dela, *Bodies by Bubbie*, era para ser cinza-claro, mas está agora cinza-escuro por estar encharcada de suor.

Levanto o braço em um aceno bem mais ou menos.

- Não. Estou bem.

Na verdade, porém, estou acabado. O calor definitivamente me esgotou.

Bubbie exibe os bíceps, em seguida balança os cabelos curtos e encaracolados.

- Como já estou aquecida pela corrida, quer levantar uns pesinhos comigo?

Pesinhos? Não existe isso de levantar *pesinhos* com Bubbie Barnice, da famosa franquia Bodies by Bubbie. Minha Bubbie é uma guru/maníaca/doida por exercícios.

- Talvez mais tarde - minto.

Não vai haver mais tarde. Se eu quisesse que todos os músculos do meu corpo doessem, eu iria em frente e seria atropelado por aquela carreta. Seria mais rápido do que me exercitar com Bubbie, e muito menos doloroso. Além disso, meu ego ficaria arrasado se eu fosse superado por uma baixinha com tatuagens dizendo "Você é mais forte do que pensa" descendo pelo antebraço esquerdo e "Pare de atrapalhar a si mesmo" no antebraço direito.

- Eu vou cobrar - diz Bubbie, aproximando-se e beijando minha testa. - Você é mais forte do que pensa.

Eu olho para a tatuagem dela.

- Eu sei.

- Bem - diz Bubbie, batendo palmas duas vezes. Eu quase espero que as luzes se acendam e apaguem, mas isso não acontece. - Se meu neto favorito no mundo todo não quer levantar pesos com sua velha avó, vou fazer isso sozinha. Aquelas coisas não vão se mover sozinhas, sabe. – Ela posa com os bíceps de novo. – Depois preciso me aprontar para meu encontro com o Sr. Matthesen. Vamos pegar o especial da tarde no Golden Trough. Eu preferiria comer um peixinho em algum outro lugar, mas ele gosta de jantar lá. Bem, é melhor eu continuar os meus exercícios e depois dar um pulo no chuveiro.

– Bubbie, talvez seja melhor você ficar quietinha no chuveiro. Não vá se arriscar a tomar um tombo, pulando por aí. – Eu arqueio as sobrancelhas para ela saber que estou brincando. Não posso acreditar que Bubbie tem um encontro. Ela tem vida social melhor do que a minha. Talvez, se eu fosse superforte como ela, também teria vida social. Olho secretamente para meu bíceps direito e o flexiono. Ele parece exatamente igual a como estava antes de ser flexionado.

– Bobagem – diz Bubbie, enxugando a testa com as costas da mão. – Vou queimar mais calorias se saltar no chuveiro.

Ela dá uma piscadinha e desce a escada correndo.

Estar perto de Bubbie me deixa feliz. Ela é uma das poucas coisas boas de vir para a Flórida.

Não pense nas coisas ruins.

Quando eu era mais novo e nós visitávamos Bubbie Bernice, ela ficava lá na frente brincando de pega-pega comigo e alguns dos meninos da vizinhança. Bubbie era a primeira a pular na piscina quando fazíamos churrasco. E sempre fazia pipoca e se aninhava comigo à noite para assistir a alguns filmes. Eu podia escolher quais filmes a gente assistiria, sempre.

Talvez estar aqui não vá ser tão ruim assim.

Vai, sim. Você sabe que vai.

Pare. De. Pensar.

É difícil ficar sentado e imóvel com toda a energia que Bubbie tinha trazido para o quarto, então me levantei e coloquei os shorts. Minhas pernas são compridas demais. E peludas. Como eu posso ter pernas tão peludas e estar entrando na oitava série? *Tudo* se desenvolveu cedo no meu corpo – tipo, na quinta série –, inclusive o cabelo extramutante, meu pomo-de-adão saliente e a voz mais grossa.

Eu volto a colocar as calças de veludo. Melhor ficar com calor e suado do que ser confundido com um gorila recém-fugido do zoológico de Palm Beach. Bubbie me levou ao zoo uma vez. Eu adorei os ratos-toupeira-pelados. Ela me deixou ficar ali e observar por quase uma hora enquanto eles entravam e saíam de seus túneis escuros. Eles pareciam frenéticos, correndo para lá e para cá, com frequência correndo uns por cima dos outros. É assim que meus pensamentos parecem, de vez em quando. Frenéticos. E outras vezes, é como se eles estivessem abrindo caminho através da lama e da neve.

Eu desço e encontro mamãe lendo o jornal na mesma mesa onde havíamos comido os donuts.

– Oi, Norb. – Ela alisa o jornal. – Quer ir comprar as roupas para a escola agora? Só mais seis dias até você ser um grande aluno da oitava série.

– Eu queria não ser tão grande. – Odeio ser mais alto do que todo mundo. Balanço a cabeça, sentindo que a estou desapontando. – Vou sair um pouco para dar uma olhada no bairro – aviso. Não digo a ela o endereço em particular que planejo visitar.

Mamãe se levanta na pontinha dos pés, mas eu ainda tenho que me abaixar para ela me beijar na testa.

– Não passe calor demais, Norb. Lembre-se de beber bastante água. E coma algo substancial. – Aí ela enfia algumas notas de um dólar na minha mão.

– Ufa – digo. – Fico cansado só de pensar em todas essas coisas. – Mostro o dinheiro. – Obrigado.

Mamãe estende a mão e bagunça meus cabelos já desarrumados.

Ela está sempre me lembrando sobre o calor e sobre beber bastante água, mesmo quando morávamos em Nova Jersey. Mesmo quando não está tão quente lá fora. Desidratação é um risco de um dos remédios que eu tomo – o estabilizador de humor. Meu antipsicótico tem outros efeitos colaterais possíveis, piores, mas eu tento não pensar a respeito deles porque preciso tomar o remédio. Tenho tomado os dois medicamentos há dois anos, desde o meu diagnóstico. Mas o lado bom é que mamãe fez um trato comigo. Ela me prometeu que, quando viéssemos para a Flórida, eu ficaria encarregado de tomar meus próprios remédios. Mamãe disse que eu poderia guardar os remédios no meu quarto, e não mais na cozinha, e ela não insistiria comigo sobre tomá-los, como fazia em Nova Jersey. Ela disse que eu venho fazendo um ótimo trabalho e que confia em mim. Não vou decepcioná-la. Não vou fazer como o papai.

– Eu vou tomar cuidado – falei, mas não prometi tomar água porque, francamente, odeio o gosto de água. Prefiro tomar refrigerante, café gelado ou suco.

Mamãe me beija de novo. No rosto dessa vez, onde ela consegue alcançar ficando nas pontas dos pés, sem a minha ajuda.

– Cuide-se, Norbert. Ligue se precisar de alguma coisa.

– Obrigado, mamãe. Ligo, sim.

E vou até a pia e tomo um pouco de água com gosto ruim porque sei que isso a deixará feliz.

No minuto em que saio, uma onda de calor me estapeia a cara. Inalo o calor para dentro de meus pulmões desprevenidos e sinto o suor pinicando minhas axilas peludas.

– Fantástico – digo, para ninguém em especial, enquanto caminho pelo quarteirão, viro a esquina e desço pela Lilac Lane. Há um cachorro na janela do número 1205, mas nenhuma garota de olhos azuis em um vestido vermelho. Por um momento, me pergunto se ela era real. Penso nela sorrindo para mim, acenando. Lembro-me de seus olhos azuis. Ela era real.

Cogito voltar para a casa de Bubbie e deixar que mamãe me leve para comprar roupas, mas não estou pronto para ficar fechado no carro com ela, e depois ser arrastado por uma porção de lojas. Comprar roupas para ir à escola me lembraria do papai, e da vez que ele me comprou dez vezes mais coisas do que eu precisava de verdade, e mamãe teve que devolver a maior parte no dia seguinte. E isso vai me lembrar de...

Pare de pensar nele!

Saio de Beckford Palms Estates e sigo por alguns quarteirões, o tempo todo testando nomes diferentes para mim, para ver qual poderia combinar. *Bernie. Não, Mitch. Não, Julian. Não, Jacob. Talvez. Andrew. Talvez. Kyle. Talvez. Nicholas. Possível. Charlie. Não sou um Charlie. Por outro lado, qualquer coisa é melhor que Norbert. Uma garota jamais vai dizer: "Ei, quero que conheça meu namorado, Norbert. Nós vamos dar uns amassos agora". Não. Vai. Acontecer.*

Vejo a Biblioteca Pública de Beckford Palms logo adiante e penso em entrar para me refrescar. Talvez até tome um gole no bebedouro, porque, se mamãe estivesse aqui, ela iria querer que eu tomasse. E eu realmente aprecio que ela finalmente confie em mim e me deixe cuidar de meus próprios remédios todo dia.

– Ei!

Enquanto olho para cima, para os galhos retorcidos de uma árvore enorme, uma porção de folhas se derrama sobre mim. Primeiro acho que são pássaros dando rasantes e faço alguns movimentos bruscos e embaraçosos para afastá-los da minha cabeça, mas aí percebo que é só uma porção de folhas estúpidas.

– Ei! – alguém chama de novo, de um dos galhos mais baixos. Pernas penduradas, cabelos compridos escondendo o rosto. Sinto que conheço o menino, mas isso é uma loucura, porque não conheço ninguém aqui, exceto Bubbie e mamãe. Talvez eu o tenha encontrado durante uma de minhas visitas a Bubbie, muito tempo atrás. Talvez ele seja um dos meninos com quem eu jogava bola na rua naquela época.

O menino na árvore empurra os cabelos para longe do rosto e eu os vejo – os olhos azuis.

– Quer subir aqui ou está indo no Dunkin' Donuts de novo?

O quê? Será a menina que eu vi hoje cedo? Parece um menino. Mas como esse menino nessa árvore saberia que talvez eu esteja indo ao Dunkin' Donuts... de novo? Estou totalmente confuso e provavelmente sendo um cretino, porque estou encarando, tentando decifrar. Talvez as doses dos meus remédios precisem de algum ajuste. Mamãe disse que encontraríamos um bom psiquiatra por aqui, para garantir que eu me mantenha na linha.

– Olá? Pode me ouvir?

Soa como um menino, mas não muito grave, não como a minha voz. Protejo os olhos. Talvez seja o sol me enganando. *Diga alguma coisa, Norbert.*

– Eu, hã, eu não subo em árvores.

– Venha – convida ele de um jeito acolhedor e simpático.

Eu balanço a cabeça.

O menino coloca uma mochila nas costas e desce pelo amplo tronco, aterrissando no chão à minha frente com um impacto.

Agora eu posso dar uma boa olhada. Definitivamente, os mesmos olhos azuis da menina dessa manhã. Talvez seja o irmão gêmeo dela ou algo assim.

– Você não é...

– Para onde você está indo? – pergunta ele, me interrompendo.

Eu encaro aqueles olhos azuis e inclino a cabeça.

– Eu só pensei que...

– Eu preciso beber alguma coisa – diz ele.

– Eu também.

Minha garganta está seca feito uma lixa.

* * *

Dentro do ar frio, oleoso e cheirando a donut, eu enfio a mão no bolso e toco o dinheiro que mamãe me deu. Outro café gelado seria ótimo agora. E algumas respostas.

Isso também seria legal.

A pergunta

—Estou saindo – aviso a mamãe.
- Você está bem, querida?
Não.
- Sim!
- Vai passar um tempinho com o Bob? – pergunta ela.
Adoro que mamãe me conheça tão bem.
- É o plano.
- Tenha cuidado lá, meu bem.
- Sempre tenho.

Antes de visitar Bob, entro no ar gelado da Biblioteca Pública de Beckford Palms. As portas automáticas emitem um som sibilante quando se abrem, e eu estremeço. Depois de assinar para usar um computador, eu pesquiso bloqueadores hormonais de novo, preciso ter certeza da época certa para começar a tomá-los. Existe um negócio chamado Tanner Estágio II. Isso é quando minhas partes de menino começam a se desenvolver, quando começam a crescer pelos lá embaixo e quando todas as coisas que eu não quero que aconteçam começam a ocorrer. É quando eu devo começar a tomar os bloqueadores hormonais. Isso significa que eu deveria estar começando *agora*. Não é como se eu estivesse pedindo estrogênio ou uma cirurgia. Por enquanto. Eu só não quero que cresçam pelos lá embaixo, que minha voz fique grossa ou que apareça um pomo de adão saliente ou... *Por que meu pai não pode me apoiar nisso?*

Eu termino minha sessão no computador e vou para a seção infantil. Lembranças me invadem. Vovô Bob me ajudando a recortar o desenho de um elefante durante a hora da história com a senhorita Carol. Vovô Bob sorrindo enquanto eu assinava meu nome para meu primeiro cartão da biblioteca. Vovô Bob lendo *O Lorax* para mim enquanto nos sentávamos sob a sombra de nossa figueira-de-bengala, ao lado da biblioteca. Ele batendo os nós dos dedos contra o tronco e dizendo: "Viu? É velha como eu, mas ainda é forte e boa". Eu me lembro de abraçar vovô Bob naquele momento, sentindo que abraçava o tronco de nossa árvore, me sentindo segura e protegida.

Não percebi que aquela sensação terminaria. Não percebi que vovô Bob não ficaria por aqui para sempre. Não me dei conta de como as coisas ficariam difíceis.

Pego *O Lorax* emprestado e vou lá para fora.

Enfiando o livro na mochila, fico de pé embaixo dos galhos retorcidos da figueira.

– Oi, Bob – digo, afagando seu tronco e me sentindo mais próxima de meu avô.

Com um pulo, agarro o galho mais baixo e me arrasto para cima, até estar sentada em um cantinho sólido, olhando para o mundo lá embaixo. Colho algumas folhas e faço uma pilha no colo. Aqui em cima, eu me sinto como se fosse parte da árvore, forte e sólida também.

Com cuidado, retiro o livro e leio sobre a criaturinha que fala em nome das árvores, relembrando vovô Bob lendo isso para mim tantas vezes. Me abraçando. Dizendo o quanto ele me amava.

Tento me lembrar da última vez que papai me abraçou assim.

Uma dor enche meu peito.

Preciso desse livro hoje. Preciso da minha árvore.

Eu já tinha lido o livro três vezes quando fiz uma pausa e olhei para baixo.

Fico surpresa ao ver quem está passando por ali.

Fico empolgada em ver o garoto de novo e me esqueço de que estou vestida de um jeito muito diferente de quando o vi hoje cedo. Eu deveria ter mantido a boca fechada, porque, se não tivesse gritado "Ei!", ele não teria olhado para cima.

As pessoas se esquecem de olhar para cima. Elas se esquecem do topo das árvores e do céu. Das nuvens e dos pássaros, do sol e da lua. As pessoas ficam tão focadas em seus reinos pequenos, do tamanho de seus crânios, e em seus smartphones burros, que se esquecem do mundo glorioso ao seu redor, especialmente do grande e belo mundo acima delas.

Assim que o menino olha para cima, suas sobrancelhas se levantam. Eu quase posso ver sua mente se encher de perguntas, ou ao menos uma pergunta específica que eu não estou com vontade de responder. Dou um jeito para que meus cabelos compridos cubram meu rosto. *O que eu estava pensando quando o chamei? Estúpida!*

Teria sido tão mais fácil ficar nos galhos de Bob e não ter gritado para esse garoto novo e misterioso... Voltar para o meu livro, como se eu nunca o tivesse visto se aproximar. Mas com Dare no acampamento hípico na Pensilvânia, minha família trabalhando tanto e Sarah tão ocupada com seu grupo de crochê e tricô e outros amigos do Ensino Médio, esse verão inteiro foi um longo exercício de solidão. E, aparentemente, meu inconsciente já se cansou de solidão.

De modo que, depois que o menino olha para cima, alarmado, eu jogo meu punhado de folhas – uma avalanche de natureza, um presente para chover sobre ele. No começo, ele se move de um jeito tão desastrado que parece estar tendo uma convulsão ou algo assim. Aí me dou conta de que talvez ele esteja com medo. Das folhas. *Quem é que sente medo de folhas?*

Esse menino alto e desengonçado me intriga o suficiente para que eu guarde *O Lorax* na mochila e desça da árvore. O suficiente para encará-lo e lidar com a pergunta inevitável.

Dando nome às coisas

Dentro do ar gelado, adocicado e cheirando a óleo do Dunkin' Donuts, o menino compra dois cafés gelados e me entrega um. Eu normalmente não tomo café, mas fico feliz em ter algo para fazer com as mãos. Ele também compra um donut de geleia para si, mas eu balanço a cabeça quando ele aponta para as bandejas de donuts atrás do balcão.

Em nossa mesinha, ele toma um gole barulhento de café.

– Ahhh – diz ele. – Energia líquida.

Ele soa tão confiante e genuíno. Eu beberico meu café. Precisa de açúcar, mas eu não me levanto para pegar.

– E então? – diz ele.

– E então? – digo, mas compreendo o que ele realmente quer saber. *Pergunte o nome dele. Que escola ele frequenta. Qualquer coisa para evitar a pergunta.*

– Será que eu...? Você não estava...? – Ele abaixa a cabeça, como se estivesse envergonhado.

Espero por uma pergunta completa, porém ela não vem.

Gente entra na lanchonete.

– Quer ir a outro lugar? – pergunto, sentindo meu rosto arder só de pensar em contar aquilo a ele em um lugar tão lotado.

– Definitivamente – diz ele, saindo de sua cadeira, segurando o saquinho com seu donut e seu copo suado de café gelado. – Eu sempre quero ir a outro lugar.

Tento decifrar o que ele quer dizer com isso enquanto nos aventuramos até o lado de fora. O calor me cobre como uma onda no mar.

– É sempre tão quente por aqui? – pergunta ele, enquanto caminhamos.

Eu tomo o café amargo.

– Só até dia 15 de novembro.

– Isso foi incrivelmente específico – diz ele. – Será que Deus tem, tipo, um calendário ou algo assim, e no dia 15 de novembro ele liga o ar-condicionado cósmico aqui embaixo?

Eu gosto da imagem de Deus ligando um ar-condicionado cósmico.

– Algo assim.

O menino toma um longo gole do café e enxuga a boca com as costas da mão, a mesma que segura o saquinho do Dunkin'.

– Porque, de verdade, eu não sei como vou sobreviver a esse calor até... 15 de novembro?

– Para começar – digo, gesticulando na direção das pernas dele. – Talvez você deva repensar sua escolha de calças. Usar shorts seria uma boa. – *Embora uma saia ou um vestido funcionem melhor.*

Uma expressão de mágoa passa rapidamente pelo rosto dele, e eu sinto vontade de pedir desculpas, apesar de não saber o que falei de errado. Talvez haja algum problema com as pernas dele. Talvez ele tenha cicatrizes de queimaduras ou algo assim. Tomo meu café amargo para evitar dizer mais.

Acabamos de volta onde começamos, onde eu derrubei uma pilha de folhas assustadoras na cabeça dele. Abro bem os braços e anuncio:

– Este é Bob.

O menino olha ao redor.

– Onde?

Toco a casca da minha figueira.

– *Este* é Bob.

– Você deu nome a uma árvore?

Bato os nós dos dedos no tronco robusto de Bob.

– Eu dei a ela o nome de meu avô.

O menino assente.

– Isso é legal. Seu avô trabalhava com árvores ou algo assim?

Eu rio.

– Não. Ele fundou uma loja que estampa camisetas, a Te Damos Cobertura. Meu pai ajuda a cuidar dela agora, com a minha avó.

Só de mencionar o papai, meu estômago se aperta. Talvez eu imprima informações sobre bloqueadores hormonais da internet para ele. De novo.

– Que diferente – diz o menino. – Belo nome.

Eu me sento na grama rala perto do tronco de Bob. O menino se senta ao meu lado, estende as pernas longas e cobertas de veludo e passa a mão sobre a grama.

– Sabe, a grama daqui é mais dura do que de onde eu venho.

– St. Augustine.

– Não, eu sou de Nova Jersey. Onde fica St. Augustine?

Eu rio.

– A grama é do tipo St. Augustine. – Passo minha mão sobre ela. – Projetada para ser forte e resistir a esse calor maluco. St. Augustine também é uma cidade antiga da Flórida, a algumas horas a norte daqui.

O menino ergue as sobrancelhas.

– Tem alguma coisa que você não saiba?

Eu sinto o rosto corando.

– O seu nome.

Uma emoção passa pelo rosto dele. Mágoa? Desapontamento? Eu falei algo errado de novo, mas o quê?

– Eu... não gosto do meu nome.

Eu também não.

– É... – Ele passa a mão pelos cabelos escuros e cacheados. O gesto me lembra do papai.

Não vou zombar do seu nome. Prometo.

– Meu nome é...

Ele soa como se estivesse sofrendo. Eu olho para o saquinho em sua mão e solto:

– Dunkin.

– Hein?

– Seu nome. É Dunkin. – Aponto para o saquinho. – Certo? – pergunto, torcendo para que ele entre na brincadeira.

– Agora eu sei que você não sabe de tudo – diz ele. – Definitivamente, não é Dunkin. É...

– Pode ser Dunkin. – E, de súbito, eu não quero saber qual é o nome de que ele não gosta. – Ou, ao menos, eu posso chamá-lo de Dunkin, se você não gosta do seu verdadeiro nome. – *Eu entendo o que é não gostar do verdadeiro nome.*

– Eu gosto do nome Dunkin – diz ele, erguendo o saquinho da lanchonete. – Gosto mesmo. Redondamente. Sacou? Redondo como um donut. Há! – A voz dele fica mais rápida e definida, provavelmente por ter tomado tanto café. – Dunkin é legal. É realmente legal. Eu tenho que contar para a minha mãe. Aposto que Phineas também vai gostar desse nome.

Meu cérebro parece estar funcionando através de um pântano, tentando acompanhar a louca verborragia de Dunkin. *Quem é Phineas?*

Dunkin apanha seu donut de dentro do saquinho e o segura com o quadradinho de papel encerado.

– Posso lhe perguntar uma coisa?

Respiro fundo. *Seja corajosa, Lily. Seja corajosa.*

– Quer uma mordida do meu donut? – continuou ele.

Eu rio e concordo, sentindo os cabelos caírem sobre os ombros. Está tão quente. Queria ter prendido os cabelos em um rabo de cavalo.

– Era isso o que você queria perguntar?

– Não. Era isso: qual é o *seu* nome?

– É complicado. – Eu me surpreendo com minha resposta. Normalmente, digo "Tim" ou "Timothy", mas penso *Lily*. Acho que estou cansada de pensar a verdade, e acabar dizendo uma mentira.

– É Complicado – diz ele, batucando o queixo, onde noto que há barba surgindo. Ele já deve se barbear. Toco meu próprio queixo, em pânico por sentir um novo pelo ali. *Eu tenho que arranjar bloqueadores hormonais!* – "É Complicado" é um nome bem incomum – graceja ele.

Quem é esse cara alto e engraçado? E por que ele tinha que esperar até os últimos seis dias do verão para passar diante da minha casa? Ele está esperando que eu lhe diga meu nome. Um pedido totalmente razoável.

– Meu nome é Timothy. – *Fracasso.* – Tim. Mas eu não gosto desse nome. – *Melhor. Conte a ele por quê.* – É só que... é um nome tonto. Não combina comigo. Eu não sei. – *Sabe, sim!*

Dunkin concorda, como se eu tivesse dito algo cheio de significado, mas eu sei que não lhe contei nada do que importa.

- Olhe, eu sei que não o conheço - diz ele. Seu joelho direito está saltitando, o que me lembra de minha conversa com papai hoje cedo, da impaciência dele comigo. - Mas tenho que lhe perguntar uma coisa. E pode soar meio doido. Tudo bem?

Eu prendo o fôlego, aperto as mãos em punhos, e mal consigo aquiescer com um gesto.

- Você não estava, humm... - ele dá uma grande mordida no donut e fala com a boca cheia - usando um vestido hoje de manhã?

A mentira

*E*u me contraio, certa de que nunca mais vou respirar. Talvez, se eu não respirar, eu desmaie. E, se eu desmaiar, vou bater a cabeça no tronco duro de Bob e ficar inconsciente. E, se eu ficar inconsciente, não terei de responder à pergunta de Dunkin.

Infelizmente, nenhuma dessas coisas acontece. Somos apenas Bob, eu, Dunkin e sua pergunta impossível pendendo no ar úmido entre nós.

– Sim – digo, sentindo-me ao mesmo tempo apavorada e corajosa. – Eu estava usando o vestido da minha mãe quando você me viu hoje de manhã.

Boa menina, Lily. Agora conte a ele o motivo.

As pálpebras de Dunkin se abrem mais, e ele segura o donut quase todo comido, sem dar outra mordida, então eu sei que o choquei. Não gosto da reação dele. Parece que ele está me julgando, e isso não é uma sensação boa. *Será que esse menino pode ser perigoso? O que me fez pensar que ele era diferente de todo mundo?*

Eu pisco algumas vezes, rezando para que as palavras certas me ocorram. Palavras verdadeiras. Entretanto, o que acontece é que a parte verdadeira de mim se fecha. Muros sobem. Portas se trancam. Alarmes mentais são acionados.

Odeio essa sensação.

– Tudo bem – diz Dunkin, acho que para me encorajar a explicar um pouco mais.

Mas o jeito como ele diz não implica que esteja tudo bem. É tanto julgamento em duas palavras que eu sei que ele jamais vai entender. Eu fui burra de esperar que ele talvez entendesse.

As palavras escorrem de mim como poluição para dentro de um riacho:

– Minha irmã, Sarah, tinha apostado comigo. – Confiro os olhos dele para ver se há pequenos detectores de mentira disparando, mas nada muda neles. – Hoje cedo, ela apostou comigo que eu não teria coragem de colocar o vestido e as sandálias da minha mãe e ir lá fora. Dá para acreditar?

A mentira deixa gosto de poeira na minha boca.

– Uau – diz ele, soltando o fôlego, como se a mentira que eu contei fosse um alívio.

Meus ombros descaem.

– Não sei se eu teria coragem suficiente para fazer isso. – Ele joga o último pedaço de donut na boca. – Por que a sua irmã faria uma aposta dessas com você?

– Acho que ela pensou que seria engraçado. O verão foi bem entediante.

Ele tosse, como se aquele último pedaço de donut ficasse preso em sua garganta.

– Deve ter sido bem embaraçoso quando eu passei por lá, então. Hein?

Eu engulo em seco, como se algo estivesse preso em *minha* garganta.

– Ah, foi, sim – digo. – Totalmente embaraçoso.

Cada mentira que digo me deixa um pouco mais vazia.

Dunkin se recosta apoiado nos cotovelos sobre a grama St. Augustine pontuda, como se não tivesse nenhuma preocupação no mundo. Sinto inveja dele. Por que não posso ser tranquila como ele? Por que as coisas não podem ser fáceis para mim, como devem ser para ele?

Eu me recosto contra Bob, torcendo para que ele me dê forças. Mas tudo o que ele me dá é um arranhão no ombro esquerdo, vindo de um pedaço afiado de casca.

Por um segundo, fico com raiva de Bob. Lá no fundo, porém, eu sei que mereço.

O PESO DOS SEGREDOS

Não posso acreditar que perguntei a esse cara se ele estava usando um vestido. *Quem faz esse tipo de coisa? Gente que quer apanhar. Gente que não quer ter um amigo, nunca.*

Minha irmã Sarah apostou comigo, ele disse.

A primeira coisa que me vem à cabeça é como ele tem sorte de ter uma irmã, especialmente uma divertida o bastante para desafiá-lo a fazer coisas estúpidas. Eu sempre quis uma irmã ou um irmão... mas sou só eu mesmo, o bagunçado de sempre.

A segunda coisa é como eu me sinto envergonhado por ter pensado que ele era uma menina, com lindos olhos azuis e longos cabelos loiros. Eu esperava...

Meu rosto arde só de pensar nisso.

Ele é tão descolado e confiante. E esperto. Aposto que é um dos populares na escola. Todos os caras provavelmente têm cabelos compridos como os dele.

Como eu posso contar a ele a verdade sobre mim? A verdade sobre onde meu pai está agora e por que nos mudamos para cá? A verdade sobre Phineas? A verdade sobre por que eu tenho que tomar dois remédios diferentes todo dia para manter meu transtorno bipolar sob controle? Como posso contar a ele qualquer parte disso sem assustá-lo e afastá-lo?

Ele parece tão confortável, o modo como se apoia naquela árvore. Tão confortável com a pessoa exata que ele é.

Então, enquanto um milhão de pensamentos colidem no interior do meu cérebro, eu não digo nada. Me recosto, o peso de meus segredos esmagando meu peito. A espinhosa grama St. Augustine espetando a parte de trás dos meus braços, como mordidinhas das formigas-de-fogo.

Sofro porque quero ir para casa, não para a casa de Bubbie, em Beckford Palms Estates, mas para minha casa de verdade, em Nova Jersey. Eu queria poder voltar para o jeito como as coisas eram entre mamãe, papai e eu. E até Phineas.

Escutando escondida

No jantar, como ninguém fala nada, outros sons se tornam mais pronunciados: garfos raspando nos pratos, as fungadas de Almôndega, as placas de sua coleira tilintando enquanto ele se ajeita debaixo da mesa, a respiração do papai.

– Aconteceu um negócio superengraçado quando eu estava voltando para casa – digo, tentando aliviar o clima. – Havia flamingos de plástico enfiados em uma porção de gramados pela vizinhança. Um dos flamingos estava com uma touca de crochê com um pompom, enquanto outro estava com uma touca em forma de flamingo. – Eu guardo um pouco de macarrão na bochecha. – Um flamingo usando uma touca de flamingo. Hilário, né?

Sarah e mamãe olham para mim, mas ninguém ri.

– Por que esses flamingos estão por aí? – resmunga papai.

– Não sei. – O macarrão é duro de engolir. – Os caras no carrinho de golfe da Beckford vieram e os colocaram na traseira do carrinho. – Eu solto meu garfo no prato. – Aí eles perguntaram para mim e para Dunkin, esse menino novo que eu conheci, se nós sabíamos quem tinha feito isso, como se fosse o crime do século ou algo assim.

Sarah abaixa o olhar, mas eu vejo seu sorriso. Sabia que ela ia achar engraçado.

Papai grunhe.

– Provavelmente foram uns encrenqueiros entediados. As aulas na escola deveriam começar mais cedo.

Sarah balança a cabeça.

Mamãe cutuca sua berinjela à parmegiana com o garfo.

– E então, quem é esse Dunkin?

Eu olho para papai e percebo que não quero contar que ele é o menino que passou enquanto eu usava o vestido da mamãe hoje cedo.

– Um menino novo. – Papai não reage. – Ele acaba de se mudar para a vizinhança.

— Ele vai para a Gator Lake Middle? – pergunta Sarah.

— Não tenho certeza. – Eu nem perguntei a Dunkin sobre a escola. Vou ter que descobrir da próxima vez que nos encontrarmos. Se nos encontrarmos.

Minha família está quieta de novo. *Qual o problema com eles hoje?*

Sarah pisca para mim e eu tento piscar para ela, mas minhas duas pálpebras se fecham ao mesmo tempo. Isso faz com que ela caia na risada, e eu não consigo evitar rir também. Uma onda de riso vem de mamãe também, e um pedaço de berinjela sai voando de sua boca.

— Eca! – diz Sarah, e nós rimos ainda mais.

— Parem com isso. – Papai faz uma careta, e nós terminamos de jantar em silêncio, exceto Almôndega, que balança os quadris perto da cadeira de Sarah, o que faz suas plaquinhas chacoalharem loucamente.

— Não dê comida para ele – diz papai.

Por que ele está tão rabugento? Por causa do que conversamos hoje cedo?

Almôndega continua balançando, se revirando e tilintando porque sabe que, apesar de ela não dever fazer isso, Sarah vai lhe passar pedacinhos de comida durante a refeição toda.

Eu queria ter coragem de quebrar as regras como Sarah faz.

* * *

Estou me enxugando depois do banho quando ouço mamãe e papai conversando no quarto. O quarto deles fica do outro lado da parede do banheiro, então eu me embrulho na toalha bem apertado e pressiono o ouvido contra os azulejos mornos e molhados. Eu sei que não deveria ficar escutando escondido, mas eles estão falando alto o bastante para eu ouvir através da parede, e não consigo deixar de ouvir.

Talvez eu quebre as regras às vezes.

— Temos que dar os bloqueadores hormonais a ela – diz mamãe. – Eu sei que você não gosta da ideia, Gary. Mas...

Eu me concentro ao máximo, desejando que minha respiração e pulsação se aquietem para eu poder ouvi-los mais claramente, mas minha pulsação martela em meus ouvidos e eu perco o resto do que mamãe diz.

– Ele vai ficar melhor sem eles, Ellie. Deixe que a natureza tome seu curso. Quando Tim ficar mais masculino, vai ser bom para ele. – Visualizo papai passando a mão pelos cabelos vermelhos espetados. – Além do mais, essas coisas custam o mesmo que uma hipoteca. Você leu os papéis que Tim nos deu a respeito disso? Aquilo é um roubo.

– Gary, se *Lily* ficar mais masculina, vai ser a pior coisa que poderia acontecer a ela. Acho que isso poderia matá-la. E eu não dou a mínima para o quanto os remédios custam. Lily precisa deles.

É isso aí, mamãe!

– Pare de chamá-lo assim!

Eu estremeço, apesar de estar embrulhada em uma toalha espessa.

– Isso não vai matá-lo, Ellie. Deixe de ser tão dramática. Você não está na corte, sabia?

– Então pare de me fazer sentir como se eu tivesse que defender a minha filha!

Há uma longa pausa. Imagino mamãe andando de um lado para o outro, respirando fundo para se acalmar. E visualizo a veia na têmpora de papai pulsando.

– Lembra-se da vez que eu peguei Lily com a tesourinha de unha depois do banho?

Papai está quieto.

– Ela me disse que queria cortar fora o pênis dela, Gary. Que ele não devia estar lá. – Um silêncio insuportável, e então a voz de mamãe: – Ela tinha cinco anos, Gar. Ela sabia quando tinha cinco anos.

Eu sabia antes dos cinco anos. E me lembro de segurar aquela tesourinha que mamãe tinha deixado no balcão. Mas, naquela época, eu não pensei na possibilidade de sangrar até morrer. Só queria que aquilo sumisse. E ainda quero.

– Naquela noite... – mamãe funga profundamente – eu prometi a mim mesma que faria o que ela precisasse para se sentir bem. Para mantê-la segura.

A voz de papai estronda:

– Se você quer mantê-lo *seguro*, Ellie, vai deixar que ele continue como está. As crianças dessa idade podem ser terríveis. Deixar isso continuar é o que é perigoso para Tim.

Silêncio.

– Gary, até mesmo o seu pai sabia.

– O quê?

– Seu pai sabia – diz mamãe.

Minha respiração fica presa quando me lembro da vez que vovô Bob penteou meus cabelos com a escova de princesa cor-de-rosa de Sarah que eu havia lhe entregado. Eu me lembro de rodopiar no vestido antigo de Sarah e de vovô dizendo:

– Você é linda, querida. Você é perfeita.

Eu chacoalho a cabeça para tirar aquela lembrança da cabeça, porque é dolorosa demais, e pressiono o ouvido com mais força contra o azulejo quente do banheiro.

– O que ele lhe contou? – pergunta papai, e eu me dou conta de que perdi uma parte da conversa.

– Seu pai me contou que havia algo diferente em Tim. Que ele era mais feminino.

– E o que raios isso quer dizer? – pergunta papai, alto demais.

– Quer dizer que seu pai sabia – diz mamãe. – Bob sabia. E, para ele, estava tudo bem. Ele amava Lily do jeito que ela era. E eu também amo.

– Para minha mãe, com certeza não está tudo bem – contrapõe papai.

Pensar na vovó Ruth azeda meu estômago.

– Ruth – diz mamãe, rindo de um jeito que não tem a menor graça. – A devotada avó que evita visitar nossa casa, como se tivéssemos a peste ou algo assim.

– Isso só começou a acontecer depois do incidente do ano passado – diz papai.

Minha pulsação parece martelar contra minhas costelas. Eu não tinha ideia de que era por isso que vovó Ruth não nos visitava. Eu me perguntava por que nós não a víamos muito. Não sabia que era culpa minha.

- Ah, *o incidente* - diz mamãe, como se a palavra fosse ácida em sua língua.
- Ellie, ela viu Tim descendo as escadas de vestido. O que ela deveria fazer?
- Não derrubar um pote de geleia de morango em nosso piso!
- Ela ficou chocada - justifica papai.
- Ela tem uma mente fechada, Gary.
- Ellie!
- É verdade.

Eu me pergunto como vovô Bob era tão acolhedor e vovó Ruth é tão mesquinha, e ainda assim eles permaneceram casados por tanto tempo. Também me pergunto com qual deles meu pai se parece mais. Acho que sei.

- Meu bem - diz papai. Ele não parece bravo, apenas pragmático. - O jeito como minha mãe pensa é o jeito como a maioria do mundo pensa. É por isso que temos que proteger Tim, impedi-lo de se vestir como uma menina fora dessa casa. Deixe que ele se transforme no menino que ele deve ser. É a melhor coisa para ele.
- Você não pode pensar assim de verdade, Gary. Você não acredita realmente...
- Ellie! - dispara papai. - As pessoas são cruéis. Elas fazem coisas horríveis. Temos que manter Tim seguro.
- Bem, fico feliz que concordemos nisso - diz mamãe. - Apenas não concordamos na melhor maneira de fazer isso. Lily tem que tomar aqueles bloqueadores hormonais.

Eu penso que eles acabaram a conversa, e então mamãe solta apenas uma palavra:
- Logo!

* * *

Eu não deveria ter escutado a conversa de mamãe e papai escondida, porque agora é impossível pegar no sono. Depois de tentar por horas, eu saio da cama e acendo a pequena luminária sobre a mesa. Pego um pedaço de papel e minha caneta roxa favorita e escrevo uma carta para uma de minhas heroínas. Às vezes, eu escrevo cartas para pessoas que admiro, porque isso me faz sentir como se estivesse conversando com alguém que me compreende. Tenho uma pilha dessas cartas na gaveta da escrivaninha. Nunca tive a coragem de enviá-las. Nem sei como descobrir onde meus heróis moram. Apenas escrever as cartas tem sido suficiente por enquanto.

Querida Jenna Talackova,

Meu nome é ~~Timothy~~ Lily. Acho que sou muito parecida com você, só que não tão bonita.

Como é que você fez? Como você ficou diante de todas aquelas pessoas e foi você mesma? Eu sei que você recebeu cartas de ódio, e algumas pessoas escreveram falando mal de você. Mas você foi lá e fez mesmo assim. Você é tão forte. Você mostrou ao mundo quem você realmente é - uma mulher linda, por dentro e por fora.

Eu também quero fazer isso, Srta. Talackova. Sei que começar a oitava série não é tão importante quanto estar no concurso Miss Universo, mas, ainda assim, parece tão difícil. Talvez difícil demais.

Algum dia... espero ser capaz de inspirar alguém também, como você inspirou, Srta. Talackova. (Mas, primeiro, eu tenho que passar pela oitava série!)

Deseje-me sorte!

Sua fã e amiga,
Lily Jo McGrother

UM TRUQUE

Quando acordo, tomo minhas duas pílulas com um copo de suco de laranja, depois entro na internet pará procurar truques de mágica. Eu não aprendo um truque novo há algum tempo. Seria divertido voltar a praticar meu hobby. Eu fiquei muito bom neles em Jersey.

De fato, eu era ótimo em entreter mamãe naqueles dias em que papai não conseguia sair da cama. Os dias sombrios em que ele estava na parte baixa da gangorra de seu transtorno bipolar, mamãe e eu passávamos o tempo juntos. Era uma droga que papai estivesse tão deprimido, mas ao menos mamãe e eu tínhamos um ao outro por companhia. As manias de papai quando ele estava no auge também não eram muito melhores. O bom era quando papai tomava os remédios e ficava bem no meio – o bom e velho papai –, contando piadas bobas, comendo um monte de donuts e amando minha mãe e eu mais do que qualquer outra coisa no mundo.

Esses pensamentos abrem um buraco vazio em meu coração, então eu chacoalho a cabeça para desalojá-los e me concentro na tela. Eu rolo por um punhado de truques que já conheço até encontrar um novo. Mas vou precisar de alguns materiais.

Lá embaixo, na cozinha, encontro o que preciso.

– Para que você quer isso? – pergunta Bubbie.

Eu balanço um guardanapo de tecido e envolvo misteriosamente um pimenteiro nele.

– Você bem que gostaria de saber, não é?

Bubbie ri.

– Talvez não.

– É para um truque de mágica.

Bubbie estende o braço e belisca um pedacinho de carne embaixo dele, entre o cotovelo e o ombro.

– Talvez você possa descobrir como fazer isso desaparecer.

Eu balanço a cabeça.

– Você tem uma moeda?

– Quem quer saber?

Eu lanço *aquele olhar* para Bubbie, e ela encontra sua bolsa e pesca de lá uma moedinha de um centavo.

– Não gaste tudo de uma vez – diz ela, entregando o centavo para mim.

– Mão de vaca – gracejo, enquanto pego todos os meus itens e me dirijo às escadas.

– Boa sorte, Merlin – diz ela.

– Quem?

– Deixe pra lá!

Passo a hora seguinte praticando o novo truque. Várias e várias vezes. É o único jeito de deixá-lo perfeito.

– Este é o meu truque mais legal de todos os tempos – falei para mim mesmo.

Aí me dou conta de que, além de mamãe e Bubbie, não tenho ninguém mais a quem mostrar meu truque. Essa é uma ideia deprimente. Percebo que minha prioridade número um quando começar na Gator Lake Middle é fazer amigos. Talvez eu tenha mais sorte aqui do que na minha escola em Jersey.

Talvez, em Gator Lake Middle, eles aparecerão num passe de mágica.

Dare voltou!

Uma melodia familiar se enreda em meu sonho. Soa como a campainha da nossa casa, mas estou sonhando, então sei que não pode ser real e continuo dormindo. Dormindo profundamente.

– Tim!

Tiro a cabeça do travesseiro e percebo que estou babando. *Nojento*.

– Acorde! – Sarah grita lá do térreo. – Alguém está aqui para vê-lo.

Caindo da cama, eu tropeço até a cômoda e pego um short e minha camiseta rejeitada *Ultimate Frisee*. Às vezes, me pergunto se papai alguma vez acerta nas camisetas logo de primeira. Aí esfrego um pouco de pasta nos dentes com o dedo e estou pronta.

Estou tão cansada que tropeço nos primeiros dois degraus. Entretanto, quando vejo quem está no vestíbulo, acordo totalmente e corro o resto do caminho. Agarro minha melhor amiga em um abraço de esmagar ossos. Ela cheira a protetor solar e cloro. Um verão inteiro de acampamento hípico não mudou esse cheiro. Eu recuo e olho para o rosto dela. Mais magro. Ela parece mais velha, mais madura. *Será que eu também?*

– Dare! – Eu a aperto de novo, sem acreditar que sobrevivi ao verão sem ela.

Tudo vai ficar melhor agora.

– É bom ter você de volta – diz Sarah.

Dare cumprimenta Sarah batendo o punho no dela, e Sarah sobe a escada.

– Reparou em alguma coisa? – pergunta Dare, rodopiando lentamente em um círculo, depois levantando os braços morenos, como se estivesse recheada de fabulosidade.

– Hum, seus peitos ficaram maiores?

Dare me empurra.

– Eu perdi sete quilos. Sete quilos! Continuei nadando e me exercitei todas as manhãs, além das cavalgadas e longas caminhadas. Era tãããão bonito por lá! E eles nos davam comidas realmente saudáveis, tipo salada de couve, cenoura e quinoa. – Dare faz uma pose que me lembra Jenna Talackova. – Agora estou totalmente maravilhosa e pronta para começar a oitava série – diz ela. – Ninguém em Gator Lake Middle será capaz de resistir a esta embalagem.

Nós caímos na risada.

– Senti sua falta – digo, sentando-me no último degrau.

Dare se senta ao meu lado e me empurra com o ombro.

– Eu também senti a sua. – Ela olha para minhas roupas e diz: – Mas vejo que você ainda está fingindo ser o Tim. – Em seguida, ela arqueia uma sobrancelha. *Como é que ela faz isso?*

– Eu tentei.

– Como assim, você *tentou?* – diz ela, um pouco alto demais.

Eu falo baixinho.

– Ontem, eu fui lá fora usando o vestido da minha mãe.

– Sem chance! – Dare me dá um tapa no ombro.

Eu assinto.

– É, sim. Aquele bonito, com estampa de lírios do vale, e um par de sandálias brancas.

Dare tira um pacote de cenouras do bolso e começa a beliscar.

– E aí, o que aconteceu?

Eu não conto a ela sobre a reação assustadora do papai. Pulo para a parte que sei que mais vai interessá-la:

– Eu encontrei um menino.

– O quê? – Ela para de mastigar.

– Um-hum.

– Sem chance!

Dare me acerta na nuca com a parte da mão que não está segurando a cenoura, mas não me incomoda, porque sei que ela só está empolgada por mim. E aí me lembro de pensar em Dare.

– Você conheceu algum menino no acampamento?

Algo muda no rosto de Dare. Em seguida, ela volta a ser ela mesma.

- Não. Era um acampamento Só Garotas, exceto quando tivemos um baile com o acampamento de meninos vizinho ao nosso na última noite. - Ela gesticula com o talinho de cenoura. - Bando de bestas.

Por algum motivo, isso nos faz rir de novo.

- É muito bom mesmo ter você de volta - digo, inclinando-me para mais perto dela.

- Isso é porque eu sou cheia de maravilhosidade, queridinho!

Tudo parece fácil e leve com Dare... até ela dizer:

- E então, onde vamos praticar hoje? No shopping? Naquela cafeteria de que eu gosto? Ah, que tal aquele brechó na rua Ronald Doss? Eu posso comprar lá umas roupas legais para ir à escola.

Minha garganta se aperta, como se eu fosse alérgica às palavras dela.

- Eu não mencionei isso, mas, ontem, quando coloquei o vestido da mamãe, meu pai...

- Ah, aqui vamos nós de novo. Seu pai não aceita quem você é de verdade, então você não pode ser essa pessoa, blábláblá. - Então Dare fica quieta e me encara, séria. - Acho que algumas coisas não mudaram durante o verão.

E, de súbito, não estou cem por cento emocionada em ter Dare de volta.

DUCK DONUTS

O único jeito de Bubbie me convencer a ir com ela fazer uma corrida é nosso destino ser o Dunkin' Donuts e ela prometer comprar um café gelado grande para mim – minha força vital. Assim que chegamos lá, vou convencê-la a comprar também um donut. Bubbie, ao contrário das meninas da minha idade, não resiste ao meu charme.

– Tem certeza de que não quer vir? – Bubbie pergunta à mamãe. – Nós vamos até o Duck Donuts.

Mamãe e eu rimos.

– Acho que é Dunkin' Donuts – diz mamãe. – E vou ter que passar a oferta da corrida. Ainda estou dolorida dos exercícios com você na noite passada.

– Movimentar-se é a melhor cura para essas dores – diz Bubbie, tocando os dedos dos pés algumas vezes. – Além do mais, o exercício vai mantê-la viva por mais tempo.

Mamãe balança a cabeça.

– Vamos, Bubs – digo. – Vamos acabar logo com essa tortura.

Eu disparo para fora de casa, agudamente ciente de que os shorts exibem minhas pernas cabeludas de gorila da pior maneira possível. Eu me certifico de *não* correr pela Lilac Lane em nosso caminho saindo de Beckford Palms Estates. Preciso reduzir ao máximo meus momentos de embaraço.

Estou hiperventilando, como se precisasse de primeiros socorros. Os músculos das minhas pernas estão pegando fogo e já estou desejando estar de volta em casa, de banho tomado e usando um belo par de jeans para cobrir os pelos das pernas. E só chegamos até o limite de Beckford Palms Estates.

– Vamos lá, Norbert! – Bubbie me incentiva, estapeando minhas costas e chispando à minha frente.

– Tô... indo! – ofego. A ideia de um café gelado é a única coisa que propele minhas pernas adiante enquanto persigo uma pequena senhorinha de cabelos grisalhos pelas ruas de Beckford Palms.

É assim que eu acabo chegando ao "Duck Donuts", suando como um sprinkler humano e trombando na única pessoa – sem contar minha família – que conheço em Beckford Palms.

– Dunkin! – grita Tim.

Ele está sentado com uma menina, mais alta que ele, com um sorriso ótimo e covinhas loucamente fundas. *Namorada dele?*

– Por que aquele menino maluco o chamou de Duncan? – pergunta Bubbie.

Tim não é maluco. E eu gosto do apelido.

– E por que o cabelo dele é tão comprido? Faz ele parecer uma menina, se quer saber. – Bubbie fica na ponta dos pés e se alonga. – Não que alguém tenha me perguntado.

Penso em Tim de vestido por causa de uma aposta e em como eu pensei que ele *fosse* uma menina. Uma menina bonita, e sinto meu rosto ficar ainda mais quente do que já está por causa de nossa corrida ridiculamente longa.

– Vou pedir nossa comida – diz Bubbie, enquanto eu vou até a mesinha deles, junto à vidraça.

Tim e eu nos cumprimentamos com um *high five*.

– Esta é...

– Dare. – Ela me olha de cima a baixo. – E quem é esse cara fazendo *high five* com meu melhor amigo?

Ela está com a expressão de quem não está brincando, como se estivesse... protegendo Tim, algo assim. Não sei se devo dizer a ela meu nome real ou o que Tim inventou para mim.

– Este é Dunkin – diz Tim, como se tivesse lido minha mente. – Ele acaba de se mudar para cá, vindo de... – Tim olha para mim com aqueles olhos azuis sérios, aí abaixa a cabeça, e seus cabelos os escondem. – Desculpe, eu esqueci.

– Sou de Nova Jersey – digo.

– Um garoto de Jersey – diz Dare, e não tenho certeza de como eu deveria responder.

Minhas pernas estão me matando por causa da corrida, então me junto a eles na mesa. Espero que não haja problema. Nesse momento, Bubbie me chama do balcão:

– Norbert, você quer um bagel integral ou de gergelim?

– Um donut com geleia, por favor.

– Com gergelim, então – diz Bubbie.

– Norbert? – pergunta Dare.

Tim está com os olhos baixos, mas posso ver que sorri. Ou será que ele está rindo de mim?

– Tanto faz – diz Dare. – Meus pais não me deram um nome muito normal.

Tim e Dare riem.

– Ainda podemos chamá-lo de Dunkin, se você quiser – diz Tim.

– Dunkin é legal – digo.

Eles concordam, o que eu acho que torna meu apelido oficial. Estou em Beckford Palms há apenas alguns dias e já tenho um apelido descolado. *Legal!*

– Meu pai é assim. – Dare indica Bubbie com o queixo. – Não come porcaria. Exceto uma caixa de Pop-Tarts de vez em quando. – Ela dá uma piscadinha para Tim. – Meu pai até me enviou a um acampamento que era o Canal Para Todas as Comidas Saudáveis. – Ela toma um gole de uma bebida vermelha e espessa. Parece tão boa que penso em pedir uma a Bubbie, mas sei que ela jamais compraria aquilo para mim. – Ele está praticamente me forçando a me esbaldar em porcarias quando saio de casa. – Dare balança a cabeça e olha para Tim. – Pais. Eles não têm a menor pista do quanto bagunçam a gente.

Meu estômago se contrai. Pensamentos sobre papai vazam por baixo da porta de aço reforçado em minha mente, mas eu empurro algumas toalhas por baixo e contenho o fluxo.

– Amém – diz Tim. – Pais.

Memórias de coisas de que não quero me lembrar começam a piscar em minha mente. *A noite escura. A batida na porta.*

– Ei, algum de vocês tem uma moeda?

Tim enfia a mão no bolso e bate uma moeda de um centavo na mesa.

– Saleiro – digo a Dare, e ela me passa o objeto. – Guardanapo – digo a Tim.

Ele me passa alguns do porta-guardanapos.

Eu me sinto um cirurgião, prestes a executar uma operação.

– Certo – digo, cobrindo a moeda com o saleiro e cobrindo o saleiro com um guardanapo. – Mantenham os olhos na moeda o tempo todo. Eu vou fazê-la desaparecer.

– Humm – diz Dare, tomando um gole barulhento de sua bebida. – Duvido.

Tim parece hipnotizado.

Agarro o saleiro por cima do guardanapo e o trago para além da borda da mesa. Aí o deixo cair na outra mão, embaixo da mesa, o tempo todo mantendo contato visual com Tim e Dare. O guardanapo vazio ainda mantém o formato do saleiro em minha mão acima da mesa.

– Há! – diz Dare. – A moeda ainda está na mesa. Você, meu senhor, é um péssimo mágico.

– Dare!

– Que foi? – pergunta Dare. – Ele é. A porcaria da moeda ainda está bem ali.

– Ora, olhe só isso. Ela realmente está – digo, porque ser um *showman* faz parte de ser um bom mágico. – Não sei por que não funcionou. Humm. Deixe-me tentar mais uma vez.

Eu coloco o guardanapo em formato de saleiro sobre a moeda. E, enquanto bato com o saleiro por baixo da mesa, esmago o guardanapo vazio. Aí levanto o guardanapo. Apenas a moeda continua lá.

A cabeça de Tim recua em um movimento súbito.

– Como você fez isso? Foi incrível!

– Você fez o saleiro desaparecer – espanta-se Dare. – Por essa eu não esperava.

Rezo para que nenhum deles pense em olhar debaixo da mesa, onde estou segurando o saleiro.

– Venha – diz Bubbie, balançando o saquinho do Dunkin'. – Vamos, Norbert.

– Tchau, Dunkin – despede-se Tim. – Legal seu truque de mágica.

– Obrigado – digo, apertando o saleiro na palma da mão suada.

– Tchau, *Norbert* – diz Dare. Mas ela sorri de um jeito simpático, e suas covinhas ficam da profundidade do Grand Canyon.

Bubbie dispara pela porta e começa a correr.

Por sorte, Tim e Dare a observam pela janela, o que me dá a oportunidade para me levantar e deslizar o saleiro sobre um balcão atrás do porta-canudinhos.

Movendo os braços e forçando as pernas a se movimentarem mais depressa, grito:

– Ei, Bubbie, espere aí! Eu pensei que iríamos parar para comer. Espere! Você vai derramar meu café!

O DESASTRE DAS
DENTADURAS DORFMAN

À tarde, mamãe me faz acompanhá-la para comprar roupas para a escola, o que acaba sendo muito menos sofrido do que eu havia imaginado.

Eu compro dois jeans, três calças cáqui, uma porção de camisas de manga curta, um par de tênis e um de sapatos. Quando acabamos as compras, comemos sanduíches de queijo grelhado e tomamos sundaes no Friendly's.

Mamãe até parece feliz, o que é bem legal.

Eu não pergunto de onde está vindo o dinheiro para todas essas coisas. Desde o desastre das Dentaduras Dorfman, as coisas ficaram bem apertadas no departamento financeiro. Talvez Bubbie esteja pagando tudo. Ela é cheia da grana. Mamãe diz que a franquia Bodies by Bubbie – vídeos, produtos, aulas particulares – é um fenômeno. Pelo tamanho da casa da vovó, vou presumir que ela está correta.

Eu me pergunto quanto dinheiro tínhamos antes do desastre da dentadura de papai, que aconteceu pouco antes de deixarmos Nova Jersey.

Papai voltou para casa, sorrindo. Ele vestia um terno amarrotado, que cheirava como se ele o tivesse retirado do fundo de um baú cheio de meias sujas. Papai assobiava, como se fosse o melhor dia de sua vida. Seu humor era contagioso, e eu fiquei todo empolgado, apesar de não saber com o que estávamos empolgados. Até me lembro do que papai estava assobiando: a música "Parabéns pra você", o que era esquisito, porque nenhum de nós estava fazendo aniversário.

O rosto de mamãe pareceu preocupado, a boca espremida e as pálpebras estreitadas, como se ela tentasse adivinhar o que havia de errado com aquela imagem. Um traço de preocupação se espalhou para mim também.

– Eu cuidei de tudo – disse papai. E ele levantou mamãe em um abraço enorme, girando duas vezes. – Nós vamos ficar ricos – disse ele. – Ricos. Ricos. Ricos. Ricos. Ricos. Ricos. Ricos.

As pálpebras dele estavam muito abertas.

Em vez de compartilhar de seu entusiasmo, mamãe desabou no sofá e colocou a palma da mão sobre a boca.

Eu não sabia por que mamãe estava sendo tão estraga-prazeres, mas fiquei interessado em ver por que papai estava tão entusiasmado. Talvez fôssemos enriquecer com seja lá o que fosse aquilo. E talvez eu pudesse comprar um telefone novo, e nós até nos mudássemos para uma mansão, em vez de morar naquela casa geminada.

- Imagine só isso - disse papai, fazendo um arco amplo com o braço direito. - Doug Dorfman, Rei da Dentadura do Sul de Jersey. Vou vender dentaduras para todo mundo neste país. Neste mundo. Talvez até em outros planetas. - Papai riu, mas nada era engraçado. Ele ficou ali em seu terno amarrotado, como se esperasse que mamãe e eu o aplaudíssemos ou algo assim, mas não disse nada que soasse como uma ideia de um milhão de dólares. Na verdade, ele nem estava fazendo sentido. Como é que papai venderia dentaduras para todas as pessoas do mundo? Ele nem era um dentista! Às vezes, ele nem mesmo escovava os próprios dentes, e ficava com um mau hálito terrível.

Mamãe balançou a cabeça lentamente de um lado para o outro, mas papai pareceu não notar.

- Pode-se ganhar dinheiro com isso - disse ele, saltando de uma parte da sala para a outra. Salto. Salto. - Muito, muito dinheiro. E eu vou ganhá-lo. Oaa! - Salto. - Oaa! - Salto. - Oaaa! Oaaa! Oaaa! - Salto. Salto. Salto.

Papai parecia o sapo daquele jogo de videogame antigo, Frogger, desviando-se de carros na estrada.

- Sente-se, Doug - disse mamãe. - Esses pulos estão me deixando enjoada.

- Vai ser incrível - disse papai. - Eu vou vender mais dentaduras que todo mundo na história das dentaduras. Não é mesmo? - ele me perguntou, erguendo a mão. Então eu lhe dei um high five, apesar de saber que isso provavelmente tivesse irritado a mamãe. Eu não estava tentando encorajar papai ao lhe dar o high five, só queria impedir que ele mergulhasse de cabeça na outra direção.

- Eu comprei um outdoor! - gritou papai. - Bem do lado da estrada, para todos verem.

- O quê? - berrou mamãe. - Você fez o quê?

Dei a mamãe um pouco mais de espaço no sofá, caso ela planejasse um ataque histérico completo.

– Quanto foi? – perguntou mamãe, baixinho.

Papai gesticulou, fazendo pouco de sua preocupação.

– Isso não vem ao caso, Gail. Não é importante. Você não percebe? Nós vamos ganhar mil vezes o custo daquele outdoor assim que as encomendas começarem a chegar. Dez mil vezes esse valor quando eu expandir para outros estados. – Papai retorceu as mãos de um jeito estranho na frente do rosto de mamãe. Eu pressionei as costas contra o sofá. – Além disso – continuou papai –, Dentaduras Dorfman não soa ótimo? Absolutamente maravilhoso! Percebeu a bela aliteração? Dentaduras Doug Dorfman. É um nome vencedor, Gail. Um vibrante e valoroso nome vencedor. Estou certo ou estou certo? – Ele olhou para cada um de nós, com os olhos arregalados. – Estou certo!

Mamãe falou com suavidade, como se mal lhe restassem energias.

– Você tem zero experiência com odontologia, dentaduras, tudo isso, Doug. O que o faz pensar... o que... Quanto o outdoor custou?

Papai ficou com uma cara estranha, como se alguém tivesse espetado seu balão com um alfinete.

– Você sempre faz isso, Gail. Eu tenho essa ótima ideia... essa ideia brilhante, e você... você sempre estraga tudo.

– Sim, essa sou eu – murmurou mamãe de seu canto no sofá. – A Estragadora Oficial de Tudo.

Aí mamãe foi para a cozinha e fez um sanduíche de salada de atum para si, enquanto papai continuava a andar de um lado para o outro, falando consigo mesmo sobre sua excelente ideia para os negócios.

Eu fui direto para o meu quarto e toquei música bem alto.

Agora eu me arrependo, deveria ter ficado lá embaixo com papai. Talvez eu pudesse tê-lo ajudado.

* * *

Conforme descobrimos depois, comprar uma propaganda em um outdoor custava tudo o que tínhamos. Todas as economias de mamãe, de seus anos trabalhando na padaria, foram gastas em uma só tacada. Minha pequena reserva para a faculdade desapareceu. Puf! Mamãe disse que sua poupança para a aposentadoria, o pouco que havia, também foi usada. E mamãe não conseguiu pegar o dinheiro de volta, mesmo tendo brigado muito com o pessoal do outdoor. Era não reembolsável. Sem exceções. Mamãe lamentava o fato de não ter tirado o nome de papai de todas as contas conjuntas anos antes.

Assim, mamãe e eu empacotamos nossas vidas, saímos de Nova Jersey e fomos para o sul da Flórida. Na viagem de mudança, quando passamos pelo outdoor de papai na estrada – DOUG DORFMAN, REI DAS DENTA-DURAS –, com a imagem de papai vestindo aquele terno amarrotado e uma coroa brega, que deve ter sido incluída por Photoshop, e um sorriso enorme, falso e branco, mamãe mostrou o dedo do meio para o outdoor.

Foi assim que deixamos Nova Jersey: quebrados e com o dedo médio de mamãe erguido em riste.

Eu sei que mamãe estava xingando o pessoal do outdoor por não ter devolvido o dinheiro, e não papai. Mamãe sabia que ele não podia evitar.

Porém, ela parecia tão triste e furiosa que eu enfiei a mão em nosso pacote de lanches, abri um Jelly Krimpet Tastykake – o tipo preferido dela – e lhe entreguei um. Aquelas coisas sempre faziam mamãe sorrir.

Bem, quase sempre.

Você, sendo você!

Um dia antes de as aulas começarem, estamos no quarto de Dare, experimentando cada peça de roupa que ela possui. Vestidos. Saias. Blusinhas. Sapatos (apesar de os pés dela serem dois números menores que os meus). Dare até pega emprestadas algumas echarpes esvoaçantes da mãe para nos enfeitarmos.

Uma vez, quando éramos pequenas e fizemos isso durante um pernoite na casa dela, a mãe de Dare, Ophelia, olhou de modo estranho para mim por alguns momentos, aí entrou no quarto e se juntou a nós. E quando eu pedi que ela me maquiasse também, como estava fazendo com Dare, ela concordou, mas disse: "Não conte a seus pais que eu fiz isso. Tudo bem?".

Mesmo naquela época, eu sabia que seria tranquilo contar à mamãe, mas não ao papai. Porém, não mencionei o fato a nenhum dos dois. Só para prevenir. Eu me senti tão bem por Ophelia me aceitar por ser quem eu era! Por ela não pensar que havia algo de errado em eu querer usar maquiagem também.

Agora, estou envolta em uma fabulosa echarpe roxa, usando uma longa saia preta e uma blusinha de seda azul-marinho com um decote profundo, que mostra exatamente o quando meu estúpido peito de menino é reto. Uma pontada de inveja me acomete quando olho para os novos e aperfeiçoados seios de Dare. Ela tem tanta sorte de seu corpo tê-los produzido durante o verão! Ela nem precisou fazer nada para que isso acontecesse. Eu vou ter que tomar estrogênio se quiser que meu corpo produza seios algum dia. Entretanto, antes de poder fazer isso, preciso de bloqueadores hormonais para impedir que meu corpo me traia e desenvolva características masculinas. Tenho que fazer papai entender o quanto os bloqueadores são importantes, como eles podem me conseguir tempo antes que mudanças permanentes e irreversíveis ocorram. Todas as mudanças erradas.

Porém, não quero pensar sobre isso nesse momento. Por enquanto, posso tirar uma folga das preocupações.

Dare está vestindo uma calça de moletom cor-de-rosa e uma camiseta roxa com pedraria em formato de coração.

— Então — diz Dare, experimentando uma echarpe com as cores do arco-íris. — Você vai finalmente fazer?

— Fazer o quê? — pergunto, embora saiba exatamente do que ela está falando. Estou enrolando.

Dare vasculha a bagunça de roupas que empilhamos no chão.

— Fazer isso — diz ela, depositando uma saia rosa e minha blusinha azul-clara favorita na cama. — Primeiro dia de aula. Você, sendo você.

Eu toco o tecido sedoso da blusinha, tão mais macio que o das roupas de menino que papai compra para mim. Esfrego o tecido contra o rosto e a sensação é perfeita contra minha pele. Dare não faz ideia do quanto eu quero fazer isso. Mas penso em papai e no quanto ele odeia quando me visto de menina. Aí penso no pessoal da escola, que já zomba de mim. Penso em Dunkin. Olho para Dare e digo:

— Talvez fosse melhor se eu esperasse um ano e fizesse isso quando começarmos o Ensino Médio. O pessoal vai estar mais maduro até lá. Certo?

— Argh! — Dare joga seus belos braços morenos para o alto, em desespero total. — O que eu faço com você, Lily Jo McGrother?

Eu seguro o travesseiro macio de Dare junto ao peito.

— Seja minha amiga.

Dare se joga na cama.

— Posso fazer isso. Mas ao menos leve isso para casa com você. Pense a respeito.

Adoro o fato de Dare me chamar de Lily quando não estamos na escola. Mamãe também me chama de Lily agora, apesar de papai não gostar. E Sarah me disse que vai me chamar de Lily quando eu estiver pronta para *ser* Lily por completo.

— Tudo bem — digo. E com essas palavras, eu faço uma promessa para mim mesma.

Eu vou tentar de novo.

Palavras fraternas de sabedoria

Acordo 45 minutos antes do horário programado em meu despertador.

Isso me dá tempo suficiente para ficar deitada na cama e permitir que meu estômago se revire para todo lado. As outras crianças começando a oitava série na Gator Lake não precisam lidar com isso. Elas se preocupam com coisas normais, como espinhas, o que vão vestir e quem gosta delas.

A porta do meu quarto se abre de leve. A cabeça de Sarah aparece. Seu sorriso afetuoso deixa tudo melhor.

– Queria lhe desejar boa sorte hoje.

– Entre – digo, sentando-me na cama e indicando com um gesto o espaço ao meu lado.

Sarah está vestindo uma saia longa, botas marrons e uma blusinha transparente com uma regata por baixo.

– Eu queria me parecer com você. – Não acredito que falei o que estava pensando, mas é verdade. Sarah é linda, e parece tão fácil para ela. Parte de mim sente inveja de Sarah desde que eu consigo me lembrar, mas nunca cheguei a dizer isso em voz alta.

Ela trava os olhos nos meus.

– Você é ótima, do jeitinho que é. – Aí ela levanta meu queixo, de modo que sou obrigada a manter a cabeça erguida. – O que você vai vestir hoje?

Ela olha para a saia e a blusa que peguei emprestado de Dare e estão penduradas na porta de meu armário.

Respiro fundo.

– Se eu usar roupas de menino, acho que Dare vai me matar.

– Ela é uma boa amiga – diz Sarah.

– É, mas se eu usar roupas de menina, acho que papai vai me matar.

– Bem, quem é mais assustador, papai ou Dare?

– Dare – dizemos ao mesmo tempo, e caímos na risada.

Eu amo minha irmã.

Sarah toca meu braço.

– Talvez seja uma boa ideia esperar para usar as roupas de menina, sabe. – Ela olha direto nos meus olhos. – Essa fase na escola pode ser meio... difícil. As crianças não aceitam muito bem... nem a si mesmas, quanto mais os outros.

– Nem precisa me dizer – comento, pensando nos neandertais que terei de encarar hoje.

– Talvez deva esperar um pouco – diz Sarah, baixinho. – Ser você mesma em casa, mas...

– Você está começando a soar como o papai.

Ela franze o nariz.

– Desculpe.

– Tudo bem – digo, mas fico triste por minha própria irmã não achar uma boa ideia eu ser quem realmente sou neste momento.

– Ei – diz Sarah. – O Knits Wits vai se reunir aqui depois da aula.

– Em que vocês estão trabalhando hoje?

Sarah retira do bolso dois pedaços de lã. Um, azul-claro, o outro, rosa-claro.

– Estamos tricotando touquinhas fofas para os bebês prematuros do hospital Beckford Palms.

– Isso é legal – digo. Mas tudo em que posso pensar é como todo esse negócio de código de cores para meninos e meninas é determinado desde o nascimento. No instante em que um bebê vem ao mundo, alguém decide se ele recebe uma touca rosa ou azul, com base no corpo do bebê. E não no cérebro. Por que eles não colocam uma touca de cor neutra no bebê e esperam para ver o que acontece?

Com um sotaque britânico bobo, Sarah diz:

– Devo partir. É deselegante chegar atrasada no primeiro dia, você compreende. Até mais, companheira!

Ela me envolve em seus braços, me abraçando apertado o bastante para me dar a força de que eu preciso para atravessar as próximas horas.

– Obrigada, Sar. Te amo.

– Também te amo – diz ela, e toca a ponta de meu nariz. Ela olha para as roupas de menina. – De qualquer jeito.

* * *

Estou na metade de meu Pop-Tart (dividi um pedaço da borda com Almôndega) quando papai se junta a mim na cozinha, o jornal dobrado embaixo da axila. Ele cheira ao forte sabonete de hortelã que a mamãe compra.

– Oi, Tim. Pronto para o seu primeiro grande dia como aluno da oitava série?

Posso ver que papai está feliz por eu estar com roupas de menino.

– Acho que sim – digo, mas com zero entusiasmo na voz. Papai deveria notar isso, mas não parece ter reparado.

Ele despeja água na cafeteira.

– Quer um pouco? – pergunta ele.

– Não, obrigada – digo. – Bem, é melhor eu acabar logo com isso.

Mamãe desce as escadas, o tapetinho de ioga pendurado sobre o ombro.

– Está pronta, querida? – Ela segura minhas bochechas com as palmas quentes e olha em meus olhos.

E é aí que as lágrimas quentes escorrem.

Com raiva, eu as enxugo com as costas da mão. Indico papai com o queixo, apesar de ele não ter feito nada, na verdade, exceto o café.

– Eu sei – mamãe diz, e me abraça.

Mas não sei se ela sabe. Como poderia? Ela nasceu com o corpo certo. Novecentas e noventa e nove pessoas em cada mil nascem com o corpo certo. *Sorte delas.*

– Seja paciente com ele – sussurra mamãe. – Vai acontecer.

Talvez ela compreenda, sim.

Eu respiro fundo, inalando o pouco de coragem que consigo para o começo da oitava série.

Através da janela ao lado da porta, vejo Dare se aproximar da entrada de casa, sorrindo seu sorriso incrível de covinhas fundas.

Quando ela vir o que estou vestindo, aquele sorriso não vai durar.

Olho para papai debruçado sobre o jornal, depois para Dare se aproximando de nossa porta, e sinto que, não importa o que eu faça, não tenho como vencer.

Um sinal

— Oi, meu bem – diz mamãe, puxando Dare para o vestíbulo e dando-lhe um abraço apertado.

Contudo, enquanto mamãe abraça Dare, minha amiga está me encarando, dizendo com os olhos o quanto está decepcionada comigo.

— Estão prontas para o primeiro dia da oitava série? – pergunta mamãe.

— *Eu* estou – diz Dare, dando uma indireta que apenas eu compreendo.

— Bem, deixe-me tirar uma foto de vocês duas. – Mamãe sai para apanhar a câmera.

Dare coloca uma das mãos no quadril e olha para mim.

— Eu sei – digo, me sentindo um fracasso.

Papai levanta o olhar do jornal e dá um aceno rápido a Dare.

Mamãe volta, mexendo na câmera.

— Venham – diz ela, fazendo um gesto para que nos aproximemos. – Finjam que vocês são, sei lá, as melhores amigas desde a pré-escola.

E nós somos, desde a sala da Srta. Christy na Krianças Kampeãs. *Seriam campeãs se isso fosse escrito do jeito certo.*

Conheci Dare quando ela lia um livro dos Ursos Berenstain. Eu me sentei ao lado dela e observei enquanto ela passava os dedos embaixo das frases, escutando enquanto ela lia baixinho a história "Muita TV". Durante o resto daquele dia, e por muitos outros dias depois, Dare e eu brincamos de Ursos Berenstain juntas. Nós fingíamos que a Srta. Christy era a Mamãe Urso, e o Papai Urso tinha saído para trabalhar. Dare era perfeita como Irmão Urso e eu, é claro, era a Irmã Urso.

Agora eu deslizo mais para perto de Dare, para podermos acabar logo com esse negócio de paparazzi.

Noto que Dare não se aproxima nem um milímetro. De fato, ela se inclina um pouquinho na outra direção. Isso faz meu coração doer.

— Sorriam – diz mamãe.

Eu forço uma imitação desanimada de um sorriso, os lábios fechados.

Dare nem se incomoda em fingir.

— Esperem – diz mamãe, e se afasta correndo de novo.

Dare balança a cabeça. *Por causa de mamãe? Por minha causa?*

– Pare de olhar para mim com esse olhar de reprovação – cochicho, torcendo para que isso ultrapasse a raiva de Dare, mas ela não responde.

– Aqui – diz mamãe. – Segurem isso.

Mamãe nos entrega um cartaz que ela fez. Nele está escrito: *Lily e Dare – 1º dia da 8ª série.*

Isso – finalmente – faz Dare sorrir.

Eu também sorrio. Um sorriso de verdade. O cartaz do ano passado dizia: *Tim e Dare – 1º dia da 7ª série.* E todo ano antes desse foi igual. Acho que o cartaz mudou porque mamãe mudou. Ela está realmente abraçando o novo eu. O verdadeiro eu.

Te amo, mamãe, eu cochicho. Parece que ela envolveu meu coração em carne viva em um abraço terno.

– A senhora é legal demais, Sra. McGrother – diz Dare, e bate o punho contra o de minha mãe em um cumprimento.

Quando mamãe tira a foto, eu sei que pareço genuinamente feliz, porque é assim que me sinto. Dou uma olhada, e Dare também parece feliz. Talvez ela tenha cansado de ficar desapontada comigo por eu me vestir como um menino.

Papai ergue o olhar e nos cumprimenta com um gesto de cabeça.

– Tenham um bom primeiro dia de aula.

– Obrigada, Sr. McGrother – agradece Dare.

– Tchau, papai.

Mamãe solta a câmera e nos espanta porta afora, mas posso ver que ela quer que a gente vá embora porque está ficando com lágrimas nos olhos e provavelmente não quer chorar em cima de nós.

Dare abre a porta de tela e eu a acompanho.

Enquanto desço pela entrada de casa, Dare tromba seu quadril contra o meu. Eu finjo que vou fazer o mesmo, com força, mas, em vez disso, encosto meu ombro no dela.

Dou uma espiada para trás, para ver se mamãe está olhando. Ela está do lado de fora da porta, com uma mão sobre o coração e a outra segurando o cartaz.

Sentindo esperança

— Você disse que ia fazer. – Dare me empurra de novo, eu perco o equilíbrio e caio da calçada.

— Ainda pode acontecer – digo, voltando à calçada e entrando no ritmo dos passos dela. – O ano está só começando.

Espero que ela não fique desapontada. Estou desapontada o bastante por nós duas.

— Não vai acontecer se *você* não fizer acontecer. – Dare para de caminhar. – Ninguém pode fazer isso por você, Lily. Já pensou que pode haver alguém como você em nossa escola, se escondendo, e que, se você for corajosa, isso pode facilitar as coisas para essa pessoa?

Duvido que mais alguém em nossa escola seja como eu. Mas o pensamento me dá uma faísca de esperança.

— Quem é corajoso e honesto torna as coisas mais fáceis para a pessoa que vem em seguida. Como Rosa Parks. Jackie Robinson. Thurgood Marshall. Ruby Bridges. Como...

— Jenna Talackova. Janet Mock. Laverne Cox. Jenny Boylan.

— Exatamente. – Dare aquiesce. – Não estou dizendo que é fácil. Estou dizendo que é importante, não apenas para você, mas para a próxima pessoa.

— Eu sei – sussurro, a cabeça baixa. E eu sei mesmo, mas não consigo pensar na pessoa que vem em seguida neste momento. Mal consigo me controlar. Além de mais quatro pelos no buço, que eu retirei com a pinça, encontrei outros dois pelos eriçados lá embaixo hoje de manhã, e vou ficar maluca se papai não me deixar comprar os bloqueadores hormonais logo.

— Não tenho certeza se sabe mesmo – diz Dare, em alto e bom som. Ela nunca sabe quando deve deixar um assunto para lá.

O suor escorre pelas laterais do meu rosto, e eu só quero chegar à escola antes de virar uma bagunça suada e nojenta logo no primeiro dia.

Dare aponta o dedo bem debaixo do meu nariz.

– Se você não consegue ficar confortável com quem é de verdade, como pode esperar que os outros fiquem?

Ela tem razão. Ela sempre tem razão, mas eu não quero mais falar sobre isso. Quero minha cabeça no lugar certo para a escola.

– Podemos, por favor, falar sobre outra coisa?

Dare me olha nos olhos, aperta meus ombros e diz:

– Me desculpe. Às vezes, minha boca não tem botão de desligar.

E, simples assim, estamos bem de novo, trombando os ombros e caminhando adiante.

Os neandertais

Peguei meu horário de aulas e corri até Dare para comparar com o dela. Quando vimos que nosso intervalo era ao mesmo tempo, trocamos um *high five*. Também temos as mesmas aulas de Estudos Sociais e Educação Física. Duas comemorações. Eu queria que ficássemos juntas em todas as aulas, mas Dare é melhor que eu em Ciências e Matemática, então está nas aulas avançadas. Nós duas frequentamos Língua e Literatura em nível avançado, mas com professores e horários diferentes.

Nossas salas de chamadas ficam em extremos opostos na escola, então, quando escapamos do refeitório barulhento e fedido, nos abraçamos rapidamente e nos separamos.

Não me afasto muito e já vejo Dunkin vindo em minha direção. Sorrio.

Nesse instante, John Vasquez e alguns de seus amigos neandertais, como Bobby Birch, que ficaram mais altos e fortes durante o verão, param à minha frente. Testosterona em sua forma pura. A sensação boa de ver Dunkin evapora.

Meu coração martela. Minhas pernas querem correr. Porém, para onde eu iria?

Eu não quero que meu primeiro dia na oitava série comece assim.

Me irrita o fato de eu ter que olhar para cima para encarar os neandertais por causa do estirão deles.

Eu deveria estar na sala de chamada agora. A campainha vai soar em breve. Penso em dizer que é por isso que eu preciso ir, mas não digo, porque ninguém se importa em ser pontual no primeiro dia. Alunos antigos estão ocupados demais trocando as novidades, e os novos estão ocupados demais se perdendo.

– Ei, bicha!

Com aquela única palavra, toda a esperança de esse ano ser diferente se esvai de mim.

Nada mudou desde o ano passado, exceto o tamanho dos neandertais.

Não consigo acreditar que Vasquez tenha dito isso, desse jeito. Bem no corredor, com um monte de gente em volta. Ele fala como se as palavras fossem vermes em sua boca. Como se fosse algo verdadeiro. Não é. É uma coisa feia, o jeito como ele diz. Não é a palavra certa, mesmo que ele tivesse usado a palavra correta, inofensiva. Contudo, ela faz meu estômago se encolher em uma bola apertada e enjoada.

– Bicha! – Vasquez torna a dizer. – Bonito cabelo.

Fico instantaneamente com vergonha dos meus cabelos loiros. O motivo pelo qual precisei brigar com papai, pois queria mantê-los compridos. O cabelo que é igualzinho ao da mamãe. O cabelo que eu amo.

Vasquez usa cabelo curtinho em estilo militar. Ele estende a mão e puxa o meu cabelo.

– Bicha.

– É, bichinha – ecoa Bobby Birch, fechando e abrindo com força os punhos gordos.

Se é ruim assim quando estou usando roupas de menino, não quero nem imaginar como teria sido esse reencontro se eu tivesse vindo para a escola usando a saia e a blusa de seda de Dare. Ouvi falar que Vasquez e seus amiguinhos fizeram coisas horrorosas com algumas crianças fora da escola. Eu imagino que, se me vestisse como quero, em roupas que as pessoas rotulam como exclusivas para garotas, eu provavelmente estaria no chão, em uma poça do meu próprio sangue, com o corpo macetado pelos punhos deles.

Eu me recolho para dentro de mim mesma, desejando que eles partam. Me esconder em minhas roupas de menino foi uma boa ideia essa manhã. Odeio admitir, mas papai tinha razão.

Vasquez balança a cabeça para mim.

– Por que você é tão bichinha, McGrother?

Presumo que esta seja uma pergunta retórica.

Os neandertais se afastam gingando, provavelmente para perturbar outra pessoa, alguém de bengala ou em uma cadeira de rodas. Esses caras obviamente emergiram da parte rasa da piscina de genes.

Eu queria poder ir para casa e me encolher embaixo do edredom marrom feio com Almôndega aninhado atrás dos meus joelhos. Ou subir entre os galhos acolhedores de Bob com um bom livro. No entanto, não posso fazer nenhuma dessas coisas. Tenho que ir até a sala de chamada e conhecer meus novos professores e colegas.

Empurro os ombros para trás.

Não vou permitir que os neandertais arruínem meu primeiro dia da oitava série.

Marchando para a sala de chamada, eu me livro daquela palavra feia e a deixo cair no chão encerado do corredor, junto com uma única lágrima que escapa.

COVARDE

No fim do corredor amplo e lotado, eu vejo os cabelos compridos. Tim olha para cima e eu vejo seus olhos de um azul profundo como o oceano. Quando me vê, ele sorri, e eu me sinto ótimo no mesmo instante. É legal conhecer pelo menos uma pessoa nessa escola gigante. Uma pessoa com quem eu posso conversar. Uma pessoa com que eu posso – espero – almoçar, se tivermos a sorte de os nossos horários baterem. Não posso acreditar que nunca lhe perguntei que escola ele frequentava.

Eu atravesso a multidão de alunos para chegar a Tim e podermos comparar nossos horários, e talvez ele possa me mostrar onde fica minha sala de chamada, porque eu não faço ideia e não quero perguntar a ninguém.

Alguns caras altos param na frente de Tim, de costas para mim. Eu mal consigo enxergar Tim entre os corpos grandes deles. Normalmente, eu posso ver por cima da cabeça dos outros, mas esses caras são quase tão altos quanto eu.

Eu me aproximo, porém, para poder ter noção do que está acontecendo, mas não chego muito perto.

Parece que um dos caras diz algo para Tim e puxa o cabelo dele. *Quem faz isso? Estamos na segunda série?*

Estou perto o suficiente para ouvir a palavra que um deles usa. Uma imagem surge em minha mente – *aquele dia luminoso há menos de uma semana, quando vi Tim diante da casa dele, usando um vestido vermelho. Tim, com seus longos cabelos loiros e olhos azuis.*

Escuto a palavra outra vez, lançada no corredor de maneira ameaçadora.

Campainhas de alarme disparam em minha cabeça, de modo que paro de me mover e seguro meu horário com tanta força que a folha fica amarrotada.

Eu deveria correr até lá e ajudar. Seria a coisa certa a se fazer. Seria o que papai teria feito, quando ele estava em um dia bom. Ele adorava ajudar as pessoas, resolver os problemas delas.

Mas entrar com tudo nessa situação sobre a qual não sei nada seria um jeito terrível de começar em uma escola. E se os caras desistissem do Tim e partissem para cima de mim? E se eles me chamassem de bicha?

Dou um passo para trás, e outro, enquanto vários alunos se amontoam ao redor deles.

Um dos caras muda de posição o suficiente para eu ver os olhos de Tim, implorando para que aquilo terminasse. Conheço muito bem aquela sensação, de quando os outros alunos me atormentavam em minha escola, em Nova Jersey.

Sem perceber que tomei minha decisão, abaixo a cabeça e dou meia-volta. Corro para a biblioteca, para longe de Tim, das palavras feias que voam em sua direção e do ódio vindo dos garotos que os cercam.

Encontro uma escadaria e subo, cada vez mais para cima, para longe de ser um ser humano razoavelmente decente.

Covarde.

Eu abro uma porta que leva a um corredor menos lotado e caminho adiante.

Covarde. Covarde. Covarde.

Só quando um som agudo atravessa meus pensamentos eu me dou conta de que deveria estar na sala de chamada. E não faço ideia de onde ela fica.

DUAS PALAVRAS

Um professor estica o papel com meu horário de aulas, espreme os olhos para conseguir ler e aponta na direção da minha sala de chamada. Encontro a sala e deslizo para uma cadeira vazia na última fileira. Estou atrasado, mas algumas pessoas entram depois de mim, então acho que não tem problema.

Quando o professor começa a chamada, ainda estou pensando no que aconteceu com Tim e como eu fui um amarelão. É claro, estou perdido em pensamentos, e o professor precisa chamar meu nome duas vezes. Meu nome estúpido, digno de gozação, já é horrível o bastante da primeira vez.

Uma garota algumas fileiras à frente da minha se inclina para outra e ri.
– Norbert Dorfman? Que nome infeliz.

Eu me encolho na minha cadeira, e fico ainda mais desajeitado, porque eu sou anormalmente alto. Percebo que essa humilhação da chamada será repetida em todas as aulas.

Minha aula seguinte é Língua e Literatura. Encontro a sala rapidinho e ocupo uma cadeira no fundo. Tim entra na sala e minha reação imediata é felicidade, substituída por culpa. Eu me afastei quando aqueles caras o atormentavam no corredor. *Que tipo de pessoa faz isso? O tipo de pessoa que quer sobreviver à oitava série.*

Quando Tim olha as fileiras e seus olhos azuis pousam nos meus, eu abaixo a cabeça, porque o que fiz – ou, mais precisamente, o que não fiz – foi covarde. Eu iria querer que alguém me defendesse se estivesse naquela situação. No entanto, não deveria ter abaixado a cabeça, porque me dou conta, tarde demais, de que Tim me deu um aceno amistoso, e agora se passou tempo demais para acenar de volta sem que seja esquisito.

Sinto falta do meu amigo Phineas para não me sentir solitário, mas sei que isso é estúpido e maluco.

O Sr. Creighton nos conta sobre sua carreira de professor, seus cachorros e seu amor nerd pelos livros. Eu gosto dele.

Mas aí ele faz a chamada. Por que ele não fez isso logo no começo da aula, como os outros professores fazem? Eu fiquei todo confortável com as histórias dele, e então, isso.

Quando ele diz "Norbert Dorfman", estou prestando atenção e ergo a mão rapidamente para ele poder seguir para o próximo nome. Mas não fui ligeiro o bastante, pelo visto. Alguém por perto cochicha:

— Norbert Dorfman. É sério isso?

Tomo um susto quando a pessoa ao meu lado cutuca meu cotovelo. Ele passa um pedaço dobrado de papel para minha mão. Eu me pergunto se é para outra pessoa e eu devo repassar, mas a pessoa gesticula que é para mim.

Eu?

E é aí que a preocupação inunda minha mente. Tenho medo de que alguém tenha escrito algo maldoso sobre meu nome ou... talvez seja um bilhete sobre alguém ameaçando brigar com o aluno novo depois da aula ou...

Debaixo da carteira, desdobro o papel e olho para baixo enquanto o Sr. Creighton escreve na lousa uma citação engraçada sobre um livro e um cachorro. Não ligo para a citação; ligo para o bilhete.

Nele, estão duas palavras que me dizem que quem escreveu isso é uma pessoa melhor do que eu.

Duas palavras (e a pontuação) que me deixam feliz pela primeira vez desde que entrei na Gator Lake Middle School.

Oi, Dunkin!

O que há em um nome?

Fico feliz em ver Dunkin em minha classe. Espero que ele não tenha ficado por perto para testemunhar o que aqueles idiotas me disseram antes de eu vir para a sala da chamada. Não quero que nada estrague minha chance de ser amiga dele.

Alguém zomba do nome verdadeiro de Dunkin quando a chamada é feita, então eu passo um bilhete para ele com seu apelido. Fico muito contente quando vejo que isso o fez sorrir.

Odeio ter que responder quando chamam Timothy McGrother, apesar de cada fibra do meu ser querer gritar: *meu nome é Lily Jo McGrother!*

Quando levanto a mão, o Sr. Creighton olha para mim – olha para mim de verdade –, como se tentasse entender quem eu sou. Ele parece alguém que não precisa colocar as pessoas em certas caixinhas para se sentir mais confortável com o mundo. Eu tenho a impressão de que o Sr. Creighton gostaria perfeitamente de mim como Lily.

Onde não é o meu lugar

Não precisamos colocar as roupas de Educação Física porque é o primeiro dia, mas os treinadores mostram todo o vestiário, como fizeram no começo da sexta e da sétima série. E eles repassam as mesmas regras que nos dizem todo ano, sobre estar preparado e respeitar os outros e suas propriedades. *Ah, tá.*

Os alunos da sexta série parecem pequenos e apavorados. Eu sinto pena deles, mas fico contente por não estar em seu lugar. Já é difícil o bastante estar na oitava série, especialmente com os três neandertais dessa manhã em minha sala. Eles ainda me fazem sentir pequena e apavorada.

Não há nada empolgante no vestiário para o treinador Ochoa nos mostrar – apenas bancos antigos na frente dos armários, nos quais as pessoas gravaram suas iniciais, as de suas namoradas, e outras coisas que fazem minhas bochechas arderem. Já se vê algumas bolinhas de papel higiênico coladas no teto. E mictórios com bolos dentro, como aquele que Joey Reese achou que seria hilário colocar no armário de Matthew Greene no ano passado.

Fico aliviado quando o passeio e o sermão acabam e ficamos de pé no ginásio, do lado de fora do vestiário.

O treinador Ochoa continua a cantilena sobre trocar de roupa rapidamente e não se atrasar para a aula. Eu me distraio de sua voz e observo a treinadora Outlaw levar as meninas para o vestiário dela do outro lado do ginásio. Dare está naquele grupo, e eu também deveria estar.

ALGO NA AULA DE MATEMÁTICA (E NO REFEITÓRIO) NÃO FECHA

Os caras que incomodaram Tim estão na minha sala de matemática. É difícil dizer com certeza se são eles, porque há muita gente nesta escola e eles têm aparência meio similar, e eu só vi aqueles três por alguns segundos, em sua maior parte, de costas. Mas prestei atenção por causa do que estavam fazendo.

Assim, olho feio para eles em nome de Tim, mas estou no fundo da fileira, então eles não podem me ver. Se um deles virasse para trás, eu sei que olharia para baixo, porque sou um covarde.

Um dos caras se vira. E acena.

Surpreso, eu aceno de volta.

Ele faz um gesto com a cabeça e se vira para a frente.

O que foi que aconteceu?

Enquanto eu encaro a nuca do cara – os cabelos muito curtos – e penso nos cabelos compridos de Tim, sinto-me um traidor por ser tão simpático com um dos caras que foi tão maldoso com Tim hoje cedo. Por outro lado, eu conheço mesmo Tim? Ele poderia ter começado algo. Improvável, mas possível.

Fico chocado quando o cara que acenou dá um soco no garoto ao lado e gesticula para os fundos, na minha direção. Ele cochicha alguma coisa, disfarçando com a mão, e aí o garoto que levou o soco se vira e me cumprimenta com a cabeça.

Eu imito o gesto.

Será que eles estão sendo simpáticos ou planejando fazer alguma maldade comigo mais tarde? Isso não parece maldade. Parece... legal. Eu respiro fundo e me pergunto: *Será que é assim que se sente quem é popular?*

Eu me sinto mais ereto e realmente presto atenção ao que o professor de matemática diz.

– Tenho certeza de que todos ficarão empolgados em saber que vamos expandir seu conhecimento de álgebra e aprender também alguns postulados e teoremas de geometria. Ah, sim, posso ver que estão explodindo de entusiasmo. - Ele faz uma pausa. - Por dentro.

A maioria do pessoal ri um pouco. Eu também rio, porque me sinto um deles. E a sensação é boa.

Diferente.

* * *

No almoço, eu seguro a bandeja de plástico alaranjada com um aperto mortal, desejando novamente que Phineas estivesse aqui. Mamãe não gostaria de saber que eu estava pensando nisso, mas eu odeio ter de me virar sozinho nesse refeitório lotado, barulhento e fedido. A energia boa de me sentir parte de tudo na aula de matemática evaporou por completo.

- Dunkin. Aqui.

Eu me dirijo para a mesa onde Tim e Dare estão sentados. Eles sorriem para mim e Tim indica a cadeira ao lado dele. Estou tão contente por ter alguém com quem me sentar que relaxo o aperto na bandeja.

Quando estou quase na mesa deles, escuto:

- Ei, Dorfman!

Eu me encolho adiante, esperando que aquelas palavras venham acompanhadas de uma caixinha de leite achocolatado voando, como poderia acontecer em minha escola em Nova Jersey. Mas nada acontece.

- Aqui, parceiro.

Vários caras altos estão sentados em uma mesa a uma fileira da de Tim e Dare. Eu reconheço três deles da aula de matemática... e de hoje cedo. Um deles acena para eu me aproximar, como se gesticulasse para um avião pousar. Eu chego a fazer aquela coisa idiota de olhar para trás e me certificar de que ele não está falando com outra pessoa.

Não tem ninguém atrás de mim.

Tim e Dare observam.

Eu sinto que isso é um teste para o qual eu não estudei.

- Aqui mesmo - diz o maior deles, indicando o assento a seu lado.

- Temos que lhe perguntar uma coisa, cara.

Os outros caras devoram sanduíches de pão de forma e assentem.

Olho de relance para Tim e Dare, como se eles pudessem me dizer o que fazer nessa situação inesperada. Tim está mordendo o lábio inferior, escondendo os olhos atrás dos cabelos, então é difícil ler sua expressão. Dare parece furiosa, mas começo a achar que essa é a cara dela de sempre.

Eu ofereço um sorriso débil e digo para Tim e Dare:

– Outra hora eu converso com vocês.

Essa mesa cheia de caras pode ser minha chave para me encaixar aqui. Não posso abrir mão disso para me sentar com Tim e Dare. Ainda que Tim tenha me passado aquele bilhete na aula de Língua e Literatura. Ainda que esses caras tenham dito algo terrível para Tim. Acho que foram eles. Talvez eu esteja enganado.

Caminho para aquela mesa me sentindo como se este talvez seja o meu ano. Aposto que esses são os caras mais populares da escola. Sinto um aperto no estômago, contudo, um momento antes de chegar à mesa deles, uma preocupação de que a pergunta que eles precisam me fazer possa ser rude ou embaraçosa. *O que eu farei, nesse caso? Tento me sentar com Tim e Dare, no final das contas? Desconfortável!*

Afasto o pensamento da minha cabeça com um chacoalhão e resolvo ser positivo, como Phin sempre me dizia que eu deveria ser. Eles querem que eu me sente com eles porque acham que eu sou descolado. Talvez eu seja descolado aqui na Flórida; ainda não sei muito sobre a vida aqui.

Coloco a bandeja alaranjada na mesa deles e deslizo no banco.

O maior deles – aquele que acenou para mim na aula de Matemática – indica a mesa de Tim e Dare com o polegar.

– Você não é amigo *deles*. – Ele faz uma expressão de nojo. – Ou é?

Sou? Tem algo sobre Tim e Dare que eu não compreendo? Eles parecem legais. Eu me concentro na salsicha enrugada em minha bandeja.

– E aí, você é? – outro cara pergunta. Ele está com catchup espalhado na lateral da boca, mas eu não o aviso disso.

Todos na mesa pararam de comer, a comida guardada nas bochechas, e olham para mim.

Sinto que Tim também está olhando para mim. E Dare, tenho certeza, me encara com um olhar que lança raios mortais.

Apesar de eu estar perfeitamente imóvel, meu coração troveja. OQPF? O que Phineas faria?

Eu estou de costas para a mesa de Tim e Dare.

– Claro que não.

O grandão me dá um soco no ombro e todo mundo assente e volta a comer.

Eu enfio um pedaço gigantesco de salsicha na boca. Mal cabe, com a mentira ocupando tanto espaço, e eu sinto que posso me engasgar com as duas.

Desertor... e Pop-Tarts

O almoço é uma droga.

Bem, estava perfeitamente bom, sentada com Dare, até que o novo aluno – meu potencial novo amigo de Nova Jersey, Dunkin – deu uma olhada para nós e escolheu desertar. Ele marchou diretamente para o território inimigo e acampou por lá.

Eu não previ isso.

Nunca prevejo.

Se a oitava série continuar assim, talvez eu precise passar boa parte dele empoleirada nos galhos de Bob. Droga, se Julia Butterfly Hill – uma de minhas heroínas – conseguiu viver em uma sequoia por dois anos, então com certeza eu consigo aguentar a oitava série em uma figueira. Mamãe e papai compreenderiam. Pelo menos mamãe compreenderia. E Sarah provavelmente me traria comida e um balde para as necessidades.

Quando olho para Dunkin, sentando-se com o inimigo, eu queria estar empoleirada nos galhos de Bob agora mesmo, em vez de nesse refeitório barulhento, fedido e cheio de neandertais e um desertor de Nova Jersey.

– Mais um que se vai para o lado sombrio – digo para Dare.

Ela responde enfiando a mão em sua bolsa e retirando um Pop-Tart de frutas vermelhas. Com cobertura!

– Isso deve fazer você se sentir melhor – diz ela, entregando-o para mim.

O biscoito tem um cheiro doce e delicioso de frutas vermelhas. Lambo a cobertura. O gosto é verdadeiro o suficiente para mim.

Decido que, apesar de Dunkin ter escolhido se sentar em território inimigo, o mundo não pode estar totalmente perdido quando há Pop-Tarts de frutas vermelhas nele.

– Ainda existe esperança – digo a Dare, segurando meu Pop-Tart como um talismã contra o mal.

Ela olha para algo ou alguém atrás dos meus ombros, depois para mim.

– De fato, ainda existe – diz ela.

LEGAL...

A pergunta contém apenas três palavras.
Mas essas palavras parecem carregadas de importância, e eu tenho a sensação de que elas podem mudar a minha vida.

– Você joga basquete?

Essa era a pergunta que os caras queriam me fazer?

As peças se encaixam em seus lugares. Eles são anormalmente altos. Eu sou anormalmente alto. Se eu jogo basquete? É claro que não. Eu não pratico nenhum esporte que exija a menor quantia de atletismo ou habilidade de ficar de pé por qualquer extensão de tempo.

Como a pessoa responde a essa pergunta quando todo um grupo de caras a encara e espera um sim óbvio?

A pessoa mente.

– É claro, eu jogo b-bol, sim. – No começo eu me pergunto quem disse isso, porque eu não falo assim, mas devo ter ouvido isso em algum lugar, pois são essas as palavras que escapam da minha boca.

Deve ter sido a resposta certa, porque os caras assentem, e uns dois deles me dão socos nas costas, apesar de eu não estar sufocando até a morte com a salsicha.

A despeito do fato de que estar sendo esmurrado (de um jeito bom) e ter acabado de mentir, me sinto ótimo.

Isso é, até olhar para a mesa de Tim e Dare.

Tim parece genuinamente triste – bem, o que posso ver dele, por trás dos cabelos. Em seguida, Dare retira algo da bolsa e Tim parece mais feliz. Por algum motivo besta, eu queria ser a pessoa a deixar Tim mais feliz.

– Temos que começar a treinar – diz o cara que todos chamam de Vasquez.

Ele parece estar no comando.

– É, a seleção é no mês que vem – diz um cara do outro lado da mesa.

– Seleção? – digo, engasgando na própria saliva.

– É – responde Vasquez. – Você vai ser a nossa arma secreta. Vai ser tãããããão legal.

Eu dou uma espiada e vejo que Dare deu um Pop-Tart para Tim, e ele está, de fato, dando uma mordida de olhos fechados. Ele deve amar Pop-Tarts como eu amo donuts. O melhor jeito de dar a primeira mordida é sempre com os olhos fechados.

– É – digo, com o estômago embrulhado. Eu não quero treinar basquete com esses caras. Eles provavelmente são incríveis. Vão descobrir o quanto eu sou péssimo. Eu nunca joguei basquete de propósito. Quero dizer, em Nova Jersey, na Educação Física, nós tínhamos que aprender a base, mas eu era horrível.

Novamente eu olho para Tim, bem rápido, para que ele e Dare não notem. Tim está tão contente comendo seu Pop-Tart que me faz sorrir.

– É – digo de novo. – Legal.

Depois da escola, Parte I

Antes de Dare ir para casa, nós trocamos o aperto de mão que criamos na quarta série. Não posso acreditar que ela ainda quer fazer isso, mas fico contente. Mesmo quando eu for uma velhinha, vou me lembrar de nosso aperto de mão. *Bate. Bate. Palma. Palma. Estalo. Estalo. Balança, trava os polegares e agita os dedos.* É besta, mas é divertido.

Vasquez e seus comparsas vão para o ponto de ônibus. Idiotas!

Não vejo Dunkin em lugar algum. Não que eu me importe. *Traidor!*

Caminho até a Biblioteca de Beckford Palms e pego emprestado *A Crooked Kind of Perfect*. Parece o livro certo para hoje, e eu ainda vou conseguir terminar a leitura de uma vez só, porque é bem fininho e eu já li esse livro duas vezes.

Escondida e a salvo entre os galhos de Bob, eu me perco no mundo de Zoe Elias e seu sonho de ter um piano, só para ver seu pai chegar com um "órgão sibilante com superfície de madeira e assento de vinil. O Perfectone D-60". Suspiro. Pais podem ser assim, frustrantes, às vezes. No livro, o pai de Zoe não pode ser o que ela precisa que ele seja, mas no fim ela o aceita como quem ele é e tudo se resolve.

Não tenho certeza se tudo vai se resolver entre papai e eu. *Será que ele vai me deixar tomar bloqueadores hormonais antes que seja tarde demais? Será que um dia ele vai amar meu eu verdadeiro?*

DEPOIS DA ESCOLA, PARTE II

Estou caminhando para a saída quando Vasquez me dá um tapa no ombro.

– Fico contente que você vai jogar com a gente este ano.

– É, eu também – digo, apesar de não estar.

– Vamos nos reunir em breve para treinar... Eu tenho que pegar o ônibus. – E ele sai correndo.

Ele é descolado sem esforço algum. Acho que Tim não era um dos populares afinal, mas Vasquez definitivamente é. Ele tem pencas de gente almoçando com ele e vindo falar com ele. Não consigo acreditar que ele queira ser meu amigo. *Eu!* Só tenho que dar um jeito nessa coisa de basquete.

Uso o banheiro, então saio do prédio para a luz ofuscante do sol com os ombros para trás, me sentindo muito bem quanto ao meu primeiro dia. Exceto pelo fato de que minha cabeça está latejando desde o último período. Abstinência de cafeína. Assim, em vez de ir para a casa da Bubbie, me dirijo ao Dunkin' Donuts para pegar um café gelado.

Aquela árvore – a mesma onde Tim jogou um punhado de folhas em mim – fica no caminho para o Dunkin' Donuts. Quando estou diretamente debaixo dela, algo me faz olhar para cima. Dessa vez não acontece uma chuva de folhas, mas eu vejo as solas de um par de tênis e alguém lá no topo com cabelos compridos e loiros.

– Oi – digo, protegendo meus olhos do sol.

Tim abaixa o livro que está lendo e olha para mim. Seu rosto está retesado e raivoso. Em seguida, ele volta à leitura, como se eu fosse invisível ou algo assim.

– Oi – digo de novo, irritado.

– Oi o quê? – pergunta Tim.

– Você, humm, quer conversar? – Penso que estou no pique, fazendo amizades, então posso muito bem tentar resolver as coisas com Tim.

– Não, humm, não quero conversar.

Ele parece realmente furioso.

– Por que não? Qual é o problema com você?

– Está falando sério? Qual é o *meu* problema? Não é legal abandonar a mim e a minha amiga no refeitório, depois agir como se fôssemos os melhores amigos longe da escola.

– Eu não estava...

– Guarde suas desculpas para alguém que se importe – diz Tim.

– Que gelo – resmungo, apesar de estar fazendo um milhão de graus ali fora.

Mas a verdade é que Tim tem razão. Foi exatamente isso que eu fiz. Eu estava prestes a me sentar com ele e Dare quando uma oferta melhor apareceu, e eu aceitei. E fico contente por ter aceitado, porque valeu a pena para conseguir uma porção de novos amigos. Amigos populares. Amigos que não se sentam em árvores... chamadas Bob.

Faço uma carranca para Tim, mas ele já está com o livro na frente da cara de novo.

Estou começando a entender por que Vasquez e os caras tiram sarro dele.

* * *

Quando chego à casa de Bubbie, mamãe está na mesa da cozinha, enfiando DVDs de *Bodies by Bubbie* em envelopes forrados de plástico bolha. Estremeço conforme o ar frio da casa gela o suor em meu corpo.

– E aí? – pergunto com a cabeça enfiada na geladeira, depois na despensa, depois na geladeira. Acabo comendo um muffin de serragem e uva-passa (também conhecido como muffin de farelo) porque não há nada gostoso para comer. Outra lembrança de que não estamos em casa, em Nova Jersey. Lá nós tínhamos toneladas de porcaria para comer quando quiséssemos, especialmente quando papai fazia as compras. E quando mamãe trabalhava na confeitaria, sempre havia bolos que alguém havia estragado ou alguns cupcakes tortos ou malconfeitados, mas que ainda tinham um gosto ótimo.

– E aí pergunto eu. Estou só ajudando Bubbie com as coisas dela. É o mínimo que posso fazer, já que ela está deixando a gente morar aqui por um tempo. – Mamãe suspira e coloca o envelope na mesa. – Você sabe que eu vou me organizar, não é?

Eu me concentro em mamãe e concordo. Não tinha percebido que ela não estava organizada. Pensei que ela só estivesse triste, o que é perfeitamente normal, considerando o que aconteceu.

– Eu vou arrumar um emprego – ela diz. – Talvez em uma confeitaria. E nós também vamos arrumar um lugar só para nós. Não vai ser grande como esta casa, mas...

Não quero ouvir nada disso. Não quero pensar no que significa. Não quero pensar.

– Mas, enfim, como foi o seu primeiro dia? – pergunta mamãe.

Fico contente por ela mudar de assunto, assim posso me focar em outra coisa. Dou de ombros, como se não tivesse importância, mas estou morrendo de vontade de contar à mamãe o que aconteceu.

Ela apanha outro envelope.

– Você passa um dia inteiro de escola em um estado diferente e tudo o que eu recebo é um dar de ombros?

– Eu fiz alguns amigos.

O rosto de mamãe se ilumina.

Percebo que toda a culpa e sofrimento que senti por abandonar Tim e Dare no refeitório valeram a pena por ter visto mamãe parecendo tão feliz.

– E então, quem são esses novos amigos? – ela pergunta.

– São caras do basquete – digo, e conto a ela tudo sobre eles, ao menos as partes boas.

Um cara tipo flamingo

Eu não quero descer dos galhos fortes de Bob, mas o sol está se pondo, então é melhor eu voltar para casa antes que mamãe mande uma equipe de busca. Alguma noite dessas eu adoraria dormir nos galhos de Bob. Talvez precise me prender a eles para não cair, mas seria muito legal dormir no alto da minha árvore favorita.

– Onde você estava? – Mamãe me pergunta no minuto em que entro na cozinha. – Sua irmã voltou para casa há horas.

– Minha série sai bem mais tarde que a dela.

– Ah, é, eu me esqueci.

– Além disso, passei algum tempo com Bob depois da aula.

– A-há! Imaginei que você estivesse por lá. Como foi o seu primeiro dia? Foi difícil, vestida assim?

Adoro como mamãe é tão aberta e real quando conversa comigo. Ela sempre foi bastante acolhedora, mas, nos últimos tempos, tem sido incrível.

– Para ser honesta – digo, comendo alguns minipretzels –, provavelmente foi mais fácil. Alguns neandertais já me incomodaram.

– O quê? Aqueles meninos estúpidos ainda estão assediando você?

Faço que sim.

– E eles ficaram mais altos durante o verão. Mas não se preocupe. Está tudo bem.

– Definitivamente não está tudo bem – diz mamãe. Ela é bem parecida com Dare nesse sentido. – Como eles a incomodaram?

Eu enfio um punhado de minipretzels na boca.

– Não coma demais – avisa mamãe. – Logo eu vou fazer o jantar.

– Desculpe – digo. – Mas, sério, não é nada demais. Eu não deveria ter falado nada.

– Tim... digo, Lily, você me conta se isso se tornar um problema?

– Claro. – *Não.*

Observo mamãe tomar o chá para manter a saúde. Um chá que ela sempre toma antes do jantar. O que aqueles meninos idiotas disseram decididamente me incomodou, porém não tanto quanto Dunkin ignorando a mim e Dare no almoço para ir se sentar com eles. Eu sei que ele é novo demais aqui para saber que eles são uns cretinos, mas mesmo assim... nós o convidamos primeiro.

– Ei, quer saber? – pergunto.

– O quê?

– Havia mais flamingos nos gramados lá fora quando eu voltei para casa. Os caras no carrinho de golfe estavam lá de novo, arrancando as estátuas antes de eu entrar.

– Humm – diz mamãe. – O que será isso?

– Não faço ideia – digo. – Mas é bem engraçado.

Eu me pergunto se Dunkin está por trás dos flamingos. Eles começaram a aparecer quando ele surgiu. No entanto, ele não me parece o tipo de cara que sairia escondido por aí plantando flamingos de plástico em gramados aleatórios. É claro, ele também não me parece o tipo de cara que joga basquete e fica com os neandertais.

Acho que todo mundo tem seus segredos.

AMANHÃ?

Segundo dia de aula, os caras me encontram na frente do meu armário. Vasquez passa o braço ao redor dos meus ombros.

– O treino vai ser na quadra atrás da escola, amanhã.

Ele está sorrindo, então eu sorrio, mas por dentro não estou sorrindo. *Talvez haja um sétimo modo de morrer no sul da Flórida – de humilhação, na quadra de basquete.*

– Amanhã? – pergunto, com voz aguda demais para alguém do meu tamanho.

O braço dele escorrega e cai do meu ombro.

– Está ocupado amanhã? Porque a gente tem que treinar.

– Não, ocupado, não.

– Ótimo – diz Vasquez, e me aperta forte na nuca. *Oitavo modo de morrer?*

Em seguida, ele e os caras vão embora. Eles não se afastaram muito no corredor antes que eu veja Vasquez empurrar o caderno de Tim para fora dos braços dele. Balanço a cabeça, porque isso é uma coisa besta de se fazer, mas ao menos ele não bateu em Tim nem nada.

Além do mais, não posso me preocupar com isso agora. Tenho que descobrir como jogar basquete.

Até amanhã!

Um péssimo sinal

A única coisa ruim que acontece hoje é Vasquez derrubar o caderno dos meus braços. Nada foi dito. Ele nem me empurrou. Poderia ter sido muito pior.

Eu interpreto isso como um bom sinal.

Em Educação Física, assistimos a um filme sobre nutrição adequada e não precisamos vestir a roupa de Educação Física, o que é outro bom sinal. Queria que pudéssemos assistir a um filme na aula de Educação Física todos os dias. Minha vida sem precisar entrar no vestiário masculino seria infinitamente mais fácil. Imagine entrar no banheiro público errado e ter que continuar ali. É assim que eu me sinto o tempo todo.

A aula de Língua e Literatura do Sr. Creighton é incrível! Ele nos diz que vamos escrever um conto e os alunos de arte vão ilustrá-lo. Aí teremos uma festa com os autores e ilustradores assinando suas criações. Ele vai fornecer os biscoitos, suco, música e prêmios e fazer a coisa parecer um lançamento editorial de verdade em uma livraria.

Eu não tenho ideia sobre o que vou escrever, porém será divertido ler as histórias de meus colegas de classe, especialmente de Dunkin. Apesar de ele estar sendo meio que um cretino desde que as aulas começaram, eu ainda gostaria de conhecê-lo melhor, talvez lhe dar outra chance. Tenho a sensação de que há coisas interessantes passando pela cabeça dele. Sinto que talvez ele seja uma alma semelhante. Entretanto, ele se sentou com os neandertais no almoço de novo. Qualquer colega dos neandertais não pode ser meu amigo, o que é uma lástima, porque eu gostaria de ter mais um amigo. Dare tem estado muito ocupada ultimamente com suas outras colegas, treinando lacrosse e coisas assim.

Depois da aula, enquanto caminho até Bob, penso em todas as coisas ótimas que aconteceram hoje – especialmente a festa editorial que teremos na aula do Sr. Creighton – e estou em um humor tão bom que quase não reparo na placa.

Quase.

Porém a vejo em uma estaca de madeira, enfiada no chão, a vários metros adiante de Bob. Deixo que as palavras se assentem sobre minha alma. Aí corro até um dos reservados no banheiro da biblioteca e vomito. Pouca coisa é expelida – uma versão ácida e abominável do Pop-Tart que comi no almoço.

Depois de ficar de pé no reservado e recuperar o fôlego, ganho coragem para voltar lá fora e reler a placa. Só para ter certeza.

Leio as palavras que desejo esquecer assim que as descubro.

E então tenho certeza.

Isso é muito ruim.

UM PEDIDO

– Bubbie, preciso da sua ajuda – digo durante o jantar.
Ela se senta mais ereta, o que é uma causa perdida, já que ela é baixinha demais para fazer diferença.

– Como eu posso ajudar, bubela?

Eu me forço a engolir um pedaço de salmão, torcendo para os espinhos não arranharem minha garganta.

– Preciso ficar bom em basquete. E rápido.

Mamãe sorri.

– Eu quero entrar para o time da escola.

– Isso é formidável, Norbert! – comemora mamãe, meio alto demais.

Bubbie olha para mim de cima a baixo, depois balança a cabeça.

– Farei o que for possível. Mas não pense que vai virar o próximo Michael Jordache.

– Jordan – corrige mamãe.

– Jordan, Jordache. – Bubbie faz um gesto de desprezo. – Tanto faz. – Em seguida, aponta o garfo para mim. – Me encontre lá nos fundos depois do jantar e vamos praticar alguns exercícios. – Ela me avalia. – Muitos, muitos exercícios.

– Que tipo de exercícios? – pergunto, sentindo os espinhos espetando minha garganta. *Modo número 9 de morrer no sul da Flórida?*

– Ei! – diz Bubbie. – Fique simplesmente grato por sua velha Bubbie ter uma bola de basquete e me encontre no quintal.

Enquanto enfio na boca espinafre salteado com alho, percebo que estou grato... porque, se eu não ficar bom em basquete bem depressa, Vasquez e os caras provavelmente não vão mais me querer por perto.

Aí eu estarei de volta ao ponto de partida, quando cheguei ao sul da Flórida.

Em lugar nenhum.

Sem ninguém com quem ficar.

TREINO TRÁGICO

Estou vestindo calça jeans, uma camiseta e tênis quando encontro Bubbie no quintal, depois de nosso jantar nojento de salmão e espinafre ao alho. (Mamãe me passou disfarçadamente três cookies de macadâmia, caramelo e pedaços de chocolate assim que Bubbie saiu pela porta dos fundos, e estou grato por ela ter impedido que eu morra de fome.)

Há uma área gramada e outra cimentada ao lado da piscina de Bubbie, mas nenhuma quadra de basquete.

– Como vamos treinar sem um aro? – pergunto.

– Não se preocupe com isso, Jordan Jordache – diz Bubbie, e me surpreende jogando a bola com força, como um disparo de canhão. Ela pode ser baixinha, mas tem bastante força.

A bola atinge meu peito antes que eu possa reagir.

– Por que você fez isso? – reclamo, esfregando o peito.

Bubbie pega a bola na grama, a coloca debaixo do braço e chega tão perto que estamos praticamente nariz a umbigo. Ela olha para cima e abre a boca, e o cheiro de alho e peixe em seu hálito me dá náuseas.

– Norbert Dorfman – diz ela, erguendo o braço e me cutucando no peito já dolorido. – Regra número um do basquete: quando alguém lhe passa a bola, apanhe-a. E não com o seu peito.

Eu paro de esfregar o local do impacto, embora ainda esteja doendo.

– E você não tem uma bermuda esportiva para vestir? Está quente demais para usar jeans.

– Estou bem – digo, apesar de minhas pernas suarem tanto que o tecido está colando em minha pele.

Bubbie estreita os olhos para mim e vai para a parte cimentada.

– Vamos tentar algo mais seguro.

Ela demonstra como pingar a bola, passando-a da mão esquerda para a direita.

Quando eu tento fazer o mesmo, não consigo pegar o ritmo certo e me atrapalho com a bola. Bem... Atrapalhar é coisa de futebol. Eu sou um caso perdido.

Bubbie faz alguns passes fáceis para mim.

Eu perco ao menos sessenta por cento deles.

Aí ela me diz para jogar a bola contra a parede e pegá-la de volta cinquenta vezes em seguida, sem deixar cair.

Eu consigo fazer isso três vezes antes de deixar cair. Depois, cinco vezes. Aí duas. Aí sete. *Cinquenta vezes em seguida, sem deixar cair?*

Meus braços estão doloridos. Meu peito ainda dói. Minha cabeça lateja. Preciso de mais cafeína.

– Eu desisto!

– Você não pode desistir, Norbert. Mal começamos.

– Obrigado, Bubbie. – Eu solto a bola. – Mas pra mim chega.

Eu entro na casa e subo para o quarto de hóspedes, sabendo que tenho que descobrir um jeito de escapar do treino de basquete do dia seguinte.

Cerca de meia hora depois, Bubbie entra. Eu me preocupo se ela vai estar brava comigo por ter desistido dos exercícios.

– Oi, bubela – diz ela, sentando-se na beira da cama.

Ela não parece brava, então me levanto e mostro a ela meu novo truque de mágica com o pimenteiro.

– Esse é dos bons – diz Bubbie. – E não se preocupe, Norbert. Você vai pegar o jeito no basquete. Só que leva tempo. E treino. Você acha que Jordan Jordache ficou famoso da noite para o dia?

Eu escondo o pimenteiro no cesto de lixo por enquanto, me levanto e dou um grande abraço em Bubbie.

– Sua mãe e eu vamos ao cinema, quer vir conosco? – convida ela.

– Que filme vocês vão ver?

– É uma bela história sobre uma mulher que se reencontra com o amor da sua vida, cinquenta anos depois de conhecê-lo.

– Humm, não. Mas obrigado.

– Fique à vontade – diz Bubbie, e sai.

Estou contente que ela esteja levando mamãe junto com ela, mas talvez elas devessem ter escolhido uma comédia. Mamãe precisa de algo para se animar; ela ainda parece bem triste na maioria do tempo.

Enquanto elas estão no cinema, eu pratico truques de mágica, como o lápis que levita e o lenço que desaparece. Estou muito bom nos dois agora. E tento inventar um jeito de me livrar do treino de basquete com os caras amanhã. Não sou muito bom nisso.

E Bob?

FUTURO LOCAL DO PARQUE
COMUNITÁRIO DE BECKFORD PALMS.
O DINHEIRO DOS SEUS IMPOSTOS EM AÇÃO.
ESTE LOCAL SERÁ DESOBSTRUÍDO
E TERÁ INÍCIO A CONSTRUÇÃO DE UM NOVO PARQUE.
"A COMUNIDADE QUE BRINCA UNIDA…
PERMANECE UNIDA!"
– PREFEITO HIGGINBOTHAM

Subo nos galhos de Bob e me seguro com força, mas é inútil. Não consigo relaxar enquanto as palavras da placa continuam pululando em minha mente: *Este local será desobstruído…* Bob é a única coisa no terreno. A que mais poderia se referir aquele *"desobstruído"*? Como alguém poderia querer se livrar de Bob? As pessoas amam essa árvore. Criancinhas sobem nela. Eu subo nela. Pessoas param debaixo dela em busca de sombra quando estão passeando com seus cães. Eu já tinha visto até gente fazendo piquenique embaixo dela. Mamãe e eu fizemos piquenique embaixo dela.

Beckford Palms *precisa* de Bob, e não de uma porcaria de parque.

Eu preciso de Bob.

Ele é uma árvore perfeitamente saudável. Não faz sentido acabar com ele. E a pior parte é que ele não faz ideia do que está prestes a lhe acontecer. Ou talvez, de alguma forma, ele saiba, porque um vento forte passa assoviando e Bob derruba algumas folhas em mim – como se estivesse chorando.

A única coisa que torna a caminhada de volta para casa suportável são os flamingos cravados em alguns dos gramados em Beckford Palms Estates. Estou começando a amar esses inesperados pássaros de plástico.

Um dos flamingos tem um chapeuzinho com um símbolo da paz. Outro tem uma echarpe com as cores do arco-íris enrolada em torno do pescoço magrelo. E um terceiro tem um bonequinho do Elmo preso ao bico.

Elmo era meu personagem favorito da *Vila Sésamo* quando eu era pequena. (Sarah me contou que eu aprendi a ler com *Vila Sésamo*.)

Um carrinho de golfe de Beckford Palms encosta e um cara arranca raivosamente dos gramados os divertidos flamingos, joga-os na traseira do carrinho e vai embora, levando consigo o único pontinho reluzente dessa vizinhança chata e morna.

Incrível.

Toda coisa boa acaba sendo levada embora.

EU DEVERIA ESTAR TRISTE?

Não consigo pegar no sono porque fico me preocupando com o basquete, então estou acordado quando mamãe e Bubbie voltam do cinema.

Mamãe entra no meu quarto e se senta na beira da minha cama. Ela passa os dedos pelos meus cabelos. Em seguida, suspira.

– Norb?

– Humm? – Eu me sento. – Como foi o filme?

– Foi bom, meu bem. Ouça, Norb, nós não chegamos a conversar realmente sobre isso, mas acho que deveríamos. Eu estava pensando como você se sente sobre... seu pai.

Dou de ombros. *Por que ela quer conversar sobre o papai agora? Está tarde e eu tenho tantas outras coisas em minha mente, me mantendo acordado.*

– Estou bem. Digo, não estou feliz por ele, mas sabe como é.

Ele vai ficar bem. Só vai levar algum tempo, como antes, e então ele vai ficar legal de novo.

– Estou um pouco preocupada, Norb – diz mamãe –, porque, bem... – Ela gira uma mecha de cabelo. – Eu não vi você chorar. E isso me preocupa um pouco. Quero dizer, você me viu chorar baldes. Certo?

Mamãe chorou baldes, o suficiente por nós dois. Ela chorou antes de virmos para cá, durante a viagem e uma centena de vezes desde que chegamos.

– Por que a preocupa o fato de eu não ter chorado?

As sobrancelhas de mamãe se arqueiam.

– Bem, ele... eu pensei que você... não tenho certeza. Eu só sinto que isso deveria estar afetando-o muito mais do que parece estar.

– Eu não senti vontade de chorar por causa disso. Só isso. É errado?

Mamãe afaga meu joelho.

– Não, meu bem, não é errado. Todo mundo lida com as coisas do seu próprio modo. – Mamãe bate o dedo no queixo, pensativa. – Mas você não está se sentindo nem um pouquinho triste, Norbert? Eu podia tentar encontrar por aqui um terapeuta com quem você pudesse conversar. Sei que não gostava daqueles em Nova Jersey, mas talvez aqui vá ser diferente.

Eu balanço a cabeça.

– Eu não preciso de um terapeuta, mamãe. Estou ótimo. De verdade.
Por que ela quer que eu esteja triste? Ficar triste demais é ruim. É terrível. Não é?

SANGUE, SUOR E FRUSTRAÇÃO

Acordo bem antes de o meu despertador tocar. Ainda está escuro, mas eu sei que não vou conseguir voltar a dormir. Estou extravasando energia.

Eu me sinto ótimo, como se este fosse ser o melhor dia da minha vida, o que é bem esquisito, porque nada mudou desde ontem. Dormi apenas duas horas, porque estava com coisas demais na cabeça. Era de se pensar que eu me sentiria exausto, mas acontece exatamente o contrário. Supercarregado!

E estou otimista sobre o papai, por alguma razão. As coisas definitivamente vão melhorar para ele, então talvez nos mudemos de volta para Jersey e as coisas voltem a ser como eram. Não que eu gostasse tanto assim da escola em Jersey, mas pelo menos mamãe, papai e eu estávamos juntos lá. Não sei por que mamãe está falando em ficar aqui, em arranjar um emprego e uma casa para nós.

Também me sinto muito mais positivo sobre todo esse negócio de basquete nesta manhã. Talvez, enquanto eu dormia por aquelas duas horas, meu cérebro descobriu o que meu corpo precisa fazer para ser o melhor jogador de basquete na história de Gator Lake Middle. E aí Vasquez e os caras vão me idolatrar, com certeza. Vou, sozinho, levar nosso time à vitória.

Eu afasto o edredom branco todo delicado e salto da cama. Queria que o teste para entrar no time fosse hoje. Eu provavelmente me sairia melhor que todo mundo. Sinto-me invencível.

Faço algumas elevações de braço e agachamentos, como Bubbie faz quando está esperando por alguém. Minhas pernas estão um pouco doloridas, mas não ligo. Finjo afundar uma bola de basquete imaginária, ouvindo os aplausos de uma multidão que me adora. Eles cantam o número nas costas da minha camisa. Qual vai ser o número na minha camisa de jérsei? Jérsei, como a camisa, ou Jersey, o estado. É um bom sinal. Certo? Jérsei. Jersey. Eu pingo ao redor da cama com minha bola inexistente, vou até a janela e volto, evitando jogadores imaginários do outro time, até chegar à cesta e afundar.

— Uaaaaau!

A multidão vai à loucura. Líderes de torcida pulam e balançam seus pompons, gritando o meu nome.

— Dunkin, Dunkin, Dunkin!

Colegas de time me dão tapas nas costas, depois me levantam sobre os ombros. Caímos em uma pilha celebratória.

É incrível.

Eu sou incrível.

Faço tantos movimentos fingidos de basquete no quarto de hóspedes que fico com o corpo exaurido, mas minha mente ainda está acelerada. Estou PRONTO!

Quando o sol finalmente nasce, envolto em nuvens rosadas e macias, eu corro para fora e encontro a bola de basquete. O orvalho cobre sua áspera superfície emborrachada. Pingo a bola no lugar algumas vezes na área cimentada perto da piscina. Sou capaz de controlá-la, e ela não cai na piscina, o que eu interpreto como um sinal excelente de minha vasta melhoria desde a noite passada. Vou treinar antes que Bubbie acorde. Quando ela sair, eu vou conseguir demonstrar minha estupenda habilidade.

Cinquenta vezes, digo a mim mesmo. *Jogue a bola contra a parede e a apanhe cinquenta vezes.* Talvez, quando Bubbie sair, eu já estarei na centésima vez sem erro. Talvez milésima!

Você dá conta disso! É quase como se eu ouvisse a voz incansavelmente positiva de Phineas em minha cabeça. *Você DEFINITIVAMENTE dá conta disso, Dunkin!*

Mas como Phineas saberia que o apelido que Tim me deu é Dunkin? Chacoalho a cabeça para afastar esse pensamento e bato a bola várias vezes.

— Eu dou conta — falo, muito confiante, para o vazio.

Posicionando-me a alguns metros da parede, eu seguro a bola com as duas mãos.

Jogo a bola com o máximo de força possível contra a parede, pretendendo apanhá-la e jogá-la de volta e de volta, como um superastro do basquete. Como Jordan Jordache! Há!

A bola, pelo visto, tem outras ideias. Ela dispara de volta para mim, tão depressa que eu não tenho tempo de reagir. E se choca contra meu rosto. Bam! Direto no nariz.

Eu caio como um saco de batatas na grama St. Augustine pontiaguda.

– Não dou conta, não, Phin – resmungo com a mão no rosto, tentando segurar o sangue grudento que vaza para todo lado.

Inclinando a cabeça para trás, aperto o nariz para fechá-lo, mas isso só dificulta a respiração. O gosto de cobre do sangue tranca minha garganta. Meu nariz, zigomas e as órbitas dos olhos latejam de dor.

Como se isso não fosse ruim o bastante, estou suando, porque, apesar de o sol ter acabado de nascer, já faz um milhão de graus aqui fora, e está úmido. Eu soco a parte de cima da estúpida bola, o que só serve para machucar os nós dos meus dedos.

Na grama espinhenta, estou coberto de sangue, suor e frustração. Eu me sinto completamente murcho. *ComPNEUtamente murcho. Um pneu vazio. Sim, esse sou eu.* Fico feliz por Phineas não estar aqui para me ver assim, embora ele fosse apreciar meu trocadilho sagaz. Mesmo Phin não teria como ser incansavelmente positivo nessa situação. É provável que ele me dissesse para me levantar e me limpar, mas não faço isso. Eu fico deitado na grama, me sentindo cada vez mais irritado com tudo (a estúpida bola de basquete) e todos (Phineas). Um amigo não deveria parar de se comunicar com outro só porque ele se muda para outro estado. Não foi culpa minha. Nada disso foi culpa minha.

Certo, Phineas?

Eu odeio basquete. Odeio a Gator Lake Middle School. Odeio ter precisado escolher entre Vasquez e Tim. Odeio o sol, que tem a mesma forma suspeita de uma bola de basquete. Odeio cada coisinha sobre o sul da Flórida. E odeio Phineas Charlton Winkle mais do que tudo.

Sinto-me mal instantaneamente depois dessa última frase. Eu jamais poderia odiar Phin. Ele esteve comigo durante a pior época. Tenho certeza de que ele vai voltar atrás. É como as coisas são com ele. Ele sempre aparece quando mais preciso dele.

Por enquanto, fecho as pálpebras contra o sol ardente e me dou conta de que não me transformei em um superastro do basquete da noite para o dia. Ainda sou superatrapalhado.

Nada mudou.

E eu ainda tenho que encontrar um modo de escapar do treino hoje.

O CONVITE

Na escola, Vasquez pareceu genuinamente feliz em me ver.
– Dorfman! – chama ele, enquanto se aproxima de meu armário. Eu gosto mais do nome Dunkin do que de Dorfman, mas qualquer coisa é melhor que Norbert ou algumas das outras coisas de que já fui chamado.

Vasquez me dá um soco no ombro.

– Ei, o que aconteceu com seu nariz? E por que você está com os olhos roxos desse jeito? – Ele estende a mão e pressiona a área debaixo do meu olho direito.

– Ai! – Eu afasto a mão dele com um tapa.

– Desculpe, cara.

– Tudo bem – digo, apesar de não estar. Fecho meu armário com estrondo e minto: – Dei de cara com uma porta. Não estava prestando atenção.

Vasquez ri, embora não seja engraçado.

– Tem certeza de que não foi seu pai que fez isso?

A questão me pega desprevenido, como se algo pesado trombasse contra meu peito. Queria que todo mundo parasse de falar sobre o papai.

Vasquez deve ter sentido algo estranho em minha reação, porque me dá um empurrãozinho.

– Ei, eu só estava brincando.

Eu forço um sorriso falso.

– É. Claro.

– Você ainda pode treinar com a gente depois da aula – diz Vasquez. – Certo? Digo, você vai ser nossa arma secreta, Dorfman.

Isso me faz sentir bem. Apesar de saber que ainda sou absolutamente péssimo em basquete, adoro que Vasquez pense em mim como sua arma secreta. Eu gostaria de mantê-lo pensando assim pelo máximo de tempo possível, o que significa que ele não pode me ver jogar.

– Na verdade – digo –, eu não devo praticar esportes por alguns dias. Aponto para o meu rosto, como se isso explicasse tudo.

– Ah – diz Vasquez. – Que droga. – Ele bate em meu peito com as costas da mão. – Você vai estar melhor no sábado. Certo? Temos um jogo amistoso no sábado, meio-dia. Todo mundo vai.

Meu estômago afunda ao mesmo tempo em que minha mente dispara para arranjar uma desculpa. Enquanto isso, minha boca estúpida solta:

– Claro. Definitivamente, eu já estarei melhor no sábado.

Sinto vontade de esmurrar minha boca para não dizer mais nada, mas meu rosto já aguentou dor suficiente por um dia.

– Ótimo – diz Vasquez. – Mal posso esperar para ver como você joga, Dorfman. Nosso time vai ser incrível este ano! – E ele dá um soco no ar.

Eu repito o mesmo gesto, embora saiba que, se eu estiver no time, ele vai ser qualquer coisa, menos incrível.

Enquanto Vasquez vai embora, eu me dou conta de que ainda tenho dois dias antes do sábado para treinar. Há coisas piores do que ser convidado por um novo amigo para jogar basquete.

Muito piores.

Sábado, Parte I

Eu deveria passar o máximo de tempo que puder com Bob, já que a prefeitura vai derrubá-lo. Porém, não tenho certeza se vou ser capaz de suportar me sentar ali hoje, sabendo o que está por vir. Sinto que preciso fazer isso, no entanto, então coloco alguns Pop-Tarts e água na mochila e meu iPod carregado com música de Yo-Yo Ma.

Sarah está lá fora junto à piscina com seus amigos do Knit Wits, por isso vou dar oi a todos antes de sair.

– Oi, Tim – me cumprimenta um deles.

– Como vai? – pergunta outra, mal erguendo os olhos do tricô.

– Bem – digo. – O que vocês estão fazendo desta vez?

Eu adoro o Knit Wits. A missão do clube é deixar o mundo um pouco menos chato através de projetos de tricô. É um grupo internacional, e Sarah deu início a uma seção local.

– Estamos fazendo cachecóis – diz Justin. – Para mandar pelo correio para algum lugar no norte, onde esfria de verdade. Aí um Knit Wits de lá vai amarrar os cachecóis ao redor de árvores e incluir um bilhete que diz: "Se você está com frio e precisar de um cachecol, pegue um. É de graça".

– Isso é inacreditavelmente legal – digo.

Justin prossegue:

– Na próxima reunião, vamos fazer cobertores para um acampamento de crianças com câncer. Certo, Sar?

– É – confirma minha irmã. – Vamos precisar de lã alaranjada e branca para esse projeto.

– Vocês são astros do rock – digo a eles. Eu tentei tricotar duas vezes e fui muito mal. Não fosse isso, eu definitivamente seria uma Knit Wit também. – Bem, um bom tricô para vocês. Estou indo até o Bob.

– Divirta-se – diz Sarah. – Quer que eu faça um cachecol para o Bob?

Essa ideia me deixa triste, pois sei que ele não estará aqui para usá-lo.

– Não – digo. – Guarde para as pessoas lá no norte, que realmente precisam deles.

Eu contaria a Sarah e aos Knit Wits o que vai acontecer com Bob, mas tenho medo de que, se disser algo sobre isso agora, eu comece a chorar.

– Tchau, mana – diz Sarah, na frente de seus amigos do Knit Wits.

E nenhum deles nem ao menos levanta a cabeça.

Dentro de casa, papai está em um banco no balcão da cozinha, debruçado sobre o jornal, segurando a caneca de café com a inscrição "O Melhor Pai do Mundo" que vovó Ruth comprou para ele certa vez para o Dia dos Pais. Papai está tão concentrado no que está lendo que seus lábios se movimentam. Isso me faz sorrir.

– Tchau, papai – digo, mas ele não deve ter me ouvido.

Anseio para que ele se vire e olhe para mim.

Mas ele não se vira.

Então coloco a mochila no ombro e saio para o calor, na direção de Bob.

SÁBADO, PARTE II

Estou acordado há horas. Durante a maior parte da noite, na verdade, tentando descobrir como escapar desse estúpido amistoso de basquete.

Na noite passada, eu consegui fazer mais uma sessão de treino com Bubbie. Não houve muita melhora desde a última vez que Bubbie tentou me ajudar, mas pelo menos eu não esmaguei o rosto.

Eu me olho no espelho e aperto gentilmente o nariz. Ainda dolorido.

Não estou preparado para entrar em uma quadra de basquete com outras pessoas me olhando, me julgando. Provavelmente trombando comigo. Mesmo com a ajuda de Bubbie, não sei se algum dia estarei preparado.

Entretanto, os caras têm sido muito legais comigo na escola esta semana. Eles me incluíram em suas conversas no almoço (em sua maioria, sobre garotas e basquete) e me ofereceram coisas de suas bandejas e lancheiras que não queriam comer.

Não posso desapontá-los hoje.

Assim, visto bermudas, apesar de deixar à mostra minhas pernas de gorila, e puxo uma camiseta por cima da cabeça. Aí dou beijos no rosto de mamãe e de Bubbie e recuso a oferta de Bubbie de um muffin de serragem e uva-passa.

É claro que eu me esqueço de levar água, e está uma sauna lá fora. Tenho que me lembrar de coisas importantes como água em dias com calor de derreter. Só quando já estou perto da escola, e meu estômago, uma massa de nervos por me preocupar com os caras me vendo tentar jogar, me dou conta de que esqueci outra coisa: tomar meus remédios. Ontem também.

Ah, droga, agora é tarde. Provavelmente não vai fazer diferença. Só preciso tomar mais cuidado daqui por diante.

Minha cabeça, porém, está nublada, e eu sinto uma dor latejante. Cafeína. Preciso de café. E talvez um donut.

Em meu bolso há uma nota de cinco dólares que Bubbie me entregou ontem à noite, após o que ela estimou ser um "esforço determinado" durante os exercícios. (Acho que "determinado" foi um eufemismo para "patético", e os cinco dólares foram por pena, mas não tenho vergonha, já que ando perpetuamente quebrado. Eu aceitei o dinheiro.)

Estou bem perto da escola e posso ouvir a bola quicando na quadra atrás do prédio. Alguém grita:

– Estou livre! Passe a bola!

Os caras devem estar suando e rindo enquanto jogam a bola um para o outro, bloqueando lançamentos e correndo para rebotes. (Bubbie me fez assistir a vídeos de basquete na noite passada, enquanto me explicava o que os jogadores estavam fazendo e por quê. Ela também me ensinou a terminologia. Minha Bubbie é como uma enciclopédia ambulante de basquete. Eu é que deveria ter pagado cinco dólares *a ela* por toda a ajuda.)

Imagino Vasquez passando a bola para mim, com rapidez e força, e ela me acertando em cheio no nariz dolorido e machucado. Eu me vejo desabando na quadra, com sangue jorrando das narinas enquanto os caras ficam de pé ao meu redor em um círculo. Que vergonha. Em minha mente, eles apontam para mim ali, deitado no chão, encolhido, esguichando sangue, e Vasquez balança a cabeça. "Por que ele achou que podia jogar basquete com a gente?"

Aqueles pensamentos fazem meu coração disparar, como se essas coisas horríveis estivessem realmente acontecendo.

Toco o meu nariz. Ainda dolorido. Então resolvo fazer a única coisa sensata: dar meia-volta e ir embora o mais rápido possível.

Para a salvação.

Para o Dunkin' Donuts.

Aposto que Vasquez e os caras nem vão notar que eu não apareci.

Borboletas demais

Pensei que visitar Bob fosse me fazer sentir menos solitária.

Contudo, enquanto estou aninhada em seus galhos resistentes, ouvindo a linda música do violoncelo de Yo-Yo Ma pelos fones de ouvido, um abismo do tamanho da Biblioteca Pública de Beckford Palms se abre em meu peito. Penso em como papai não se virou para olhar para mim quando saí de casa. Ele deve ter me ouvido. Eu estava bem ali. Penso em como Dunkin se sentou à mesa dos neandertais no almoço a semana toda. Penso em como Dare tem estado mais ocupada que nunca, com pouquíssimo tempo para mim. Depois das aulas e nos fins de semana, ela tem aulas de equitação e piano e treino de lacrosse, e, ao contrário de mim, ela tem muitos outros amigos com quem passar seu tempo. Talvez Dare esteja até fazendo novos amigos este ano, enquanto tudo o que eu faço é ficar sentada nos galhos de uma figueira condenada.

Por que alguém iria querer ser meu amigo, afinal?

Se ao menos eu conseguisse começar a tomar os bloqueadores hormonais, sei que me sentiria melhor quanto a mim mesma. Eu pararia de me preocupar tanto sobre as mudanças que estão acontecendo em meu corpo, as quais não quero. E se eu me sentisse melhor a meu respeito, talvez agisse com mais confiança, e então outras pessoas gostariam mais de mim. Talvez...

Eu aumento o volume do iPod para bloquear meus pensamentos, mas isso não ajuda. Eu ainda me sinto péssima.

Uma lembrança de minha oitava festa de aniversário passa pela minha cabeça. *Mamãe disse que eu deveria entregar convites para todos na minha sala, para que ninguém se sentisse excluído. Eu fiz uma lembrancinha para cada convidado que participaria da festa. Levou um tempão para encher 21 potinhos de plástico em forma de borboleta com areia de cores diferentes. No dia da minha festa, eu esperei, usando um chapeuzinho bobo de aniversário, e a única pessoa que apareceu foi a Dare. Dare, trazendo seu presente, uma minúscula árvore de bonsai, que eu ainda tenho. Dare, que sempre vinha.*

Na época, entretanto, não pareceu tão importante assim, mas agora isso faz com que eu a ame ainda mais. Minha amiga autoconfiante que tolera minha falta de autoconfiança.

Eu queria que Dare estivesse aqui comigo agora.

Queria que *alguém* estivesse aqui comigo agora.

Os outros vinte potinhos de borboleta cheios de areia ficaram muito bonitos em cima da minha cômoda, mas aquilo era uma recordação constante da minha festa vazia, de me sentir indesejada.

Inclinando a cabeça para trás, olhei através das folhas de Bob para o céu cheio de nuvens. Então quebrei pedacinhos do Pop-Tart de morango e tentei encher o espaço vazio dentro de mim mesma, mordida após mordida. Infelizmente, é como tentar encher o Grand Canyon com migalhas de pão.

Depois de dois Pop-Tarts, me senti cheia e vazia ao mesmo tempo.

E então vejo alguém que me dá um raiozinho de esperança.

E me sento ereta nos galhos fortes de Bob.

NORBERT E TIM, SENTADOS NUMA ÁRVORE

Depois de caminhar apenas alguns quarteirões, minha dor de cabeça se intensificou.

Eu. Preciso. De. Café.

Também me sinto meio mal por ter dado o cano nos caras na quadra.

Parte de mim quer dar meia-volta e me juntar a eles, mas estou com essa dor de cabeça matadora, e eles provavelmente estão no meio do jogo e eu só estaria interrompendo.

Olho para cima, para o céu, como se alguma resposta fosse aparecer impressa nas nuvens. Em vez disso, vejo algo que faz meu estômago se contrair.

Alguém.

– Oi, aí embaixo!

É Tim, sentado naquela árvore estúpida.

Cara, como minha cabeça dói.

– Que foi? – pergunto, com irritação na voz. Ele vai gritar comigo de novo por não me sentar com ele no almoço?

– Suba aqui e se junte a mim – diz Tim, com voz aguda, esperançosa.

Tim é a única coisa no caminho entre mim e o doce alívio do café gelado. Protejo os olhos contra o sol.

– Não, obrigado. Estou bem aqui.

Acho que Tim se cansou de ficar bravo comigo por me sentar com os caras em vez de com ele e Dare no refeitório.

– Certo – diz ele, soando magoado, o que *realmente* me irrita. Não posso fazer nada se tenho medo de altura. E mesmo que não tivesse, por que eu iria querer subir em uma árvore idiota? E se alguém me visse lá em cima? E se Vasquez e os caras passassem por aqui depois do jogo e me vissem sentado em uma árvore? Com Tim!

Norbert e Tim, sentados numa árvore...

– Tem certeza? – pergunta Tim. – É uma bela vista aqui de cima.

Por um momento, eu me pergunto se ele pode ver a quadra de basquete lá de cima e como isso seria legal. Balanço a cabeça para afastar a ideia.

Olho para Tim e grito:

– Tenho certeza, sim!

E vou para o Dunkin' Donuts, com a cabeça latejando como um martelo pneumático.

Não está tudo bem

Eu desço dos galhos de Bob e aterrisso com tanta força que sinto dor dos calcanhares até os joelhos. Mas não me importo. Eu corro, minha mochila batendo contra a coluna.

Alguns metros atrás dele, eu grito:

– Dunkin?

Ele se vira e eu tento ler sua expressão. Algum tipo de dor passa por ela. O rosto dele combina com o modo como me sinto.

Ele continua andando.

– Espere. – Eu corro o resto do caminho para alcançá-lo. E andamos juntos, depressa, lado a lado, sem dizer nada. É difícil acompanhar os passos dele porque suas pernas são bem longas. – Então... – digo, mas as palavras pendem no ar entre nós.

Eu queria que ele dissesse alguma coisa. Qualquer coisa.

Parece que ele está tentando se afastar de mim. Eu me pergunto se eu deveria simplesmente voltar para Bob. Mas então já estávamos no Dunkin' Donuts, por isso entrei com ele.

Espero a seu lado, batucando no balcão.

Ele olha para mim, irritado. Em seguida, algo muda em seus olhos.

– Quer alguma coisa? – pergunta, tirando uma nota de cinco.

– Claro – digo. – Creme Boston?

Ele pede dois cremes Boston mais um café gelado grande.

Dunkin paga e joga o troco na jarra de gorjetas. Considero isso um bom sinal. Ele é um ser humano perfeitamente decente, apesar de sua aberração de se sentar com os neandertais esta semana. Ele é novo na escola. Tenho certeza de que apenas não sabe onde está se metendo. Em vez de ficar brava com ele, eu deveria ajudá-lo a entender as coisas, mostrar a ele que eu seria uma amiga muito melhor do que qualquer um dos neandertais pode ser.

Em nossa mesa para dois, observo Dunkin fechar os olhos enquanto toma um looooongo gole de café pelo canudinho alaranjado. Ele pisca algumas vezes, se concentra em mim e diz:

– Ah, o elixir. Está tudo bem.

Quando ele apanha seu donut, eu pego o meu e encosto no dele, simulando um brinde.

– Ao melhor tipo de donut – digo.

Dunkin sorri.

– É, esse também é o meu favorito.

Eu concordo e dou uma mordida gostosa.

– Glaceado é o meu segundo preferido.

– O meu também – diz Dunkin, devorando o donut. – Temos muito em comum.

– Ao menos com as coisas importantes, como donuts – digo.

Dunkin sorri, me deixando contente por ter descido de Bob, apesar de meus calcanhares e pernas ainda doerem pelo grande salto. Eu quero contar a Dunkin sobre o que vai acontecer com Bob, caso ele não tenha reparado na placa, mas conversamos sobre donuts e coisas da escola. Eu observo enquanto ele relaxa conforme conversamos, e percebo que também estou me sentindo mais relaxada. É uma sensação boa começar a fazer uma nova amizade. Dare é a melhor, mas seria ótimo ter outro amigo, talvez um pouco menos... ocupado.

Estou me sentindo mais feliz do que me senti durante a última semana... até a porta do Dunkin' Donuts abrir e as piores coisas possíveis entrarem. Se eu pudesse ter um superpoder nesse momento, desejaria ter invisibilidade. Eu usaria esse poder porque todo o exército de neandertais – suados e barulhentos – está posicionado entre mim e a liberdade.

Infelizmente, não possuo superpoderes. Não vejo nem ao menos um alarme de incêndio que eu possa puxar para distraí-los e passar correndo, saindo para a luz do sol ardente. Para os braços de Bob. De fato, parece que meu traseiro está colado ao rígido assento de plástico enquanto eu estou indefesa para evitar a humilhação que está prestes a ocorrer.

Por que eu desci de Bob e me juntei a Dunkin em sua estúpida busca por café e donuts? Por que eu senti um desejo tão forte de lhe dar outra chance e o segui? Claro, era ótimo conhecê-lo um pouco mais, mas não valia nem um pouco a pena lidar com o que estava prestes a acontecer.

Será que algum dia eu vou aprender que é melhor manter distância de outras pessoas?

Mesmo que isso signifique ficar oca de tanta solidão.

OS NEANDERTAIS

Mal posso acreditar no quanto me sinto melhor depois de tomar aquele copo de café gelado. Ele limpa a névoa de minha cabeça e leva embora a dor latejante. Eu compraria outro, mas estou sem dinheiro. Eu estou sempre sem dinheiro.

Tim e eu conversamos sobre escola e nosso amor por donuts.

– Por que a rosquinha foi ao dentista? – pergunta Tim.

Eu dou de ombros.

– Porque ela estava com um buraco no meio... do dente.

– Há. – Balanço a cabeça, pensando que Phin apreciaria o senso de humor tonto de Tim. E então me dou conta de que não deveria estar pensando em Phin. Estou aqui com Tim, e as coisas estão indo bem.

Pela primeira vez, estou contente por ter faltado ao jogo de basquete.

Quando Tim pede, mostro a ele o segredo por trás do truque do saleiro que some e ele fica muito impressionado. Ele tenta algumas vezes, mas não consegue fazer funcionar direito.

– Isso requer prática – digo. – Você vai pegar o jeito.

E então, como uma tempestade com nuvens escuras se aproximando, a porta do Dunkin' Donuts se abre e Vasquez e os caras entram gingando – como uma alcateia –, as camisas encharcadas e o cabelo pingando suor.

Meu coração é golpeado pela culpa. Eu deveria estar entre eles, suado e cansado. Sinto-me como se tivesse cabulado aula. A seguir, me dou conta de que estou sentado diante de Tim. Não há como negar este fato.

Por que eu não fui jogar basquete hoje cedo e acabei logo com essa humilhação?

Faço contato visual com Vasquez no mesmo instante em que ele repara em mim... e em Tim. E compreendo que o que está prestes a ocorrer é minha punição por tê-los deixado na mão depois de eles terem sido legais comigo a semana inteira.

Eu faço uma tentativa fraca de aceno.

– Oi, caras. – Odeio o jeito como minha voz soa fraca.

Vasquez se aproxima e fica bem pertinho de mim. Como estou sentado, ele parece muito alto. Tento não fazer uma careta ao sentir o cheiro ácido como vinagre que ele exala.

– É sério isso? – Ele está me encarando, de costas para Tim. – Você nos trocou por *ela*? – Ele aponta para Tim com o polegar.

Meus músculos se retesam.

O caixa olha para Vasquez e alguns dos outros clientes se viram para ver o que está acontecendo. Talvez estejam se perguntando se vai rolar briga. Espero que não.

– Você é que sai perdendo – diz Vasquez, e eu sinto uma dor porque sei exatamente o que estou perdendo. *Por que eu deixei Tim vir comigo até o Dunkin' Donuts? Por que ele não ficou no alto da sua árvore idiota?*

– É – diz um dos outros caras. – Nós jogamos várias partidas. Você deveria estar lá.

Não tenho certeza se ele está me ameaçando ou tentando ser legal.

Alguém puxa Vasquez pela camisa de jérsei e eles conferenciam perto das caixas de bebidas. Vasquez assente, olha para mim, depois torna a concordar.

Sinto vontade de fugir. Não quero saber o que eles estão discutindo, provavelmente o que farão comigo e com Tim.

Olho de relance para Tim, o suficiente para ver seus olhos azuis arregalados de medo.

Vasquez ginga de volta e traz seu fedor consigo. Ele bate as palmas das mãos na nossa mesa e me olha diretamente nos olhos. É desconfortável, mas eu sustento seu olhar.

– Os caras e eu decidimos – diz Vasquez, olhando ao redor para sua turma – que, se você vier para os testes de admissão de basquete em outubro, tudo será perdoado.

Um peso sai de cima de mim.

Eu aquiesço.

E então Vasquez se vira para Tim e se debruça ainda mais baixo para ficar bem de frente para o rosto dele.

– Quanto a você... eu nem consigo falar com você. Não sei nem *o que* você é.

Os caras caem na gargalhada.

Vasquez vai até o balcão e todos os caras o seguem em manada. Em seguida, ele olha para mim.

– Você vai vir ou não, Dorfman?

Ele me chamou de Dorfman. Ele quer que eu me junte a eles. Eu me levanto de um salto da mesa, tão depressa que bato o joelho, mas não me importo. Meus membros compridos estão sempre me atrapalhando.

Olhando para trás, para Tim, vejo que seu rosto está vermelho e manchado, seus olhos azuis nadando em mágoa e ressentimento. Eu dou as costas para aqueles olhos penetrantes e me junto a Vasquez e ao resto dos caras no balcão.

Bobby Birch tromba seu ombro no meu de um jeito amistoso, então eu sei que estou de volta. Perdoado por cabular o treino de basquete hoje cedo. Perdoado pelo pecado ainda maior de me sentar com Tim, apesar de eu não conseguir entender por que eles o odeiam tanto. Ele realmente não parece ser um cara ruim.

Olho para Tim uma última vez.

Ele encontra meu olhar por um segundo, depois dispara na direção da porta e a abre com um empurrão. O embrulho do seu donut ainda está na mesa.

A risada cruel dos caras preenche o vazio deixado por Tim, e eu sei que ele pode ouvi-los.

Não sei se Tim pode ouvir que eu também estou rindo. Mas estou.

E me odeio por isso.

Uma ideia que pode mudar tudo

Naquela noite durante o jantar foi difícil comer, porque havia uma pedra em meu estômago. Toda vez que eu penso no que aconteceu no Dunkin' Donuts – no que aconteceu com Dunkin e os neandertais –, a pedra aumenta alguns centímetros. Porém, a verdade é que as coisas poderiam ter sido bem piores.

Se ao menos Dunkin tivesse continuado comigo, em vez de me abandonar pelos neandertais... Nós estávamos nos divertindo tanto... ao menos parecia que estávamos. Ele até riu da minha piada besta e me mostrou o segredo do seu truque mágico bacana. Por que Dunkin gosta daqueles idiotas? Por que eu ainda quero ser amiga dele?

Mamãe e Sarah estão comendo em silêncio. Almôndega está aninhado em cima dos meus pés, mantendo-os quentinhos. Estou me forçando a engolir um pouco de macarrão parafuso quando papai diz:

– Tim, acho que seria uma boa ideia você cortar o cabelo.

Mamãe solta um suspiro discreto.

Sarah não diz nada, mas olha feio para papai.

Almôndega estremece o corpo todo, depois volta a relaxar no topo dos meus pés.

Olho para papai – para seus olhos determinados – e espeto o garfo em um macarrão parafuso.

– Tudo bem – digo. – Amanhã.

Mamãe e Sarah parecem chocadas.

Enfio macarrão na boca e mastigo sem sentir o gosto, como se comesse pedaços de borracha. Penso em Vasquez, me chamando de "ela", o que não deveria me deixar brava, porque é assim que eu também me defino, mas, vindo daquela boca, soou sujo, como algo de que eu deveria sentir vergonha. Penso em Dunkin se afastando e me deixando sozinha naquela mesa estúpida. Nos neandertais me encarando e falando a meu respeito enquanto eu estava sentada logo ali, com Dunkin entre eles. Escutei o riso deles. Riso maldoso que me seguiu até o lado de fora da lanchonete.

– Vamos cortar tudo – digo.

Mamãe se engasga.

– Mas, Lily, você disse...

– Não o chame assim – dispara papai, com as bochechas enrubescendo.

– Ela pode chamar minha irmã do que quiser – diz Sarah, espetando minha coxa por baixo da mesa.

Talvez Sarah queira que eu me defenda de papai, mas estou cansada de brigar.

– Vamos passar a máquina – digo.

Papai agora exibe um sorriso pateta. Suas bochechas voltaram à cor normal.

– Ah, não precisa tanto, Tim. – Papai olha para mamãe com o canto do olho. – Um corte curto e legal já basta.

Como se um corte de cabelo fosse mudar o que eu sou. Papai, porém, continua torcendo. Continua tentando coisas, como as roupas de menino e roupas de cama de menino em meu quarto. E agora, um corte de cabelo curto. Como ocorreu com todas as outras coisas que ele tentou, o corte não vai mudar o que eu sou por dentro, nem um pouquinho. Mas pode mudar como os outros me veem. E isso é exatamente o que eu preciso neste momento. Bem, isso e bloqueadores hormonais. E para isso, valeria muito a pena.

Mamãe estala a língua e balança a cabeça. Ela parece querer dizer algo, mas não diz.

Sarah se afasta da mesa e sobe a escada, pisando duro.

Odeio desapontar minha irmã, mas eu realmente acho que essa pode ser uma boa ideia.

Eu espero que Almôndega a siga, mas ele não se mexe de seu lugar em cima de meus pés. Acho que ele gosta de ficar perto da mesa de jantar, para o caso de alguém deixar algo cair. No entanto, sem Sarah aqui, as chances de ele receber uma gostosura às escondidas são poucas.

Volto a mastigar mecanicamente minha comida, engolindo sem saborear. Não importa. Mamãe e Sarah devem estar pensando que eu desisti. Papai provavelmente imagina que venceu algo, embora eu não saiba o quê.

Sou eu que posso ganhar algo. Ter cabelos curtos não é um preço tão alto a pagar para finalmente me encaixar. Não é como se eu tivesse concordado em cortar fora um braço ou uma perna. Cabelos crescem.

Em algum momento.

O corte

Conforme o barbeiro corta os meus cabelos, minha cabeça parece mais leve, mas eu fico com uma dor no fundo do estômago, como se estivesse cometendo um erro imenso do qual não posso voltar atrás.

Fico estendendo a mão para pegar nos cabelos, mas eles não estão mais lá.

– Sente-se quieto – resmunga o barbeiro, como se eu fosse uma criancinha.

Então coloco as mãos no colo, por baixo da capa preta, e me sento muito imóvel. Espio o chão ao redor da cadeira do barbeiro e sinto como se fossem partes de mim espalhadas ali. É mais doloroso do que eu imaginei. Eu então penso em como as coisas serão muito mais fáceis na escola. Serei o que eles querem que eu seja: Timothy James McGrother. Menino.

O que for necessário para suportar a escola.

E, em casa, as coisas também serão mais fáceis. Ao menos com papai.

Estou ansiosa para ver como todos vão reagir ao meu novo corte de cabelo. Loiros e finos daquele jeito, parecem penas. Eu tenho vontade de puxá-lo para baixo e esticá-lo. Ficou bem curto mesmo, e estou muito feliz por não tê-lo cortado à máquina. Teria ficado horrível.

Mamãe diz que ficou bom, mas posso ver que ela está desapontada. E Sarah nem olha para mim, o que faz eu me sentir terrível. Porém tudo vai valer a pena na segunda-feira, quando eu voltar para a escola.

* * *

Segunda de manhã, Dare diz que odiou meu cabelo no minuto em que se aproxima da porta.

– Você não está sendo sincero consigo mesmo, *Tim*.

Ela enfatiza meu nome masculino e age como se eu tivesse cortado os cabelos só para irritá-la. Não me incomodo em explicar a verdade – que é temporário, para que Vasquez e os neandertais parem de me atormentar, especialmente na frente de Dunkin. Aí talvez Dunkin sinta que pode passar algum tempo comigo também.

Conforme chegamos mais perto da escola, eu mal presto atenção enquanto Dare fala sobre seu trabalho com os cavalos no sábado e a visita de seu tio no domingo. Estou pensando em como vai ser hoje. Talvez eu comece a me sentir mais como um menino com o novo corte de cabelo. É bem esquisito não sentir os cabelos no pescoço.

Estou cheia de esperança quando me aproximo de meu armário.

Por que eu não pensei nisso antes? Obrigada, papai.

Eu nem tinha aberto o armário ainda quando Vasquez se aproxima e me empurra. Com força. Meu ombro bate no cadeado. Dói pra caramba, mas o mais doloroso são as palavras que Vasquez lança casualmente enquanto se afasta:

– Belo corte, *bichinha.*

Não tenho como sair ganhando. Não importa o que eu faça... eu não consigo vencer.

Eu me arrasto para cada aula e mal presto atenção a nenhuma. No almoço, estou esfregando meu ombro dolorido quando Dare se senta em nossa mesa. Ela indica a mesa neandertal com o queixo.

– Vasquez?

Eu paro de esfregar o ombro.

– Eu pensei que talvez... se eu... não importa.

Sem um pingo de compaixão, Dare diz:

– Você está cedendo. Esse é o seu problema. – Ela se debruça adiante. – Não faça o que você acha que os fará felizes. Faça o que vai deixar *você* feliz. Não é tão complicado assim, McGrother.

Ela está certa sobre eu ceder. Ela está sempre certa.

– Eu pensei que seria mais fácil – admito. – Se eu cortasse os cabelos.

– E ficou? – pergunta ela, apontando sua banana para mim. – Mais fácil?

Faço que não com a cabeça, e meus cabelos não balançam ao redor do meu rosto desta vez. Simplesmente ficam lá, bem longe dos meus olhos.

Ficam lá, num estilo exatamente errado para mim.

Uma tangerina quica no meu ombro – meu ombro dolorido. E quando eu olho para a mesa dos neandertais, eles abaixam a cabeça e caem na risada.

Dunkin está sentado com eles, claro. Mas a cabeça dele não está abaixada. Ele olha para mim. E não ri.

Eu quero sustentar o olhar dele, mostrar que posso suportar qualquer coisa que ele e seus amigos idiotas me fizerem. Porém, a verdade é que não posso. Abaixo os olhos, desejando ainda ter cabelos para me esconder, para me fazer sentir um pouco mais... eu mesma.

O que foi que eu fiz?

A carta

Sentada nos galhos de Bob depois da aula, não me importo que meus cabelos estejam curtos.

Bob não liga. E suas folhas verdes me escondem.

Eu amo essa árvore. Não posso deixar que ela seja derrubada.

Algo que vovô Bob dizia pipoca em minha mente: *A caneta é mais poderosa que a espada.*

Quando eu era pequena, não sabia o que isso significava. Agora eu sei. Talvez eu possa salvar Bob. Se eu escrever uma carta boa o bastante, talvez possa ser como o Lorax e falar em nome das árvores. Ao menos desta árvore.

Dou tapinhas carinhosos em Bob, reúno minhas coisas e desço.

Há novos flamingos espetados em alguns gramados da vizinhança. Um deles usa uma boina de golfe na cabeça, o que é hilário, já que praticamente todo mundo por aqui é maluco por golfe. Outro flamingo ostenta uma minúscula touca de Papai Noel, apesar de não ser nem o Halloween ainda. E um terceiro tem uma gravata-borboleta de crochê em cores vivas. Parece um bom presságio os caras do carrinho de golfe não terem aparecido para retirá-los.

Em casa, mamãe está na cozinha fazendo chá. Eu finalmente conto a ela sobre a placa e o que vai acontecer com Bob.

Ela arfa e coloca a mão sobre a boca, depois balança a cabeça.

– Não posso acreditar. Lembra-se do nosso piquenique debaixo daquela árvore, quando você e Sarah eram menores? – Os olhos dela adquirem uma expressão distante. – As duas colocaram as bonecas na manta para fazer o piquenique. A de Sarah se chamava senhorita Beasley e a sua era, humm, Sabrina Sereia?

– Sofia Sereia – corrijo-a.

Mamãe empurra meu ombro, brincalhona.

– Você *adorava* aquela boneca de sereia.

Ainda adoro.

– Ela está em uma prateleira do meu closet.

– Você arrastava aquela boneca para todo lado, até ao banheiro.

– Eu era totalmente obcecada.

– A Sofia Sereia deixava seu pai doido.

Engulo em seco e ambas ficamos quietas. Mas não quero pensar em papai neste momento.

– Você sabia que o vovô Bob lia para mim debaixo daquela árvore quando você e o papai estavam trabalhando e ele ficava de babá?

– Ah, sim – diz mamãe. – Quando eu era advogada e trabalhava o tempo todo. – Ela respira fundo. – Fico contente por isso estar no meu retrovisor.

– Eu me lembro de invejar Sarah porque ela podia ficar na loja com papai e a vovó Ruth e ajudar a fazer camisetas, eu não podia porque era pequena demais.

– Mas você podia fazer coisas legais com o vovô Bob, não é mesmo?

– Definitivamente – concordo. – E Sarah tinha que ficar com a vovó Ruth. Coitada!

Ambas rimos.

Mamãe coloca sua xícara fumegante de chá na mesa e me pergunta se eu quero uma. Não quero.

– Eu me lembro de me sentir muito orgulhosa, entrando na seção infantil da biblioteca com ele segurando minha mão. Ele me deixava escolher uma porção de livros, e pegava alguns também. Então íamos para a frente da biblioteca e nos ajeitávamos debaixo da nossa árvore, confortáveis e quentinhos, para minha hora da história particular. Era fantástico.

Mamãe sorri, mas seus olhos parecem tristes.

– Sinto saudades do seu vovô Bob.

– Eu também. – Tomo um gole do chá quente de mamãe, só para derreter o nó em minha garganta.

– E não consigo acreditar que a prefeitura planeja derrubar aquela árvore linda – lamenta mamãe.

– Não se eu puder evitar. Vou escrever uma carta para o conselho municipal para tentar impedi-los.

O rosto de mamãe se ilumina por completo.

– Que ótima ideia!

– Direi a eles como Bob é importante e que ele não deveria ser derrubado.

Mamãe encaixa a palma da mão morna em meu rosto.

– É claro que dirá, meu bem.

Eu me sinto muito bem enquanto marcho para meu quarto, pronta para colocar a caneta no papel e batalhar por Bob. *A caneta é mais poderosa que a espada.* Pego a caneta roxa de pompom que ganhei de Dare e uma folha do conjunto elegante que mamãe me deu no meu último aniversário e escrevo a carta, que redigi mentalmente durante minha caminhada para casa.

> Caros membros do Conselho Municipal,
>
> Por favor, não derrubem a árvore no terreno ao lado da Biblioteca de Beckford Palms.
>
> Ela oferece sombra para as pessoas que passeiam com seus cães. Oferece um lar para várias espécies de pássaros, esquilos e insetos. As pessoas fazem piqueniques debaixo dela.
>
> Aquela árvore tem estado lá minha vida toda, e é um lugar muito especial para minha família e para mim.
>
> Tenho certeza de que vocês concordarão que manter a figueira naquela propriedade seria melhor para a comunidade do que um novo parque.
>
> Obrigada por sua consideração e atenção.

Penso por um longo tempo. Toco meus cabelos, curtos demais. E então assino meu nome.

Lily Jo McGrother

O pronome adequado

Ao longo das semanas seguintes, eu vou todos os dias verificar nossa caixa de correio para ver se chegou uma resposta do conselho municipal em resposta à minha carta sobre Bob. Não chegou nenhuma. Também confiro se a placa sobre sua derrubada foi removida. Não foi.

Não sei o que mais posso fazer, então me preocupo. E vou para a escola.

Os testes para a formação do time de basquete acontecem no fim do dia. Vasquez e os neandertais andaram tão absortos com isso que nem me incomodaram tanto quanto de hábito. Tem sido legal. Eu queria que a temporada de basquete durasse o ano todo.

Hoje, o Sr. Creighton deu uma aula rápida sobre pronomes antes de nos juntarmos em grupos críticos para trabalhar em nossas histórias. Ele diz que alguns dos alunos não estão usando os pronomes corretamente.

Eu. Ele/ela. Você. Eles. Nós. Vós.

O Sr. Creighton está certo. Algumas pessoas não usam os pronomes corretamente. Por exemplo: "ela" é o pronome correto para mim. Entretanto, as pessoas continuam, incorretamente, referindo-se a mim como "ele".

Ela.

Mal posso esperar até que o mundo todo me chame pelo pronome correto.

Ela.

Algum dia, eles vão acertar.

Ela.

Algum dia...

PRONTO OU NÃO...

OS TESTES PARA O INGRESSO NO
TIME DE BASQUETE SERÃO FEITOS
NO GINÁSIO ÀS 16H15

Enquanto estou no vestiário, vestindo a roupa de ginástica, não consigo acreditar que consegui evitar participar de jogos amistosos com os caras por tanto tempo. Eu arrumei desculpas, e eles deixaram passar. Foi quase como se, para eles, tudo bem eu não me juntar a seus amistosos, desde que eu garantisse que compareceria aos testes hoje e desse o meu melhor.

Honestamente, eu não sei se meu melhor equivale ao segundo melhor deles, ou ao terceiro, ou até ao último.

Mas não estou tão ruim quanto era. Estive trabalhando como louco em melhorar e desenvolver minha habilidade.

Bubbie e eu treinamos juntos todas as noites. Ela disse que eu melhorei tanto que até está pensando em criar uma nova linha de vídeos – *Treino de Basquete da Bubbie* – para acrescentar à sua coleção de produtos Bodies by Bubbie.

Isso me fez sentir muito bem.

Bubbie até trouxe algumas de suas amigas para me desafiar em amistosos no centro de recreação, o que foi hilário, porque todas as amigas dela tinham mais ou menos 1,50 metro de altura. Entretanto, aquelas *señoras* sabiam jogar. Elas se moviam com mais rapidez e graça do que eu algum dia me movi com minhas longas e desajeitadas pernas.

Se eu mal consigo me segurar com um punhado de senhoras baixinhas e idosas, como é que vou dar conta dos caras na quadra? Claro, eu posso acertar uma cesta estando logo embaixo dela agora, e, às vezes, até da linha de falta. Mas correr e pingar a bola? Ao mesmo tempo? Com outros caras me perseguindo? Minhas pernas provavelmente vão se enrolar e eu vou sair voando antes de ter a chance de arremessar a bola.

Contra meu melhor julgamento, dirijo-me às portas do ginásio.

Ouço o guincho dos tênis na quadra e bolas batendo e sei, com uma claridade total, que não estou preparado. Não de verdade. Não do jeito que deveria. Eu não tive um pai me ajudando com minhas habilidades no basquete desde que eu era pequeno, como tenho certeza de que aconteceu com a maioria desses caras. Tudo o que eu tive foi Bubbie e suas amigas me ajudando. Isso não é o suficiente. Nunca será suficiente.

Minha mente dispara pela miríade de maneiras de passar vergonha hoje. *Cair. Tropeçar. Errar a cesta. Tropeçar, cair e errar a cesta. Fazer um passe ruim que não alcance o alvo. Apanhar um passe com a minha cara em vez de com as mãos.*

As possibilidades são infinitas.

Com a mão trêmula, abro a porta do ginásio e entro.

Um tipo particular de dor

Espio pela janelinha na porta do ginásio e vejo duas coisas:

Uma: do lado direito, a treinadora Outlaw grita com as líderes de torcida. Bom. Não sou uma fã de líderes de torcida. Acho que uma garota deve praticar esportes, como Dare, que é fera no campo de lacrosse, mas não vestir microssaias e torcer pelos meninos. "Rah. Rah. Blah." Você já viu meninos torcendo em partidas de jogos femininos, usando roupinhas mínimas?

Duas: do lado esquerdo, o treinador Ochoa grita com os meninos. Ele está fazendo os meninos passarem por exercícios variados, enquanto o treinador assistente faz anotações em uma prancheta.

Estreito os olhos e vejo Dunkin. Ele está disputando um tiro curto com Vasquez.

Meu coração se aperta enquanto assisto Vasquez superá-lo com facilidade, apesar de Dunkin ser mais alto. Eu espero Vasquez zombar de Dunkin ou algo assim, mas ele lhe dá tapinhas nas costas e trota para o exercício seguinte.

Tapinhas nas costas. Ele jamais faria isso comigo. Mais provável que me socasse as costas.

Estou morrendo de vontade de entrar no ginásio e ver como Dunkin se sai nos testes, apesar de saber que não deveria me importar com ele. É óbvio que ele não liga para mim nem para Dare. Ele não almoça na nossa mesa e mal conversa comigo, ainda mais depois da nossa situação no Dunkin' Donuts, a menos que precise fazê-lo durante a aula do Sr. Creighton. Não é exatamente o comportamento de um bom amigo, mas, ainda assim, tem algo a seu respeito que me faz querer continuar lhe estendendo a mão.

Eu cogito abrir as portas e entrar escondida no ginásio, porém não quero as líderes de torcida me encarando, me julgando. E Vasquez certamente me notaria e diria algo cruel. Na verdade, eu sei exatamente que palavra ele diria.

Não consigo lidar com isso.

Então dou as costas e sigo pelo corredor, pensando em ir para os campos esportivos lá fora e ver o que está havendo por lá, ou talvez eu vá até a Biblioteca de Beckford Palms e me perca entre as estantes de livros. Eu poderia até passar algum tempo com Bob, mas a placa perto dele me deixa tão triste que é difícil estar ali.

Quando passo pelo armário de vassouras perto do bebedouro, eu me lembro do que está lá dentro e tenho uma ideia.

Uma ideia maluca. O meu tipo favorito de ideia.

Al E. Gator
(conhecido como Ali Gator)

O interior da cabeça de aligátor cheira a suor antigo.

Era de se esperar. Nem quero pensar em quantos alunos usaram essa fantasia de mascote antes de mim. Pularam por aí dentro dela. Jorraram baldes de suor dentro dela, torcendo pela Gator Lake Middle.

O velho e bom Al E. Gator, o mascote da Gator Lake Middle em todos os jogos de futebol americano e basquete. Em minha opinião, ele deveria se chamar Ali Gator, mas é claro que ninguém pediu minha opinião.

Escorrego para dentro do restante da fantasia. É como vestir um carpete verde. Contudo, algo quanto a estar dentro dela dá a sensação de que o Halloween e o meu aniversário se juntaram numa coisa só. Algo secreto. Algo mágico.

Eu completo a transformação colocando os pés e mãos exagerados da fantasia de aligátor, ou as patas e garras, melhor dizendo.

Se houvesse um espelho no armário de vassouras, eu poderia ver como fiquei, mas mal consigo enxergar pelo buraco para os olhos. Faz calor dentro da fantasia, é como vestir um casaco de inverno no verão, mas também é perfeito, porque cobre cada parte minha.

Respiro fundo, inalando o cheiro de suor, e abro a porta.

Está quieto no corredor. Os únicos sons são os guinchos distantes de tênis na quadra, um apito sendo soprado e os cantos da torcida.

Caminho na direção do ginásio, colocando cuidadosamente um pé gigante e peludo diante do outro. Aí seguro a maçaneta da porta com minha pata do Al E. Gator e entro no ginásio.

Através dos buraquinhos dos olhos, vejo dois dos meninos do basquete apontando e rindo, mas quando o treinador Ochoa grita "Concentrem-se ou saiam!", eles voltam para os exercícios. Dunkin está tão concentrado que nem parece notar que eu entrei. Antes que o treinador Ochoa grite comigo, vou até a lateral do ginásio e fico atrás das líderes de torcida. Faço alguns movimentos bobos, para que as pessoas achem que sou um dos atletas tontos fantasiados – provavelmente presumem que sou alguém do time de futebol americano.

Eu me divirto dançando e fazendo as líderes de torcida rir. Até a treinadora Outlaw ri, mas gesticula para eu me afastar.

– Estamos trabalhando aqui.

Se é assim que você quer chamar. Eu recuo, com suor pingando nos olhos, arrasto os pés e faço um giro com as mãos, de olho no lado oposto do ginásio, o lado do basquete.

O que eu vejo me surpreende.

NO MAIOR GÁS

Fico surpreso quando meus lançamentos entram na cesta.

Fico surpreso quando consigo manter meu ritmo com o cara que está me marcando e o cara que eu estou marcando. Fico surpreso quando minhas pernas não se enroscam em um nó feito um pretzel e eu não caio de cara durante os exercícios de pingar a bola. Fico completamente chocado quando ganho de alguns caras durante as corridas cronometradas.

Obrigado, Bubbie e as señoras espertinhas!

Estou tão concentrado em não passar humilhação que mal noto quando alguém entra no ginásio vestindo uma fantasia de aligátor. *Mascote da escola?* Acho que ele também precisa praticar suas coreografias, pois não parece que está praticando – apenas brincando atrás das líderes de torcida. O aligátor é meio que hilário, o que me ajuda a relaxar, então acabo jogando ainda melhor.

* * *

Vários dias depois, o treinador posta uma lista de quem conseguiu passar pelos primeiros testes. E bem ali na lista está "Norbert Dorfman". É a única vez que fico feliz em ver meu nome.

Os caras que conseguiram passar tentam não comemorar demais porque os que não conseguiram estão de cabeça baixa e se afastando desanimados. Cada um de nós sabe que, em alguns dias, quando a lista definitiva dos nomes sair, qualquer um de nós pode não estar nela. Bem, Vasquez e mais alguns dos outros estarão lá. Isso é certo.

A ameaça de não estar na seleção final parece fazer cada um de nós se esforçar mais no treino. Eu sei que estou dando tudo de mim. É quase como se algo tivesse me dado superpoderes na quadra. E eu sei exatamente o que é esse algo. Não é Bubbie. Nem as *señoras* espertinhas. Nem o mascote pateta. Outra coisa.

Quando a lista final da equipe é postada, fico chocado e empolgado ao descobrir meu nome nela.

Eu sabia que reduzir um pouco os remédios que tomo era uma boa ideia. Isso me deu o gás e a energia para manter o ritmo dos outros caras. Eu também durmo menos, o que significa mais tempo para praticar. No começo, eu simplesmente me esqueci de tomar algumas doses. Eu não pretendia ficar sem remédio algum, porque sabia que mamãe estava confiando que eu tomaria minhas pílulas todo dia. Mas me sair bem na quadra é superimportante, então parece um bom plano me "esquecer" de tomar as pílulas com um pouco mais de frequência agora.

Enquanto estamos todos amontoados em torno da lista e os caras veem (ou não) seu nome ali, Vasquez me puxa em um grupinho com outros caras que entraram no time. Eles cantam:

— Nós somos Gators! Nós somos Gators! NÓS SOMOS GATORS!

Eu me junto à cantoria.

Nossas vozes se misturam e as vibrações me atravessam como uma corrente elétrica. Eu me sinto no maior gás.

— NÓS SOMOS GATORS. NÓS SOMOS GATORS. *NÓS SOMOS GATORS!!!*

Essa é a coisa mais empolgante que já me aconteceu. E a mais apavorante. Daqui por diante, esses caras estão contando comigo para ajudá-los a ter a melhor temporada de suas vidas.

E eu farei o que for preciso para que isso aconteça.

Mal posso esperar para contar as ótimas notícias a Bubbie e mamãe.

Queria poder contar ao papai.

ESTÁ NA HORA DE IR

Depois da aula, largo a mochila perto da escada.
— Não fique confortável demais — diz mamãe. — Nós estamos de saída.
— Para onde? — pergunto, mas, antes que ela responda, eu já fui até a cozinha e peguei um muffin de serragem e uva-passa. Estou tão faminto que comeria vinte deles, apesar de ser o mesmo que mastigar casca de árvore. Com a boca cheia da primeira mordida, eu grito: — Eu entrei no time! — Migalhas de serragem se espalham para todo lado.

Mamãe se recosta no balcão da cozinha e me observa, com os olhos estreitados.
— É por isso que você está tão empolgado?

Por que a mamãe não pode ficar feliz por mim? Essa é a melhor notícia da minha vida. E eu não acho que estava *tão* entusiasmado assim. Só feliz. Muito, muito feliz.

— As coisas que Bubbie fez ajudaram bastante. — Dou outra mordida no muffin e caminho em círculos pequenos: dois passos adiante, vira, dois passos adiante, vira, dois passos, vira. Conto nos dedos as coisas que Bubbie fez e falo com a boca cheia: — Os exercícios. Os dribles. A corrida. Os lançamentos. Os exercícios.

— Você já tinha dito esse.

Mamãe está me olhando de um jeito estranho, como se eu tivesse estragado alguma coisa, por isso começo de novo.
— Os exercícios. Os dribles. Os...
— Norbert?
— Não me chame assim! — berro.

Mamãe recua, como se eu a tivesse empurrado.
— Tudo bem — diz ela. — Do que eu deveria chamá-lo, então?

Os braços dela estão cruzados. Ela está com os olhos cansados e com olheiras escuras. Espero que ela não ande chorando de novo. Eu não entendi por que ela chorava tanto antes. Quero dizer, não é como se...

– Norb?

Eu saltito de um pé para o outro.

– Sim?

Talvez eu devesse fazer alguns exercícios de basquete agora mesmo, para gastar um pouco dessa energia. Eu poderia afundar uma centena de cestas de três pontos em seguida, do jeito que me sinto.

– Vamos – diz mamãe.

Não sei por que, mas suas palavras me irritam, como se estivessem se esfregando contra meus nervos.

– E traga os seus remédios – ela acrescenta.

Eu paro de me movimentar, o que não é algo fácil para mim neste momento.

– Aonde estamos indo? – pergunto, respirando com força pelo nariz.

– Acalme-se – pede mamãe.

– EU ESTOU CALMO!

– Apenas pegue os seus remédios e vamos lá. Vamos passar no Dunkin' Donuts depois.

Isso me amacia. Um pouco. Mas não estou feliz com isso.

– Aonde você disse que estávamos indo?

– Eu não disse. – Mamãe olha para mim como se tentasse descobrir algo. Como se eu estivesse escondendo algo. – Nós vamos a um novo psiquiatra. Nessa região, só há um especializado em transtorno bipolar, e eu levei uma eternidade para conseguir essa consulta, então vamos andando. Não quero chegar atrasada. – Em seguida, mamãe resmunga: – Desculpe não conseguir levá-lo antes. Nós não deveríamos ter esperado tanto.

– Mas eu fui ao psiquiatra logo antes de sairmos de Jersey – relembro.

– E daí?

– Daí temos que ir agora? – pergunto. – Eu me sinto ótimo. Viu? – Faço uma porção de polichinelos e algumas flexões, como Bubbie faria se tivesse alguns momentos de folga. – Eu me sinto absolutamente fantástico.

– Aposto que sim – diz mamãe, mas não de um jeito bacana. – Por favor, pegue seus remédios. Nós estamos indo.

Ela apanha a bolsa no balcão e espera junto à porta da frente.

Lá em cima, no quarto de hóspedes, eu olho para os vidrinhos contendo minhas pílulas. Cheios demais. Eu devo ter pulado mais doses do que me dei conta. Retiro algumas de cada vidrinho e as embrulho em um lenço. Aí enfio o lenço embaixo de alguns papéis em minha lixeira. Eu me sinto mal com isso, porque o remédio antipsicótico é muito caro, e eu imagino que seja muito difícil para mamãe pagar pelas coisas desde que papai... Enfim, eu realmente não precisava de todas aquelas pílulas. Eu me dou muito melhor... me sinto muito melhor quando pulo algumas doses. E mamãe não compreenderia isso.

Com os vidrinhos das pílulas nas mãos, desço as escadas correndo, pego outro muffin de serragem e uva-passa e me apresso para o carro. Enquanto espero mamãe, tamborilo uma melodia complicada na janela do carro.

– Por que você demorou tanto?

– Eu estava logo atrás de você – diz mamãe. – Só parei para trancar a porta.

Ela me olha como se eu fosse louco.

Eu não posso ser louco. Nunca me senti melhor. *Certo, Phin? Eu queria que ele estivesse aqui. Por que ele não está aqui?*

No carro, minha perna sacode tanto para cima e para baixo que parece que eu vou abrir um buraco no piso com meu tênis.

– Vamos!

Mamãe balança a cabeça, dá partida no carro e sai da garagem.

– Sim, vamos.

VOCÊ TEM TOMADO SEUS REMÉDIOS?

Quando finalmente chegamos ao prédio do consultório, cada célula do meu corpo está irritada. Foi uma tortura ficar preso dentro do espaço apertado do carro. Eu bato a porta e sigo mamãe para dentro do prédio. Outro espaço apertado.

– Norbert Dorfman? – pergunta uma senhora, e guia mamãe e eu para um consultório.

A senhora me irrita pela forma como diz meu nome. Mamãe me irrita por ter vindo comigo. Eu não sou uma criancinha.

– Oi, Norbert – cumprimenta um homem atrás de uma escrivaninha.

– Eu não gosto desse nome – digo, apesar de saber que estou sendo grosseiro e não fazer ideia de quem seja esse cara. Exceto por ser outro médico.

Mamãe parece chocada. Não pelo fato de eu não gostar do meu nome, tenho certeza. Ela já sabia disso.

– Aham.

– Desculpe – digo, embora não esteja arrependido. Estou furioso e não quero estar aqui. Cruzo os braços sobre o peito.

– Tudo bem, Norbert – o homem diz em um tom excessivamente jovial, dizendo meu nome de novo de propósito.

Eu me pergunto o que aconteceria se eu esmurrasse a cara dele.

Pare com isso!

Viro a cabeça rapidamente à esquerda para ver quem disse isso.

– Norbert – diz o sujeito, usando meu nome pela terceira vez. – Eu sou o Dr. Daniels. Prazer em conhecê-lo. – Ele aguarda, mas eu não digo nada, porque não é um prazer conhecê-lo, e eu não estou disposto a mentir. – Como se sente hoje?

O Dr. Daniels batuca uma caneta em sua mesa.

– Certo. Bem, acho. – Eu me inclino adiante em minha cadeira. – Ótimo, na verdade. Eu descobri que entrei para o time de basquete.

Lanço um olhar feio para mamãe porque ela não fez muito caso dessa informação, e foi bastante trabalhoso conseguir entrar para o time.

– Além de ter entrado para o time, aliás, parabéns por isso... como está se sentindo? Ansioso? Animado? Desanimado? Você me parece muito animado no momento, e talvez um pouco agitado também.

– Estou bem – digo, afundando na cadeira. Mas me sinto como se fosse um daqueles bonecos de mola em uma caixa, prestes a ser lançado da cadeira a qualquer momento.

– Norbert? – O doutor dobra as mãos e as repousa sobre a escrivaninha.

Eu queria que ele parasse de usar meu nome. E queria que ele não dobrasse as mãos daquele jeito. É como se ele estivesse fingindo estar calmo para que eu fique calmo.

– Você tem tomado seus remédios regularmente? – pergunta o Dr. Daniels.

Assinto, surpreso ao constatar como é fácil mentir.

– Nunca esqueceu nenhuma dose? – ele pergunta, como se soubesse que estou mentindo.

– Eu posso me esquecer de uma dose aqui ou ali, mas não com frequência. – Penso nas pílulas embrulhadas em um lenço na lixeira em casa.

– Você trouxe seus remédios consigo hoje? – Ele olha para mamãe em vez de para mim quando pergunta isso.

Mamãe me faz um gesto com a cabeça, então enfio a mão no bolso e entrego ao doutor os vidrinhos de pílulas.

Ele examina os rótulos e olha dentro de cada um dos vidrinhos.

– Faremos alguns exames para determinar os níveis no sangue dele – diz ele para mamãe. Em seguida, o Dr. Daniels pressiona as palmas das mãos retas contra a escrivaninha e olha para mim. – Você tomou sua dose hoje de manhã, Norbert?

– Não – confesso. – Eu me esqueci.

– Aqui. – O Dr. Daniels estende a mão para trás, pega uma garrafa de água em um frigobar e a entrega para mim, junto com meus remédios. – Você tomaria os seus remédios agora, por favor?

– Agora?

Dr. Daniel assente e aguarda, as mãos dobradas em cima da escrivaninha, como se tivesse todo o tempo do mundo. Como se não estivéssemos pagando por esse tempo. Como se ele não fosse um médico com cara de idiota que está tentando me obrigar a fazer algo que não quero. Eu sei que essas pílulas vão me deixar mais lerdo, vão tornar mais difícil para mim ser incrível na quadra de basquete.

Escuto mamãe batucando no braço da cadeira. Eu visualizo suas unhas roídas e queria que ela parasse de batucar.

Estou tão desconfortável, preso nesse consultório, com mamãe e o doutor me encarando. Minha perna saltita a um milhão de quilômetros por minuto, mas não consigo fazê-la parar. Queria que papai estivesse aqui. Ele convenceria o doutor a não me fazer tomar meu remédio. Ele podia conquistar qualquer um. Mamãe chamava isso de manipulação, mas papai dizia que era seu superpoder secreto – o fator charme. Eu olho do doutor para a mamãe e de volta para o médico e cogito fugir. Tenho energia suficiente para correr o caminho todo de volta para casa, se eu quisesse. Talvez o caminho todo até Nova Jersey!

– Norbert? – diz o doutor, usando meu estúpido nome *de novo*.

O que Phineas faria?

– Meu bem? – diz mamãe. A voz dela soa preocupada. Eu não gosto desse tom na voz dela. Ele me faz pensar nas épocas não muito boas com papai. Ele me faz pensar em...

– Claro – digo, engolindo as pílulas na frente do doutor e da minha mãe. Eu me sinto um animal no zoológico. – Feliz agora? – eu dirijo a pergunta à minha mãe.

Ela inspira forte, mas não responde.

O médico desperdiça mais meu tempo perguntando uma porção de coisas estúpidas. Eu poderia estar treinando basquete... E quando ele me pergunta sobre como eu me sinto a respeito do que houve com meu pai, eu minto, depois mudo de assunto. Finalmente, ele dá à mamãe uma requisição de exame de sangue e receitas para repor meus dois remédios.

As últimas palavras que o Dr. Daniels me deixa são:

– Nós não queremos que você acabe no hospital outra vez, Norbert. Continue tomando seus remédios.

Fantástico!

Em casa, eu nem conto a Bubbie sobre o time de basquete. Apenas lhe dou um beijo rápido na bochecha e vou para o meu quarto, que nem ao menos é meu quarto de verdade; é só um quarto de hóspedes mariquinha e tonto. Por que o médico tinha que falar aquilo sobre acabar no hospital? Isso me lembrou daquela época horrível, há mais de um ano, em Nova Jersey, quando meu bom humor espiralou e saiu do controle e eu tive que ficar em um hospital por duas semanas sob medicação consistente e terapia até voltar à estabilidade. E isso me faz pensar em papai, o que me deixa péssimo. E eu vinha me sentindo tão bem. Queria não ter tomado meus remédios no consultório do médico, mesmo com o doutor e minha mãe observando. A medicação me deixa lerdo. Preguiçoso. Nublado. Cansado. Muuuuuito cansado...

Tudo o que eu quero é deitar e ir dormir. Afofo o travesseiro, coloco o rosto sobre ele e me estiro na cama tão esticado que meus pés ficam pendurados na ponta. Estou totalmente acabado.

Boa noite.

Levanto a cabeça, o coração martelando.

– Quem disse isso?

Aonde estamos indo?

Ouvimos a cantoria desde a outra extremidade do corredor, onde estamos fazendo uma prova de Matemática.

– Nós somos Gators. Nós somos Gators!

O pessoal da minha classe ri baixinho. Eu me esforço para ouvir se a voz de Dunkin faz parte do coro, mas não sei dizer.

– NÓS SOMOS *GATORS!*

Mais risos.

– Devem ter anunciado o time de basquete – cochicha Dwayne McCabe.

– Vocês estão fazendo uma prova – adverte nosso professor.

Eu volto aos problemas de Matemática diante de mim, mas agora estou distraída com os gritos. Contudo, acho que respondi a todos corretamente.

Depois da aula, eu abro a caixa de correio na frente de casa e retiro de lá um jornal comunitário, uma conta de luz e um envelope da prefeitura de Beckford Palms. No logo deles há uma palmeira e um pequeno caranguejo em uma praia, no cantinho. Também se vê um flamingo, o que me faz pensar no mistério dos flamingos que estão aparecendo aqui em Beckford Palms Estates. Eu me pergunto se vários vizinhos os estão colocando em seus próprios gramados – uma coisa tipo sociedade secreta. Se for, talvez eu devesse colocar um em nosso gramado, vestido com uma das camisetas rejeitadas do papai. Isso seria engraçado.

Eu largo minha mochila no pé da cama e penso em colocar um vestido. Já se passou muito tempo desde que eu vesti um, e eu sei que isso me faria sentir mais relaxada. Eu quero muito me trocar, mas algo me diz para não fazer isso. Algo sempre me diz para não fazer.

Não consigo esperar nem mais um minuto para abrir a carta da prefeitura. Cuidadosamente, eu levanto a aba e já estou planejando visitar Bob e ler a carta em voz alta para ele. Talvez até arranque aquela placa idiota do chão – se ela ainda estiver lá – e a deixe na calçada, para que os coletores de lixo a levem embora.

Eu simplesmente sei que serão boas notícias. Por que eles se incomodariam em me responder, se não fossem boas?

Vovô Bob estava certo. A caneta é mais poderosa que a espada.

Deito de barriga para baixo, desdobro a carta, aliso as dobras e leio.

Cara Lily Jo McGrother,

Obrigado por sua carta e sua preocupação com nossa comunidade.

Nós fizemos várias reuniões públicas sobre o terreno próximo à Biblioteca de Beckford Palms. Foi decidido unanimemente o uso daquele terreno para um parque, do qual a comunidade toda poderá desfrutar. Os arquitetos não conseguiram incorporar a figueira ao planejamento do parque por causa do tamanho, de modo que foi agendada sua remoção para abrir espaço para a construção de um novo parque comunitário. Algumas novas árvores serão plantadas para fornecer sombra na área após a construção do parque.

Mais uma vez, agradecemos sua preocupação.

Cordialmente,
Prefeita Teresa Higginbotham

Abaixo a cabeça sobre o edredom marrom e feio. Ele cheira a pés.

A caneta não é mais poderosa que a espada.

Eu fracassei com Bob.

Mamãe entra no meu quarto sem bater.

– Vamos.

– Ahn? Aonde?

– Temos uma consulta – diz ela, e sai.

Eu rolo para fora da cama, coloco a carta na gaveta da escrivaninha e corro para o térreo.

Mamãe *e* papai estão no vestíbulo, olhando para mim.

– Papai?

As mãos dele estão nos quadris, o pé batucando, como se planejasse abrir um buraco no chão. Almôndega choraminga por perto, como se também quisesse ir.

– Você não vai, Almôndega – diz mamãe.

– Sorte sua – resmunga papai.

– Que ótimo... – ela diz a papai em tom de reprovação. Acenando para mim, ela abre a porta. – Venha.

Eu saio na frente e eles me seguem. *Eu fiz alguma coisa errada?*

Depois de nos assentarmos no carro, mamãe sai com tudo, como se estivesse na Indy 500.

Papai olha pela janela do passageiro e batuca no vidro com os dedos grossos.

– Não sei por que eu tenho que ir junto para isso. Não sei por que...

– Pare! – Mamãe deve ter pisado no freio por um segundo, depois no acelerador, porque nós somos puxados adiante, depois para trás. Ninguém diz nada conforme passamos pela entrada do nosso bairro e viramos à esquerda, na direção da biblioteca. Estamos muito acima do limite de velocidade.

Ouço a respiração de papai – rápida e superficial, como a de um animal preso em uma armadilha.

Estou morrendo de curiosidade para saber o que está acontecendo e aonde estamos indo, mas sei quando devo manter a boca fechada.

Quando passamos por Bob – ele é tão lindo – e a placa idiota na frente dele, engulo o nó na garganta. Quero contar a mamãe sobre a porcaria de carta que acabo de receber da prefeitura, mas sei que esse não é o momento.

Mamãe lança o carro em uma vaga diante de um prédio de três andares.

– Chegamos – diz ela, sem entonação.

– Iupiiii – retruca papai.

Mamãe sai e bate a porta do carro.

Papai sai e bate a dele.

Eu também saio e fecho a minha com gentileza.

O que está havendo?

A doutora está disponível

Depois que a psicóloga se apresenta como Dra. Klemme, ela pede permissão aos meus pais para conversar comigo a sós.

Enquanto meus pais saem do consultório para voltar à sala de espera, ouço papai sibilar:

– Viu? Não sei por que eu precisava estar aqui.

Mamãe não responde, pelo menos não consigo escutar sua resposta antes de ela fechar a porta do consultório.

– E então – diz a Dra. Klemme, cruzando as mãos diante do corpo e colocando-as sobre a mesa. – Como você gostaria que eu chamasse você?

A pergunta me surpreende. De um jeito bom.

– Alguns de meus pacientes preferem ser chamados por um nome diferente do que consta em suas certidões de nascimento.

Meu corpo todo formiga. *Quem é esta mulher?*

– Por exemplo, um paciente pode preferir ser chamado de Janet, em vez de James.

Eu respiro fundo lentamente. *Lily.* Penso em papai na sala de espera. Agora eu sei por que ele está tão bravo. Mamãe nos trouxe a uma terapeuta especialmente por minha causa. A veia na têmpora de papai provavelmente está pulsando enlouquecidamente agora.

– Meu nome é Timothy. Algumas pessoas me chamam de Tim.

No mesmo instante me sinto horrível. Errado.

– Certo – diz a Dra. Klemme. – Vou chamar você de Tim, então. Mas se um dia você quiser que eu o chame por qualquer outro nome, é só me...

– Lily. – Eu me sinto mais ereta.

– Humm?

Eu falo mais alto, mas não o bastante para papai ouvir, caso ele esteja perto da porta do consultório.

– Eu gostaria que a senhora me chamasse de Lily, por favor. Lily Jo McGrother é o meu nome. – Com essas palavras, sinto que um peso foi tirado do meu peito.

Há um traço de sorriso na boca da Dra. Klemme, e ela faz uma anotação no histórico a sua frente.

– Lily – diz ela. – Um nome muito bonito.

E pela primeira vez em um longo tempo, meus ombros estão para trás e meu queixo, empinado. *Dane-se você, Vasquez, e seu bando de neandertais maldosos. Aqui, neste consultório, eu posso ser Lily Jo McGrother.*

E me sentir segura.

Do outro lado da porta

Eu acabo contando à Dra. Klemme tudo sobre Bob e a carta que recebi.
– Eu sinto muito – diz ela.
E dá para ver que ela está falando sério.
– Lily, você se importa se conversarmos sobre os seus bloqueadores hormonais?

Eu sinto um calafrio no estômago. Penso nos fios de barba que tive que arrancar naquela manhã e no quanto doeu. Penso em como minha voz rachou no outro dia quando eu falava com Sarah – um lembrete de que ela vai engrossar em breve. Penso em como vou me sentir horrível quando as coisas crescerem lá embaixo.

– Tudo bem.
– Sua mãe me disse que o seu pai prefere que você não os tome. Como você vai se sentir quando crescerem pelos no seu rosto e ao redor do seu pênis, quando a sua voz engrossar e os seus ombros ficarem mais largos?

Não posso acreditar que ela disse a palavra *pênis*, desse jeito, assim. *Eu NÃO me sinto bem com pelos crescendo ao redor do meu pênis, porque eu não me sinto bem com o meu pênis.*

– Não vou me sentir bem – digo baixinho. Aí penso em como não consigo suportar a ideia dessas coisas acontecendo e que, se eu não fizer algo para impedir que aconteçam, tudo vai, definitivamente, acontecer. E em breve. – Nem um pouco bem – enfatizo, alto o bastante para papai ouvir. – Não me sinto bem com nada disso acontecendo comigo.

Lágrimas surgem em meus olhos e eu olho para o meu colo.
– Lily?

Eu não levanto a cabeça, apesar de saber que isso é rude. Apesar de ela estar usando o nome que eu pedi que usasse.

– Lily, por que você acha que o seu pai não quer que você tome os bloqueadores hormonais?

Uma lágrima quente foge, mas eu a enxugo com as costas da mão e mordo o interior da bochecha, para tentar impedir que outras escapem.

— Ele não gosta... ele não gosta... de quem eu sou. — Olho para a doutora, outra lágrima escorrendo pela bochecha. — Quero dizer, de quem eu realmente sou.

A Dra. Klemme me entrega um lenço, depois se levanta, o que me surpreende.

— Lily, acho que seria uma boa ideia agora se você esperasse na outra sala com a sua mãe e eu conversasse com o seu pai. Acho que é com ele que eu preciso conversar neste momento.

Ela dá a volta na mesa e coloca a mão em minhas costas enquanto me guia até a porta.

— Acredito que haja algumas coisas quanto ao que está acontecendo com você que o seu pai talvez não compreenda ou não aprecie por completo ainda.

Na sala de espera, mamãe olha para mim com olhos inquisidores, como se tentasse ler minha mente e descobrir o que a doutora me disse, mas a Dra. Klemme me disse que, a menos que eu planeje causar algum dano a mim mesma ou a alguém, o que nós conversamos no consultório dela é totalmente confidencial. Ela prometeu que não diria a meus pais nada do que eu dissesse ali dentro, a menos que eu quisesse.

Papai parece surpreso quando a doutora pede a ele que a acompanhe. Assim que mamãe se levanta para ir com ele, a Dra. Klemme diz:

— Apenas o Sr. McGrother por enquanto. Obrigada.

Quando mamãe volta à sua cadeira, eu me sento perto dela.

Ela estende a mão e segura a minha. Ela não diz nada, apenas dá um aperto gentil na minha mão. Eu faço o mesmo com a dela, para que saiba que eu aprecio o fato de ela ter me trazido até essa médica.

Então a porta se fecha com papai do outro lado.

Uma surpresa bem-vinda

Quando papai finalmente sai do consultório médico, seus olhos parecem vidrados.

Mamãe se levanta e segura a sua mão, e eu a escuto sussurrar no ouvido dele:

– Você está bem?

Ele assente – mal movendo a cabeça –, mas não parece estar bem. Parece que o corpo dele está aqui, mas sua mente está bem longe. *O que aconteceu com ele lá dentro?*

Papai olha para mim e inclina a cabeça, como se estivesse tentando descobrir quem eu sou. Como se nunca tivesse me visto antes.

A doutora acompanha o papai até a sala de espera.

– Que tal vocês voltarem daqui a duas semanas, e nós vemos como as coisas estão indo? – pergunta ela. – Para essa consulta, vou precisar ver apenas Lily, a menos, é claro, que haja algo que vocês precisem me dizer.

Confiro o rosto de papai para ver se ele está bravo pela doutora ter me chamado de Lily, mas seu rosto não muda. Ele ainda parece estar em outro lugar. Atordoado. Não sei nem se ele ouviu quando a médica me chamou de Lily.

A doutora entrega um envelope a papai e diz:

– Vocês vão precisar disso quando chegarem ao lugar para onde estão indo.

Estou morrendo de curiosidade para saber o que tem no envelope. Espero que seja algo melhor do que o que havia no envelope que recebi da prefeitura.

Mamãe aperta a mão da Dra. Klemme e eu faço o mesmo. Espero que ela saiba que esse aperto de mão significa "obrigada". Estou grata por ter alguém que me compreenda, alguém com quem vou poder conversar que não seja mamãe, Sarah ou Dare. Outra pessoa do meu lado.

Meu mundo inteiro parece maior.

Assim que nós três entramos no carro, papai diz:

– Vamos ao consultório do endocrinologista. – Ele entrega o envelope para mamãe, e olha diretamente adiante quando fala. – O endereço está na frente. Precisamos entregar a eles a carta aí dentro.

Mamãe não dá partida.

– Vamos – diz papai. Ele gesticula, indicando pressa. – Antes que eu mude de ideia.

Eu sei o que isso significa porque li tudo sobre bloqueadores hormonais na internet. Se meus pais permitem e um psicólogo ou terapeuta escreve uma carta dando permissão, eu posso conseguir os bloqueadores. *Vá, mamãe. Vá! Antes que papai mude de ideia.*

– Acho que precisamos marcar consulta para irmos até lá – diz mamãe. – Não precisamos?

No banco de trás, eu roo a unha. Ouço com atenção, torcendo muito.

– Bem, já estamos na rua, então vamos lá ver se eles podem nos atender – diz papai.

Mamãe dá partida no carro e dirige.

– Está bem, então.

No consultório do endocrinologista, eles conseguem encaixar nossa consulta na agenda.

O endocrinologista me faz um milhão de perguntas sobre como meu corpo está mudando, como eu me sinto sobre essas mudanças e até sobre algumas coisas que eu fiz quando era pequena, como usar os vestidos da Sarah e brincar de bonecas. Meu coração martela enquanto eu respondo a cada pergunta. O tempo todo estou pensando, *por favor, por favor, por favor, permita que isso aconteça.* Isso quase compensa as más notícias a respeito de Bob. *Quase.*

Eu nem me importo com a pinicada da agulha para o exame de sangue, porque sei que, se tudo der certo, eu finalmente vou poder começar a tomar os bloqueadores hormonais.

Não posso acreditar que papai realmente concordou com isso. Mamãe e eu observamos enquanto ele assina o formulário que dá permissão para que eu os tome.

O que a Dra. Klemme disse a ele?

A DECISÃO

Quando acordo piscando, vejo Bubbie entrando em meu quarto, carregando uma bandeja.

Penso que ainda estou sonhando, mas percebo que estou acordado quando ela diz:

– Café da manhã na cama para o meu novo astro do basquete!

E me sinto incrível de novo. Mamãe deve ter contado a ela as boas notícias sobre eu ter entrado para o time.

Eu me sento, recosto-me na cabeceira da cama e esfrego os olhos.

– Eu não falei? – diz Bubbie, ajeitando a bandeja sobre minhas pernas na cama. – Você vai ser o próximo Jordan Jordache! Olhe as gostosuras que eu fiz para você. Fiquei muito entusiasmada quando a sua mãe me deu a boa notícia ontem à noite! – Ela aponta para as coisas na bandeja. – Aqui está um delicioso omelete de claras com espinafre e cogumelos. Você vai precisar de claras para repor proteínas, agora que é um grande astro do basquete. – Bubbie aperta o bíceps do meu braço direito. – Humm. Montes de proteína. E talvez um pouco de levantamento de peso também, Norbert.

É gostoso ter Bubbie dando importância ao que faço, como eu queria que mamãe tivesse feito isso ontem. Ainda tenho energia, mas ela está contida. Provavelmente por eu ter tomado a medicação ontem. É isso o que esses remédios fazem – amortecem minha energia, minha criatividade e meu ímpeto. Eu sei que eles também fazem algumas coisas boas, mas não tenho certeza se vale a pena.

– Certo – diz Bubbie, ainda apontando para as coisas na bandeja. – Aqui temos meia toranja. A vitamina C ajuda o seu corpo a absorver a proteína do omelete. E um suco verde cheio de nutrientes e minerais. Você não se sente mais saudável desde já?

Farejo o suco verde. Ele cheira a pepino. Odeio pepino.

Uma vez, quando eu era pequeno, eu vomitei depois de comer um monte de fatias de pepino, e essa foi a última vez que comi. Na verdade, eu estava com gripe, mas sempre culpei os pepinos. Papai nunca mais me deu pepinos, porque, quando eu vomitei, a maior parte aterrissou nos tênis dele.

– Cadê os donuts e o café? – pergunto a Bubbie. – O café da manhã dos campeões!

Ela fecha a mão em punho.

– Café da manhã dos chorões, isso sim! Você está em treinamento agora, rapazinho.

Eu como alguns bocados do negócio esquisito de claras de ovos para deixar Bubbie feliz. Comida saudável e eu combinamos como vômito de pepino e os tênis do papai.

– Estou orgulhosa de você, Norb – diz Bubbie, debruçando-se e me beijando no rosto.

Depois que Bubbie sai, eu como a maior parte do café da manhã e jogo o suco verde na pia do banheiro. Meus vidrinhos de remédio estão na minha frente, como dois soldadinhos minúsculos. Eu tenho vontade de derrubar ambos, só para mostrar quem é que manda. Em vez disso, me levanto e caminho de um lado para o outro, depois torno a me sentar.

Eu tenho uma decisão a tomar antes de ir para a escola. Mamãe ainda confia em mim para tomar os remédios por conta própria. Eu não quero desapontá-la, mas...

Se eu tomar os remédios, vou ficar confuso, lento e potencialmente incapaz de fazer o que preciso para o time. Não quero decepcionar Vasquez nem os outros caras.

Se eu não tomar os remédios, terei toneladas de energia e me sentirei mais eu mesmo. Mas... bem... às vezes, é energia demais. É tudo em excesso, e meu cérebro meio que entra em curto-circuito. E existe a chance de eu acabar no hospital outra vez. Porém, eu posso me monitorar com bastante cuidado e impedir que isso aconteça. *Não posso?*

Mamãe me disse que agendou o exame de sangue para daqui a duas semanas. Esse exame vai mostrar se eu tenho ou não tomado o meu remédio, pois mede o nível de uma das medicações na minha corrente sanguínea. A outra pílula não pode ser detectada por exame de sangue – apenas pelo meu comportamento. E se o nível do estabilizador de humor estiver baixo demais na minha circulação... o médico vai saber que eu não estou tomando nada. E então, se ele não gostar de como estou agindo ou de como a mamãe disser para ele que estou agindo, ele pode me colocar em um hospital, onde eu serei *forçado* a tomar os remédios. E isso seria uma droga. Se isso acontecer, eu não posso ajudar o time de jeito nenhum.

Preciso que meus níveis de medicação e meu comportamento estejam bons para o exame de sangue, o que significa que tenho de tomar os remédios durante as próximas duas semanas. Constantemente. Sem esquecer nenhuma dose.

Engulo as pílulas com água da pia do banheiro. O gosto é nojento, e eu sinto que as pílulas já estão me deixando mais lerdo, o que é ridículo, porque eu acabo de engoli-las.

– Feliz agora? – digo para o vazio, ou melhor, para o meu reflexo no espelho do banheiro.

Meu reflexo não responde.

Considero isso um bom sinal.

TUDO É POSSÍVEL

No corredor lotado da escola, Tim e Dare estão na frente do armário aberto de Tim. Eles parecem felizes, apoiados contra a fileira de armários, conversando. Eu queria estar ali com eles. Lembro-me de como me senti confortável conversando com Tim no Dunkin' Donuts naquele dia, antes que Vasquez e os caras entrassem. Eu me lembro de como senti que tínhamos muito em comum, como se pudéssemos nos tornar melhores amigos. Ele foi tão legal comigo, desde a primeira vez que o vi. Vasquez e os caras são ótimos para passar o tempo e tudo mais, mas não é como se eu pudesse contar a eles qualquer coisa – não as coisas que importam. Eles não ouvem nem se importam de verdade sobre nada sério. Se eu tentasse contar a eles como me senti sobre algo importante, eles apenas zombariam de mim. Nós só conversamos sobre basquete e garotas e, para ser honesto, zombamos de outras pessoas. Eu não tenho um bom amigo de verdade desde Phineas. No entanto, ele não está aqui agora... então me dirijo a Tim e Dare.

Só para dar oi. Para ver o que acontece.

Vasquez e alguns de seus amigos de repente passam correndo pela multidão. Vasquez fecha o armário de Tim com uma pancada e grita:

– Ponto!

Enquanto Vasquez e os caras se afastam correndo, sinto como se uma pedra estivesse indo para o fundo do meu estômago. *Por que ele faz esse tipo de coisa?* Tim e Dare não estavam fazendo nada a eles. Estavam apenas conversando. E agora parecem tristes. E se os dedos de Tim estivessem naquele armário quando Vasquez o esmurrou? Ou a cabeça dele?

Dare grita para eles, enquanto eles se distanciam:

– Neandertal!

Eu acho que é uma bela resposta.

Tim, noto, olha para o chão e não diz nada.

Não posso ir até lá e dar oi agora porque eles vão me colocar junto aos caras do basquete, apesar de eu nunca ter feito nada de mau, como socar o armário dele.

Assim, eu faço um arco amplo ao redor deles, olhando para o chão o tempo todo.

* * *

Durante o almoço, Vasquez e alguns dos caras jogam uvas em Tim. O cara de quem as uvas estão sendo roubadas, reparo, consegue comer apenas algumas de suas próprias, então aposto que ele também não está muito feliz pelo fato de Vasquez e os caras terem resolvido utilizá-las como munição. E eu sei que Tim não pode estar feliz ao ser alvejado com essas uvas anormalmente grandes. Deve doer, em especial pela força com que Vasquez as lança. Por que nunca tem um adulto por perto quando essas coisas acontecem?

Dare está olhando feio para a nossa mesa. Os olhos dela são como raios laser. Se pudesse, aposto que ela faria nossa mesa toda explodir em chamas. E eu não a culparia. Ela só está defendendo o amigo. Ela não é uma covarde idiota, como eu.

Isso deve ser uma droga para Tim. Eu podia me levantar agora mesmo e me sentar à mesa deles. Isso mostraria ao Vasquez o que eu penso sobre a maneira como ele trata Tim. Mas não posso. De jeito nenhum eu posso jogar fora algo tão incrível quanto ter entrado para o time. Nunca havia acontecido nada desse tipo comigo. Talvez, quando a temporada de basquete acabar, eu seja capaz de me afastar dessa mesa.

– Está pronto para o primeiro treino?

– Hein?

– Dorf – diz Vasquez –, eu perguntei se você está preparado para nosso primeiro treino oficial em equipe.

– Ah, sim – digo. – Totalmente.

Mas estou mesmo? Eu me sinto muito cansado e lerdo.

Vasquez joga outra uva, acertando a orelha de Tim.

— É isso aí!

Tim levanta a mão e toca a orelha, mas não se vira.

Mesmo quando a maioria dos caras na nossa mesa ri tão alto que ele e um monte de outras pessoas no refeitório escutam, eu continuo em silêncio. Mas estar em silêncio não me parece o bastante.

* * *

Depois da aula, no vestiário, os caras se trocam depressa, como se mal pudessem esperar para entrar no ginásio e começar a treinar.

Eu também me troco rápido, não porque mal posso esperar para começar o treino, mas porque odeio vestiários. Eu me sinto muito desconfortável com meu corpo anormalmente alto e peludo, mas não parece tão ruim aqui com a equipe de basquete. Ao menos um monte dos caras também é alto – não tanto quanto eu, mas não me sinto tão esquisito entre eles.

Vasquez acerta minhas pernas por trás com a camiseta enrolada.

Eu dou um pulo e bato o joelho no banco.

— Não é ótimo isso? – pergunta ele, ignorando o fato de que eu pareço um pateta e bati o joelho.

— Ótimo – digo. Na verdade, estou nervoso. E se o fato de eu ter jogado razoavelmente durante os testes foi um acaso? E se eu entrar na quadra hoje e passar vergonha? Eu deveria ter treinado ontem. Além do mais, com os remédios, eu provavelmente vou estar um pouco mais lento do que o normal. – Ótimo – repito.

— Pode apostar que é – diz Vasquez, amarrando os tênis bem apertados. – Essa vai ser a temporada mais incrível de todas. – Ele me bate no peito com as costas da mão. – Estamos na oitava série, já temos alguns anos de experiência, e agora temos você, nossa arma secreta. Você provavelmente vai ser um astro de basquete famoso algum dia.

— Dorf. Dorf. Dorf! – gritam os caras, e eu não consigo acreditar como isso é gostoso. O oposto do riso à custa de Tim no refeitório.

– Melhor. Ano. De todos! – diz Vasquez, como se isso fosse um jogo universitário ou profissional, em vez de uma equipe de basquete da oitava série.

Na verdade, porém, parece mesmo algo importante, especialmente quando todos nós saímos para a quadra juntos e o treinador bate palmas.

– Aí vêm os futuros campeões estaduais de basquete! – grita ele, e nós assoviamos, gritamos, batemos a bola e a lançamos para a cesta.

Como se tudo fosse possível.

Como se tudo estivesse correto no mundo.

Você sabe que eu te amo

Eu me levanto mais cedo para poder tomar café com Sarah antes de ela sair para a escola. Não a tenho visto muito ultimamente.

– Oi, mana – diz Sarah, com a boca cheia de granola.

Eu a cumprimento com um gesto, amando toda vez que ela me chama de mana, apesar de estar usando roupas de menino e meus cabelos ainda estarem bem curtos. Ergo a mão para tocá-los, e mal posso esperar para que fiquem compridos de novo. Dessa vez, não vou cortá-los, não importa o que papai diga. Contudo, tenho a sensação de que papai não vai mais se incomodar com meus cabelos compridos.

Parece que tudo mudou com ele desde ontem, da melhor maneira possível. Se meu exame de sangue estiver bom, vou começar a tomar os bloqueadores hormonais em breve, tudo graças à mudança de opinião de papai. Ainda estou morrendo de curiosidade de saber o que a Dra. Klemme disse a ele, mas é ele quem tem que decidir se quer me contar.

Papai está tomando café e ostenta seu escudo de jornal diante do rosto. Mas ele o abaixa e olha para mim.

Eu sorrio.

Ele volta a levantar o jornal.

Qual é o problema dele? Sarah articula as palavras sem emitir nenhum som, apontando para papai com o polegar.

Eu dou de ombros. Com papai, às vezes parece que damos um passo adiante e dois para trás. Hoje parece que vai ser um dia de dois passos para trás, mas tudo bem, porque ontem foi tipo mil passos para a frente.

– Como vai a escola? – Sarah pergunta, tomando o restinho do leite de amêndoa na tigela.

– Bem. – Não conto a ela sobre Vasquez e os neandertais, que definitivamente não vai nada bem. – Eu gosto muito da aula de Língua e Literatura.

– É claro que gosta – diz Sarah. – Você é vidrada em palavras.

Ela tem razão. Eu sou vidrada em palavras; adoro livros e escrita, e provavelmente sempre vou adorar.

– E como anda a sua escola? – pergunto, colocando um pouco de granola em uma tigela.

– Normal – diz ela. – Queria já estar na faculdade.

– Eu também – digo, o que é meio hilário, porque eu praticamente acabo de começar a oitava série.

– Vocês já deram comida para o cachorro? – resmunga papai por trás do jornal.

Sarah parece aborrecida. *Eu tenho que ir*, diz ela em silêncio.

– Eu vou colocar – digo, e observo minha irmã colocar uma mochila no ombro, enxaguar a boca na pia da cozinha e sair.

Encho a tigela de Almôndega com meia xícara de ração seca. Ele mal consegue manter o traseiro balançante no chão até eu dar o sinal de que ele pode comer.

– Que belo cachorro você é – digo a ele, citando uma de minhas partes favoritas de *A menina e o porquinho*. Faço carinho atrás das orelhas dele. – Belo cachorro.

Papai abaixa o jornal e olha para mim enquanto eu brinco com a granola seca na tigela.

– Você sabe que eu te amo – diz papai. – Certo?

Eu paro de mastigar.

– Certo.

– Só queria ter certeza de que você sabia. Só isso. – O escudo de jornal torna a se erguer.

Eu volto a comer.

– Eu sei.

– Bom – diz ele, atrás do jornal. Então ele volta a abaixá-lo e olha para mim. Olha de verdade. – Está feliz com os bloqueadores hormonais?

Eu engulo.

– É claro.

– Tem certeza absoluta de que é isso o que você quer?

– Absoluta! – Uma parte de mim tem medo de que ele volte atrás em tudo, e diga que eu não posso tomá-los.

– Bom – diz papai, passando a mão pelos cabelos. – Porque eles são caros.

Uma onda de culpa me domina.

– Eu sei. Sinto muito.

Papai larga o jornal e olha diretamente para mim.

– Por você vale a pena. Não se esqueça disso.

Eu vou até ele e lhe dou um abraço apertado.

Ele parece espantado.

E então, me abraça de volta.

✳ ✳ ✳

Estou em um humor ótimo quando Dare chega para caminharmos juntas para a escola.

Quando eu lhe conto sobre os bloqueadores hormonais, ela me abraça mais apertado que uma anaconda. Não consigo respirar e nem ligo, porque eu realmente me sinto ótima.

– Toc, toc – diz Dare quando saímos de Beckford Palms Estates.

– Quem é? – pergunto.

– É a vaca que interrompe – diz Dare.

Eu paro de caminhar, fico de frente para ela e protejo os olhos do sol.

– Quem é a vaca que inte...

– Muuuuuu! – Dare cai na risada e bate o quadril no meu. – Entendeu? A vaca que interrompe diz...

– Entendi, sim. – Balanço a cabeça e continuo andando. – Enten...

– Muuuuuu!

– Ai, caramba, por favor pa...

– Muuuuuu!

Enquanto caminho até a escola, eu me sinto a pessoa mais sortuda do planeta.

Muuuuuuu!

Na escola, enquanto Dare e eu ficamos diante do meu armário aberto e ela continua mugindo cada vez que eu tento dizer alguma coisa, Dunkin se aproxima lentamente. Meu fôlego fica preso. Seria tão legal se ele começasse a conversar comigo na escola... Eu adoraria saber se ele conseguiu entrar para o time. Tenho certeza de que poderíamos ser amigos se não fosse por...

Vasquez e alguns dos neandertais emergem de uma multidão e Vasquez fecha meu armário com uma pancada.

– Ponto! – grita ele, e sai correndo.

– Neandertais! – grita Dare para as costas deles.

Eu observo em silêncio. Não Vasquez, mas Dunkin, que, em vez de se aproximar, faz um arco amplo ao nosso redor, com a cabeça baixa. *Será que ele ia se aproximar se Vasquez e os neandertais não tivessem feito aquilo? Por que Dunkin continua se sentando com eles? Será que não percebe que Vasquez é um CHATOssauro e o resto dos neandertais são CHATOssauros-bebês? E que, se ele continuar perto deles, provavelmente vai se transformar em um CHATOssauro também?*

– Dá para acreditar numa coisa dessas? – pergunta Dare.

– Claro que dá. Vasquez está sempre fazendo coisas irritantes. Fico contente por minha mão não estar no armário. Ou minha cabeça.

– Não isso – diz Dare, fazendo um gesto de desprezo na direção que Vasquez tomou. – Isso! – diz ela, mostrando um folheto colado na parede perto dos armários.

– O baile de fim de ano da oitava série – digo. – O que tem isso?

– Estamos apenas em outubro, e eles já estão colando cartazes sobre um baile em dezembro. Não é nem o Halloween ainda! Deveria haver alguma lei contra fazer propaganda de coisas relacionadas a feriados tão cedo assim.

Leio as letras miúdas no panfleto.

– *Semiformal. Apenas para alunos da oitava série.* É o grande baile anual – digo. – Quem se importa com quando eles anunciam isso?

– *Quem se importa?* – Dare coloca a mão no quadril. – É como alguém colocar decoração de Natal em julho. É como planejar a refeição do Dia de Ação de Graças em... em... no Dia da Marmota. É cedo demais, McGrother. Droga, eu nem sei o que eu quero ser no Halloween ainda. E isso é em breve!

Alguém do time de lacrosse passa por nós e grita "Oi, menina!" para Dare.

– Eu também não sei o que quero ser no Halloween – digo, apesar de definitivamente ter uma ideia. – Você vai?

– Sair para pedir doces? – pergunta Dare. – Por acaso um cachorro cheira o traseiro de outro para dar oi? É claro que eu vou. Eu já encontrei uma fronha extragrande para coletar os doces.

– Não estava falando do Halloween – digo. – Eu sei que não existe nenhum poder na terra que possa se colocar entre Dare Drummond e uma barra de Snickers.

Dare faz uma mesura exagerada.

– Você me conhece tão bem!

É verdade. Eu sei tudo a respeito de Dare Donilynn Drummond e ela sabe tudo sobre mim. *Tudo.*

– Eu estava perguntando se você vai ao baile.

Os olhos de Dare se movem para a esquerda, como se estivesse pensando em algo.

– Eu não sei – diz ela, agarrando meus ombros. – Como disse, é cedo demais. – Ela meio que me empurra na direção da classe. – Vejo você no almoço.

Eu me viro.

– Ei, Dare?

– Si...

– Muuuuu!

Ela balança a cabeça para mim.

– Peguei você – digo baixinho, ainda me sentindo ótima. Nem os neandertais conseguem me deixar para baixo hoje.

ISSO É SÉRIO

O treinador Ochoa nos reúne em torno de si em um semicírculo no piso do ginásio. Ele se abaixa apoiado em um joelho e faz uma careta.

– Rapazes – diz ele –, eu não estou ficando mais jovem e não serei treinador de Gator Lake para sempre.

Alguns dos rapazes cochicham entre si.

Parece que sou um figurante em algum filme piegas.

– Eu realmente adoro ser técnico de basquete. – Ele olha nos olhos de cada um de nós. – Mas sabem do que eu mais gosto?

– Ganhar! – gritam os caras.

– Isso mesmo – diz o treinador, levantando-se com uma careta. – E este ano, eu quero que a gente ganhe.

– É isso aí! – grita Vasquez.

– Não apenas alguns jogos.

– Não! – todos gritam.

O assistente do treinador fica um pouco afastado, segurando uma prancheta e assentindo para tudo o que o treinador diz.

Ainda não acrescentei minha voz ao coro porque não quero gritar a coisa errada e soar como um idiota.

– Não apenas o campeonato regional – diz o treinador, levantando as mãos para o ar. Agora parece que estou em um culto. Eu meio que espero alguém gritar *Aleluia!*

– Não! – gritam os rapazes.

– Este ano – diz o treinador, elevando os punhos para o alto – eu quero ir até o fim.

Eu contenho uma risada; sou tão maduro!

– Eu quero ganhar o Estadual.

– Estadual! – os caras gritam. – Estadual! Estadual! Estadual!

Eles começam a bater palmas, então eu faço o mesmo.

O treinador gesticula para nos acalmarmos.

– E vocês farão com que isso aconteça. Estar nesta equipe de basquete é uma honra, meninos. Representar a Gator Lake Middle School é uma honra. Cada um de vocês foi escolhido para este time por um motivo. Exceto você, Diaz. – Ele aponta para um baixinho na frente. – Seu pai me pediu para fazer de você o responsável pela estatística do time, então você é o estatístico. E responsável pela água.

Diaz assente e ri, nervoso.

Estou muito feliz por não ser o Diaz nesse momento.

Tenho sorte de fazer parte dessa equipe. Estar do lado de dentro, e não de fora, como o pessoal que foi cortado. Eu posso ficar aqui com esses caras, me preparando para ser o melhor em alguma coisa. Queria que mamãe pudesse me ver. E Bubbie, já que foi a ajuda dela que me colocou aqui. Sei que papai ficaria muito orgulhoso.

Não pense no papai. Não agora. Não quando estou me sentindo tão feliz.

– Então preciso fazer só mais uma pergunta a vocês, feras. – O treinador olha de novo para cada um de nós, e então diz: – Vocês... estão... dentro?

– Siiiiim! – todos gritam. Até Diaz. Apesar de ele ser apenas o estatístico e responsável pela água, e as líderes de torcida provavelmente não dão bola para o estatístico e responsável pela água.

As vibrações da voz de cada um me dão energia. Eu tenho vontade de gritar *Um por todos e todos por um!*

E estou prestes a fazer isso quando o treinador sopra o apito.

Todos se levantam apressados e somos orientados a nos dividir em dois grupos. Metade vai com o treinador Ochoa para um lado do ginásio; a outra metade vai com o assistente para começar os exercícios.

Estou com o assistente, treinando arremessos de debaixo da cesta, usando as mãos alternadamente. É uma sensação esquisita arremessar com a esquerda.

O resto do time está na outra ponta, correndo de um lado para o outro milhões de vezes.

– Suicídios – Diaz sussurra para mim. – Estou feliz por ser apenas o estatístico.

Meu estômago se contrai. *Suicídios?*

– Imagino quanto tempo vai levar até alguém vomitar – Diaz cochicha. – Alguém sempre vomita durante os treinos de suicídios.

– Dorfman! – grita o assistente do treinador, e eu percebo que está na minha vez de fazer uma bandeja com a mão esquerda. Eu erro o alvo por um quilômetro e volto ao fim da fila. Depois de vários arremessos, estou suando feio um louco e morrendo de sede. Eu me lembro de como é importante para mim tomar água com meus remédios para não ficar desidratado, mas não quero ser o único a sair para o corredor.

Um dos caras treinando suicídio sai aos tropeços para a lateral, perto das arquibancadas, e vomita.

– Ali está – diz Diaz.

– *Diaz!* – grita o treinador. – Procure o pessoal da manutenção. Diga a eles que precisamos da equipe de limpeza aqui no ginásio.

– Tô indo – grita Diaz, e sai trotando.

Ele tem sorte de sair do ginásio, porque não vai precisar sentir o odor que exala até o ponto em que estamos praticando bandeja. Eu sinto pena dos caras que estão correndo de um lado para o outro a toda velocidade. De um lado para o outro. De um lado para o outro. Com uma poça de vômito a alguns metros de distância.

Não posso acreditar que o treinador Ochoa não interrompe o treino até o piso estar limpo, mas é o que acontece.

E o cara que vomitou não vai até a enfermaria ou para casa. Ele nem mesmo se senta. Ele vai até o corredor – provavelmente para enxaguar a boca e tomar um pouco de água – e volta direto para a corrida.

Eu queria poder sair e tomar um gole de água.

Cara, esse negócio de basquete é sério.

Espero que eu possa acompanhar o ritmo.

O MOTIVO REAL

Quando os lados são trocados e chega a hora de eu correr nos suicídios, fico grato pelo vômito já ter sido limpo.

Não quero passar vergonha diante dos caras com quem estou correndo, então dou tudo de mim. Movimento os braços. As pernas. Movo os braços. Minhas pernas se enroscam uma na outra e eu desabo no chão.

O treinador oferece duas palavras de encorajamento:

– De pé!

O pessoal do meu time está em silêncio enquanto eu me levanto. Sem nem me limpar do tombo, eu volto para o que estava fazendo – correr –, apesar de meus dois joelhos e o pulso direito estarem doendo e eu sentir um pouquinho de vontade de chorar.

Depois dos suicídios, eu me recosto contra a parede, certo de que nunca mais vou conseguir recuperar o fôlego. Minhas pernas me mantêm de pé quase tão bem quanto macarrão cozido o faria. Em toda a minha vida, eu nunca estive tão pronto para voltar para casa e cair na cama. Contudo, pelo visto o treinador ainda não acabou com a gente.

– Disputa de três pontos, meninos. Vou tentar terminar o treino todo dia com algo divertido.

Isso é divertido?

Alguns caras comemoram o anúncio do treinador.

Eu tento arremessar empurrando com os músculos da perna, como Bubbie me ensinou, mas não sobrou mais nada neles, então eu erro uma porção de arremessos e pareço um perdedor na frente dos caras. Eu sinto vontade de jogar a bola do outro lado do ginásio de pura frustração. Tenho certeza de que teria mais energia e resistência se não estivesse tomando os remédios.

Quando o treino finalmente acaba, os rapazes se afunilam para dentro do vestiário, com o rosto vermelho e encurvados para a frente, mas o treinador toca meu ombro.

– Dorfman, você fica.

Meus pés criam raízes no piso da quadra. *Ele vai me fazer correr suicídios extras sozinho? Arremessar de bandeja ou de três pontos?* E então uma voz na minha cabeça diz: *Talvez ele vá lhe dizer que você fez um bom trabalho.* Um meio sorriso se forma no meu rosto, mas quando o treinador me encurrala contra uma parede com forro grosso, meu sorriso desaparece e minha mente se altera, passando em disparada pelas milhares de coisas que é possível que eu tenha errado durante o treino.

O treinador Ochoa espreme os olhos e um leque de rugas se espalha ao lado de seus olhos.

Ele está tão perto que eu sinto o cheiro de pós-barba e algo azedo em seu hálito. Seu café da manhã, talvez.

Minhas pernas tremem, mais parecendo galhos do que troncos de árvores.

– Escute aqui, Dorfman. – O treinador espeta meu peito com o indicador direito. *Ele tem permissão para fazer isso?* – Por que você acha que eu o escolhi para este time?

Eu queria que o Vasquez estivesse aqui, em vez de no vestiário. Ele saberia a resposta certa. Ele a gritaria com bastante entusiasmo.

Aparentemente, essa era uma pergunta retórica, porque o treinador responde a si mesmo.

– Você está neste time por um motivo, e apenas um motivo.

Dessa vez eu arrisco um palpite, minha voz tremendo como uma folha ao vento:

– Vasquez?

– O quê? – O treinador se aproxima mais um milímetro. – Não! Por que você diz isso?

Estou literalmente olhando para baixo para encarar o treinador, mas sinto como se ele fosse muito mais alto do que eu.

– Você está neste time por causa da sua altura, Dorfman. – E então, como se eu fosse estúpido demais para saber o que "altura" significa, ele diz: – Porque você é alto.

Eu queria que o treinador recuasse e me desse espaço para respirar. Eu me pergunto se meu suor está pingando nele.

– Eu posso lhe ensinar muitas coisas. Posso lhe ensinar a correr e arremessar. Posso lhe ensinar a pingar a bola e a ter controle com a sua mão direita e a esquerda. Posso lhe ensinar várias jogadas. Entretanto, tem uma coisa que eu não posso, mesmo que tivesse todo o tempo do mundo. Você sabe o que é?

Eu sei, porque Bubbie já me explicou isso, mas de jeito nenhum vou dizer. Então fico ali, desajeitado e envergonhado.

– Altura. – O treinador espirra saliva em mim, mas eu não enxugo o pescoço. – Não posso ensinar altura. Dorfman, você vai passar tanto tempo no banco esta temporada que vão entrar farpas de madeira no seu traseiro. Porém, quando eu o colocar em quadra, você vai colocar o outro time em pânico. Eles vão pensar que você é uma máquina de fazer cestas. O negócio todo é intimidá-los com a sua altura. Entendeu?

Eu concordo, mas não quero que entrem farpas no meu traseiro. Eu não lido bem com dor.

– E eu vou lhe ensinar a apanhar passes dos seus companheiros debaixo da cesta e a como encestar o dia todo. – Ele se aproxima ainda mais. – Dorfman, você está dentro, 110 por cento?

Eu concordo furiosamente com um movimento de cabeça, embora 110 por cento seja uma impossibilidade estatística.

– Não estou ouvindo – diz o treinador em uma voz ominosamente baixa.

– Sim, senhor! – grito. – Estou dentro, 110 por cento.

– Bom rapaz – diz o treinador enquanto dá tapinhas no meu braço e me empurra na direção do vestiário. – Vá se trocar. Eu o vejo amanhã. E não encolha durante a noite.

O treinador ri da própria piada besta.

Eu também rio, apesar de não ter graça.

No vestiário, Vasquez pergunta:

– O que o treinador queria?

Não posso contar a ele que o treinador só me escolheu por ser alto, e não por causa de todo o trabalho árduo que fiz com Bubbie.

– Nada. – Dou de ombros. – Ele só disse que eu fiz um bom trabalho hoje.

Vasquez me dá tapas nas costas.

– Isso é incrível. O treinador normalmente não tira tempo para nos lançar elogios. Viu, eu não disse que você vai ser um superastro? Vejo você amanhã, cara.

Eu aquiesço e abro meu armário.

– Amanhã.

Hora de uma mudança

No almoço, Dare tira da bolsa e me entrega um Pop-Tart de mirtilo com cobertura antes mesmo de eu me sentar. Interpreto isso como um sinal de que ela será receptiva ao que eu preciso lhe contar. Com o Pop-Tart em mãos, eu me debruço por sobre a mesa e cochicho no ouvido dela:

– Resolvi dar pequenos passos. Eu sei que já disse isso antes, mas desta vez falo sério. Acho que é importante, agora que vou tomar os bloqueadores hormonais. Pequenos passos para ser eu mesma.

O que eu não conto a Dare é meu motivo – meu objetivo – para dar esses pequenos passos. Minha grande ideia. Mas ela vai descobrir.

Dare ergue uma sobrancelha enquanto eu me sento, e me passa o outro Pop-Tart.

É o jeito dela de me dizer que me perdoa por minhas tentativas prévias fracassadas e que aprova minha nova resolução.

Se ela soubesse de quanta resolução vou precisar para meu objetivo final...

Dou uma mordida enorme e deixo o sabor doce demorar-se na língua.

* * *

Naquela noite, pinto as unhas de um azul ousado, com brilhos tremeluzentes. Acho que combina bem com meus olhos. Não é a primeira vez que minhas unhas são pintadas.

Quando éramos menores, eu implorava a Sarah que ela pintasse as minhas unhas, e é claro que ela pintava. Nós brincávamos de spa, e ela pintava minhas unhas e me fazia um tratamento facial, que consistia em colocar uma toalha morna sobre meu rosto e depois me encher do creme Noxzema da mamãe. Quando minha pele começava a formigar muito, eu a fazia lavar meu rosto. Eventualmente, meu pai proibia os dias de spa. E quando eu dormia na casa de Dare, nós pintávamos as unhas uma da outra de cores escandalosas. Mas eu sempre usava um removedor de esmaltes antes de voltar para casa.

Essa manhã, eu me senti muito bem quando olhei para o esmalte azul e brilhante em minhas unhas. Mamãe já estava no estúdio de ioga, e Sarah tinha saído para a escola. Almôndega não estava nem aí para a aparência das minhas unhas, desde que eu lhe servisse o café da manhã antes de sair. Papai, é claro, estava com o escudo de jornal na frente do rosto, então toda a minha preocupação sobre como ele poderia reagir foi à toa.

* * *

Dare reparou de imediato, é claro. Ela tromba o quadril no meu e assente.
– Você não estava brincando sobre os pequenos passos, McGrother.
Aceno, exibindo as unhas para ela.
– Não estava, não. Gostou?
– Gostei. – Ela olha para o esmalte verde lascado nas próprias unhas. – Está incrível, Lily.

Lily.

Quem imaginaria que um pouquinho do esmalte com glitter da Sarah me faria sentir tão bem?

Infelizmente, Dare não é a única que nota meu primeiro pequeno passo.

Em meu armário, assim que Dare sai, Vasquez passa gingando. Ele indica meu esmalte, em seguida cospe em mim. *Cospe!*
– Bichinha, usando esmalte!

Eu olho em torno, para verificar se há professores por ali, mas na verdade nunca parece haver um professor por perto quando Vasquez e os neandertais me incomodam. É por isso que eu preciso começar a me defender. Então mostro o dedo para Vasquez – meu dedo com a unha pintada de azul, erguido bem alto – enquanto ele se afasta. Esse é o meu segundo pequeno passo: me defender dos neandertais, ao menos um pouquinho.

A caminho da minha sala de chamada, enquanto enxugo o lugar em que Vasquez cuspiu em mim, me pergunto como vai ser o resto do dia.

Admiro meu esmalte mais uma vez. Não me importa o que Vasquez diga ou pense a respeito; eu acho que está ótimo.

Posso ver que alguns professores reparam no meu esmalte ao longo do dia, apesar de fingirem que não viram. Também ouço algumas pessoas cochichando a respeito em algumas de minhas aulas, mas ninguém mais me incomoda.

Tenho certeza de que, quando uma menina biológica pinta as unhas, ela não pensa muito nisso. Para mim, porém, significa muito e parece correto. Eu dei um pequeno passo hoje, um pequeno passo para ser eu mesma e me sentir mais confortável em minha própria pele, e sobrevivi, apenas um pouquinho mais desgastada, graças a Vasquez.

Meu pequeno passo seguinte vai exigir mais bravura.

* * *

No dia seguinte, eu passo o batom da mamãe. É um tom bastante sutil, mas ainda assim é um batom. Para mim, estou passando batom porque usar batom me deixa feliz. Para o mundo lá fora, eu sei que pareço um menino usando batom.

Às vezes, nossos corações veem coisas que nossos olhos não enxergam.

– Legal, McGrother – diz Dare quando me vê. Ela me cumprimenta batendo o punho no meu. – Está chegando lá. – Em seguida, ela fica em silêncio por um instante, o que é bem raro. Dare olha nos meus olhos. – Estou orgulhosa de você.

Eu sorrio.

– E você está com batom nos dentes.

Esfrego os dentes da frente com a lateral do dedo e pergunto para ela se saiu.

– Tudo limpo, amiga.

Minha postura é corretíssima quando caminhamos até a escola. Dare me chamou de "amiga".

Tô podendo!

* * *

Vasquez bate minha cabeça no armário. Por um segundo, não consigo ouvir mais nada exceto o assovio em meus ouvidos e a palavra "Viado!".

Apenas uma coisa fala mais alto – a voz em minha cabeça: *Eu não sou um veado.*

EU SOU UMA MENINA!

Que segunda-feira

Segunda-feira eu acordo esperançosa, apesar de isso significar outro dia de escola, lidando com Vasquez e os neandertais. Também é o Halloween, então vai ser muito divertido com Dare.

Para o pequeno passo de hoje, eu cuidadosamente aplico o delineador preto de Sarah embaixo dos olhos, destacando o azul deles. Eu não sabia que meus olhos podiam ficar tão bonitos. Lábios sem nada hoje. O foco de tudo são meus olhos.

— Papai? — Eu observo enquanto ele abaixa o jornal. Mostrando as costas das mãos, eu exibo minhas unhas pintadas. — Estou saindo para a escola agora.

Ele olha para minhas unhas e meus olhos, então agita o jornal. Só isso. Agita o jornal como se estivesse aborrecido, depois volta a levantá-lo como um escudo.

Pequenos passos para mim. E pequenos passos para ele.

Ao menos ele não gritou. Não me disse para ir lavar o rosto e tirar o esmalte. E realmente, ele podia ter agido como uma fera sobre qualquer um dos dois.

Eu quero apertar meu pai em um abraço, mas sinto que isso pode ser demais nesse momento. Então, simplesmente digo "Obrigada" com meus olhos para o jornal do papai, torcendo para que minha mensagem mental o alcance.

Obrigada, papai, por me dar espaço para eu ser eu mesma.
Obrigada por me permitir dar pequenos passos.

Antes das aulas, Vasquez não faz uma visita ao meu armário, e eu fico bastante aliviada. Talvez não seja tão ruim para uma segunda-feira. Talvez Vasquez falte hoje. Talvez ele tenha contraído alguma doença bizarra que o manterá fora da escola o restante do ano.

Imaginar esse cenário me faz sorrir boa parte do dia... até a aula de Educação Física.

No vestiário, me troco tão rápido quanto posso. Odeio ficar despida aqui, por isso nunca fico. Eu visto shorts por baixo da calça nos dias em que tenho Educação Física. Já sou desconfortável o bastante a respeito de meu corpo sem outros caras olhando para ele, me julgando.

– McGrother – diz Vasquez, bloqueando minha saída do vestiário. – O que é que você tem por baixo disso aí?

Ele olha para o meu short.

Eu tento passar por ele marchando – cabeça baixa, seguindo adiante –, como Dare teria feito.

Entretanto, não há como marchar por ele. Vasquez é uma montanha, e dois de seus neandertais apareceram como reforços, bloqueando meu caminho.

– É – diz Bobby Birch, e ri fungando pelo nariz, como eu imagino que uma hiena faria. – O que tem aí embaixo?

Ele aponta de novo para o meu short, como se isso fosse da conta dele.

Vasquez inclina a cabeça.

– Bem, McGrother. O que é que você anda escondendo aí embaixo? Humm? O que é que tem aí dentro?

Eu encarno minha Dare interior e rosno:

– A mesma coisa que tem dentro do seu. – *Infelizmente*. Então empurro Vasquez com tanta força com as duas mãos que ele se desequilibra e vai para trás.

É tudo de que eu preciso para sair dali e ir para a relativa segurança das quadras.

Odeio o vestiário masculino.

Odeio Educação Física.

Odeio Vasquez, Bobby Birch e todo o bando de neandertais.

No ginásio, o treinador nos separa em quatro grupos para duas partidas de vôlei.

– Saque. Cortada. Bloqueio. – O treinador bate palmas a cada palavra dita. – Saque. Cortada. Bloqueio.

Em seguida, ele assopra o apito, o que significa que nós devemos começar a jogar.

A maioria das meninas se arrasta até as quadras e se posiciona. Dare está no grupo da outra quadra. Alguns dos meninos estão empolgados; talvez porque eles gostem de bater em coisas. Eu não sei. Queria que a aula de Educação Física não fosse obrigatória. Preferiria fazer algo civilizado, como ler na biblioteca da escola. Uma pena que foi fechada quando eu estava na sexta série. Depois demitiram a bibliotecária gentil, Srta. Tarr. Cortes no orçamento, alguém disse. Se eles não tinham dinheiro suficiente, por que não cortaram alguns programas de esporte em vez disso? Agora temos uma sala enorme e cheia de livros no segundo andar na qual não podemos entrar porque "não temos supervisão". A mamãe até se ofereceu como voluntária para ficar na biblioteca algumas horas por semana para que as crianças pudessem ao menos entrar e utilizá-la, mas o diretor recusou.

Eu odeio esta escola idiota.

Quando o treinador sai do ginásio para conversar com outro professor, Vasquez consegue dar uma cortada que manda a bola diretamente para a minha cara. É como um planeta viajando a um milhão de quilômetros por hora na minha direção e então colidindo. Levo os dedos ao nariz, esperando uma cachoeira de sangue. Porém, não sai nada.

– Belo esmalte – alguém grita do outro lado da rede.

Risos.

– É, azul é a sua cor, Tim – um cara diz, com a voz em falsete. – Combina com seus olhos.

Mais risos.

– Ele é tão viadinho! – diz Bobby Birch.

– É, *ela* é – acrescenta Vasquez.

Mais risos.

– Parem com isso! – A voz de Dare.

Em seguida, silêncio.

– O que é que está acontecendo aí? – grita o treinador. – McGrother, vamos lá. Levante-se. Vamos ver uma cortada nessa bola!

Eu abaixo as mãos, tirando-as do nariz. Levanto-me do chão e jogo a bola de volta para a pessoa em nosso time que deveria ser o próximo a sacar. Em seguida, me dobro adiante, pouso as mãos nos joelhos e olho feio para Vasquez.

– Vamos lá – digo com a voz embargada.

Meu companheiro de time saca... diretamente em minhas costas.

– Desculpe!

Eu. Odeio. Vôlei.

HALLOWEEN, PARTE I

Vasquez decide que vamos usar uma fantasia em grupo para o Halloween.

Ele não me parece o tipo de cara que usa fantasia em grupo, e estou preocupado com a escolha dessa fantasia. Ele provavelmente vai fazer a gente sair vestido de Freddy Krueger ou algo besta desse tipo, o que eu acho que seria razoável, embora não muito original. Certa vez, meu pai inventou uma fantasia em grupo ótima. Ele se vestiu de bombeiro, mamãe era um dálmata, e ela e uma amiga fizeram uma fantasia de hidrante para mim. Não estou brincando. Na época, eu achei hilário.

Mamãe e papai me levaram por toda a vizinhança. Eu me lembro de ter ganhado uma tonelada de doces muito bons naquele ano. Também me lembro de mamãe e papai rindo muito e conversando com os vizinhos. Eu me lembro de alguma senhora me dizendo: "Desculpe, meus doces acabaram", e jogando duas moedas de 25 centavos na minha sacola. Duas moedas!

Aquele foi o último Halloween bom com papai.

Eu tinha oito anos.

Há um monte de flamingos cor-de-rosa vestindo minúsculas fantasias de Halloween cravados em gramados aleatórios em nosso bairro. Eles são engraçados, mas eu me pergunto por um segundo se estão aqui de verdade. Olho ao redor para ver se mais alguém enxerga os flamingos. Talvez minha medicação esteja me fazendo ver coisas. Estou tomando todas as minhas doses como o médico prescreveu, mas talvez a visão de flamingos cor-de-rosa em fantasias de Halloween seja um efeito colateral raro.

Quando algumas crianças, fantasiadas de jogadores de hóquei, chutam um dos flamingos para fora do gramado e em seguida caem na risada, eu me dou conta de que estou sendo um completo idiota. É claro que os flamingos estão aqui de verdade. Minha mente está bem. *Não está?*

Leva uma e-t-e-r-n-i-d-a-d-e para caminhar até a casa de Vasquez. É claro que eu suo o caminho todo, porque, apesar de ser Halloween, ainda faz um milhão de graus de umidade lá fora. Em Nova Jersey, eu me preocupava em ter que vestir um casaco por cima da fantasia porque fazia muito frio. Aqui, eu me preocupo em aplicar desodorante suficiente para combater o suor excessivo nas axilas.

Modo número 10 de morrer no sul da Flórida: afogado no suor das próprias axilas.

Quando finalmente bato na porta e entro no trailer em que Vasquez mora, os outros caras já estão espremidos em torno de uma mesa pequena, jogando pôquer. A irmã mais velha de Vasquez, apresentada como Francesca, está terminando de costurar cinco camisetas de basquete juntas pelas mangas.

– Nós vamos como quíntuplos siameses jogadores de basquete – diz Vasquez, como se tivesse inventado a cura para a acne ou algo do tipo. – Legal, né?

– Legal – digo, fingindo entusiasmo e me apertando junto à mesinha. A ideia de ficar colado a esses caras, especialmente quando estou suando feito as cataratas do Niágara, parece uma forma de tortura leve.

Eu sei que vou acabar sendo o cara no meio, porque sou o mais alto.

– Legal – repito.

Todos abandonam o jogo de pôquer, ficam de pé em linha reta e Francesca coloca a camiseta montada para cinco acima de nossas cabeças. Quando ela se aproxima de mim, reparo que cheira a morangos, e decido que sou grande fã de morangos. Talvez eu prove um donut com recheio de morango da próxima vez que for ao Dunkin' Donuts.

Temos que colocar os braços ao redor da cintura uns dos outros porque a camiseta feita para cinco nos força a ficarmos bem próximos. Tem dois caras de cada lado meu. Eu sei que isso deveria ser divertido – um Halloween muito louco com os caras –, mas sinto que uma dor de cabeça terrível se aproxima e não tenho a menor vontade de fazer isso. Eu me pergunto o que Tim e Dare vão fazer hoje à noite. Provavelmente alguma coisa divertida de verdade.

Um de nós está com um cheiro azedo, como se não tomasse banho há algum tempo. Eu me preocupo se o cheiro pode ser meu, mas, como estamos todos colados graças a esta estúpida camiseta, nem posso cheirar minhas axilas discretamente.

Eu me pergunto por que concordei com isso, mas me dou conta de que não funcionaria sem mim. Nós precisamos de cinco pessoas, como em um time de basquete. E eu sou o quinto cara. Exatamente como na quadra, os rapazes precisam de mim.

Uma parte minha sente que sou velho demais para sair no Halloween. No ano passado, quando saí com Phineas, eu tinha certeza de que aquela seria minha última vez. Porém, aqui estou eu, enfiado em uma camiseta para cinco.

Francesca tira uma foto de nós, depois fica nas pontas dos pés e beija o irmão no rosto.

Ele limpa o local e todos os outros fazem "oooohhh" e "aaaaahh".

– Calem a boca – diz ele, e esmurra o cara mais próximo com o braço livre.

Estou feliz por não estar ao lado de Vasquez.

Todos nós nos calamos e esperamos que ele nos diga o que fazer a seguir.

Eu sei o que eu quero fazer: ir para casa e cair na cama de hóspedes. Minha cama. A medicação tem me deixado tão cansado ultimamente, e essa caminhada até aqui no calor me exauriu.

Quando pergunto a Vasquez se posso beber alguma coisa, Francesca segura um copo de água para mim e o vira em minha boca aos poucos. Obviamente, eu engasgo e derrubo água pelo pescoço, e todos os outros riem.

Excelente!

– Vamos para Beckford Palms Estates – diz Vasquez. – Eles dão doces maiores. Não são como os muquiranas desta vizinhança. Eles dariam um único Skittle se pudessem. Em Beckford Palms, às vezes você ganha uma mão cheia de doces em cada casa. Aquele pessoal é bem endinheirado.

Minhas bochechas esquentam e eu me sinto como se fosse culpado de alguma coisa, embora eu não more de verdade em Beckford Palms

Estates. Tecnicamente, a casa é de Bubbie. Ainda assim, eu queria poder encolher e sumir, mas infelizmente sou alto demais para isso.

– Vocês estão prontos? – pergunta Vasquez.

Ele parece empolgado.

– Prontos! – dizem os rapazes.

Eu digo também, apesar de a única coisa para a qual eu esteja pronto seja dormir. Ou para um copo gigante de café.

– Tragam doces gostosos para mim – diz Francesca, antes de desaparecer em um dos cômodos no fim do corredor do trailer.

Do lado de fora, descendo os poucos degraus na frente da porta, percebemos o quanto é difícil cinco pessoas se moverem em sincronia.

Eu não estou *nem um pouco* entusiasmado com isso.

* * *

No final, é meio divertido sair perguntando "gostosuras ou travessuras" com os caras.

Acabamos fazendo passos idiotas juntos.

– Direita. Esquerda. Direita. Esquerda – Vasquez pede que tentemos nos manter andando em sincronia, mas alguém sempre se confunde e nós caímos na risada.

Há milhares de crianças dizendo "gostosuras ou travessuras" em Beckford Palms Estates. Eu nunca vi tanta gente aqui antes. Um exército de princesas-mirins, alienígenas, monstros, líderes de torcida, jogadores de futebol e personagens de filmes surgiram na vizinhança.

– As crianças vêm de outros bairros por causa dos doces bons – explica Vasquez. – Vamos pegar a nossa parte antes que elas recebam tudo.

Foi quando tentamos correr... e acabamos em uma pilha de cinco pessoas no chão.

Damos um jeito de nos levantar, coordenar nossos passos e bater na primeira porta.

As pessoas dão risada quando nos veem. Alguns conferem para ter certeza de terem nos dado cinco doces, apesar de haver apenas duas fronhas - uma em cada ponta.

- Essa é a fantasia mais original que eu já vi - diz uma senhora, jogando doces dentro de nossas fronhas.

Um homem empurrando uma joaninha em um carrinho diz:

- Isso é o que eu chamo de trabalho de equipe.

Fico grato pelo bairro ser grande o bastante para passarmos por vários quarteirões e não acabarmos na rua da casa de Bubbie. Não sei como eu lidaria com isso. Além do mais, Bubbie provavelmente está distribuindo muffins saudáveis ou algo que os caras usariam como munição para jogar em outras crianças.

Quando Vasquez começa a reclamar de que sua bolsa está ficando muito pesada e outra pessoa reclama que seus pés estão doendo, decidimos voltar para a casa de Vasquez. Eu tento resolver se há alguma forma de eu me livrar e ir para casa, mas não vejo como poderia fazer isso sem que eles saibam que eu moro nesse bairro rico, portanto, continuo em posição e me dirijo para a entrada.

Mas estou tão exausto...

Três pessoas mais ou menos da nossa idade se aproximam pela direção contrária. Elas estão rindo e parecem se divertir muito. Eu conheço uma delas. Espere. Duas.

Quando estão prestes a passar por nós, meu coração salta. *Faça alguma coisa!* Coloco minha perna de propósito na frente de Bobby Birch, o cara ao meu lado. Ele tropeça e todos nós caímos em uma pilha, bem como eu esperava.

Eu bato o joelho direito na calçada, mas vale a pena.

- Droga! - grita Vasquez. - Quem fez isso?

Bobby começa a dizer algo, mas para.

Enquanto nós cinco nos endireitamos, eu dou uma olhada de relance para trás e vejo Tim, Dare e outra pessoa passarem por nós.

Em segurança.

Sorrio, me sentindo bem por finalmente ter feito uma coisinha. E Vasquez nem sabe a respeito.

Quando conseguimos nos levantar, eu saio da fantasia.

– Desculpe, pessoal – digo –, mas eu tenho que ir.

E saio trotando do bairro, sozinho, como se estivesse indo para outro bairro, mas planejo dar uma volta ampla e voltar direto.

Espero que Vasquez e os caras não me flagrem fazendo isso.

Quando finalmente chego à casa de Bubbie, estou cansado e com sede, mas acho que o Halloween foi muito bom, afinal, e nada de ruim aconteceu (graças a mim!).

Bubbie distribuiu barras de granola embrulhadas para as crianças.

Mamãe está comendo uma delas quando entro em casa.

– Como foi de gostosuras ou travessuras? – pergunta ela, limpando migalhas do canto da boca.

– Muito bom – digo, e dessa vez nem estou mentindo.

Uma convidada inesperada

Estou toda produzida e quase pronta para o Halloween muito antes do horário em que Dare deveria chegar.

No refeitório hoje, concordamos em seguir a tradição e pedir gostosuras ou travessuras só no meu bairro, já que todo mundo sabe que eles dão os melhores doces. Percebemos que estamos crescidas demais para isso, e esse vai ser o nosso último ano de gostosuras ou travessuras, por isso queremos sair em grande estilo e juntar mais doces do que nunca.

Estou afagando o queixo de Almôndega quando Sarah entra no meu quarto vestindo sua camiseta da Mulher-Maravilha, segurando a caixa de maquiagem como se fosse o laço da verdade da Mulher-Maravilha ou algo assim.

– Estou pronta! – diz ela.

– Você sabe que vai apenas passar maquiagem em mim, e não salvar o mundo, não é?

– Tanto faz – diz Sarah, colocando a caixa em minha escrivaninha. – Minha caixa mágica de maquiagem vai salvá-la de ser uma sereia simplesmente simplória.

– Bela aliteração – digo, respirando fundo, sentando de frente para o W gigante no peito de Sarah. Não pela primeira vez, eu desejo que meus seios parecessem com os dela. Desenvolvidos. Inconfundivelmente femininos. *Algum dia*, digo a mim mesma, *eu serei capaz de passar para os hormônios femininos*. E então, finalmente, *finalmente*, terei o corpo que combina com o que eu sou: mais curvas, menos ângulos. Resolvo conversar com a Dra. Klemme sobre isso na nossa próxima sessão. Eu sei que ela vai entender.

Sarah aplica em mim sombra azul-clara, combinando com minha fantasia cheia de brilhos.

– Pare de espremer o olho – reclama ela.

– Não estou espremendo – digo, espremendo. – Estou com medo que você fure meu olho.

– Bem, pare de espremer o olho – diz ela, passando o pincel na cor. – Ou eu vou furar mesmo!

– Isso é reconfortante. – Eu tento não me mover.

A sombra azul, o delineador preto e o rímel ficam maravilhosos, mas minha parte preferida – a parte que eu prefiro mais que tudo na fantasia deste ano – é a peruca. Uma peruca longa e de um azul vivo que Sarah comprou na Walgreens para mim, com o dinheiro que ganhou trabalhando como babá.

– Eu tenho a melhor irmã do planeta – digo a ela.

– Que coincidência. – Ela me espeta no nariz com a ponta do dedo. – Eu também.

Eu me admiro no espelho e faço cara de peixe. É tão gostoso ter cabelos compridos de novo, mesmo que seja só uma peruca barata.

– Visitas chegando – avisa mamãe.

Sarah se afasta um pouco, com as mãos nos quadris. Ela parece muito a Mulher-Maravilha naquela pose.

Eu mergulho na cama e faço pose de sereia em cima de uma rocha no mar. Dare vai adorar minha fantasia.

Quando ela entra no meu quarto e outra menina entra atrás dela, eu me sento depressa. Dare não mencionou que traria outra pessoa. Ela e eu sempre fazemos gostosuras e travessuras juntas – só nós duas. É a tradição. E é o nosso último ano.

Quem é essa menina nova? O que ela vai pensar de mim... vestida assim?

A pirata de rosa

Dare está vestida de pirata, com um tapa-olho e uma espada de plástico enfiada no cinto. Ela usa fantásticas botas de espadachim que, me dou conta, são suas botas de montaria.

– Bela fantasia – digo, torcendo para que ela me diga o mesmo.

A outra menina também está fantasiada de pirata. Uma bandana rosa. Tapa-olho rosa. E um papagaio de plástico rosa no ombro.

Eu queria ser parecida com ela – olhos lindos (um dos quais está coberto por um tapa-olho), pele lisinha, seios de tamanho médio por baixo de uma blusa bufante de pirata e esmalte rosa fluorescente nas unhas dos pés, calçados em um par de sandálias legais em estilo grego.

– Lily – diz Dare, explodindo de felicidade. – Esta é Amy. Amy, esta é Lily.

Eu cumprimento Amy com um gesto de cabeça, e ela me dá um sorriso enorme.

– É um prazer conhecê-la, Lily.

Ela marca pontos por usar meu nome real, mas não gosto de ela ter aparecido sem aviso nem convite.

– Bem, eu tenho que ajudar mamãe a entregar os doces – diz Sarah, e sai de fininho.

Não quero que Sarah se vá. Quando Almôndega sai trotando atrás dela, as medalhinhas tilintando, eu me sinto especialmente vulnerável.

Dare me dá um soco no braço.

– Ótima fantasia, Lil. Você fica bem de azul.

Amy ri, mas não sei dizer se está rindo comigo ou de mim.

– Obrigada – respondo, tímida. – Sarah comprou a peruca para mim e fez minha maquiagem.

– Ela parece ser uma irmã legal – comenta Amy. – Minha irmã é um menino.

Ela olha para mim, e seu rosto alcança um tom de rosa mais escuro do que seu tapa-olho.

– Digo – Amy gagueja. – Eu... eu... estava tentando ser engraçada. Quero dizer, eu tenho um irmão, e não uma irmã. Só isso. – Ela olha para o chão e balança a cabeça. – Desculpe. Eu sou uma idiota.

– Tudo bem – diz Dare, colocando o braço ao redor dos ombros de Amy e apertando. – Certo? – Dare me olha feio.

– Claro – digo. – Está tudo bem. O que você falou foi engraçado, sim. Eu faço um ruído sem graça que talvez passe por risada.

Olho para minha melhor amiga – minha única amiga – com o braço ao redor dos ombros dessa menina.

O que está havendo aqui?

Quase perfeitas

Assim que mamãe me vê, ela leva as mãos à boca.

— Esperem eu pegar minha câmera.

Ela sai correndo, deixando nós três — duas piratas e uma sereia — junto ao pé da escada.

Pensei que Sarah e Almôndega estavam na cozinha, mas não os vejo.

Papai se aproxima e, quando me vê, seus olhos se arregalam. Por um microssegundo, espero que seja porque ele acha minha fantasia incrível.

— Timothy — diz papai em voz baixa e agourenta, e eu morro um milhão de vezes na frente de Dare e Amy. Pensei que estávamos fazendo progressos.

Papai indica com os olhos que eu devo segui-lo.

— Volto logo — digo, tentando impedir que minha voz trinque.

Sigo papai através da cozinha, entrando na lavanderia.

Ele bate a porta e segura meu braço com os dedos grossos.

Eu não tento me soltar da mão dele.

Papai se abaixa tanto que fica bem na frente do meu rosto, e eu sinto o cheiro de chocolate e manteiga de amendoim em seu hálito.

— Eu tenho sido compreensivo. Não tenho? — ele pergunta em voz baixa, controlada com esforço.

Eu concordo, porque, se eu fizer qualquer coisa mais do que um gesto sutil com a cabeça, as lágrimas vão escorrer dos meus olhos e estragar a maquiagem que Sarah aplicou.

Por que papai está arruinando o Halloween?

Ele solta o meu braço, mas continua a falar em voz suave e assustadora.

— Eu deixei você sair de casa usando esmalte.

Escondo os dedos atrás do corpo.

— E aquela... — ele gesticula com o braço em arco no ar — aquela coisa que você passou nos olhos outro dia. — Ele olha nos meus olhos agora. — Eu deixei passar. Certo?

Aquiesço novamente, certa de que as cataratas do Niágara estão prestes a emergir dos meus canais lacrimais.

– Mas isso... – A veia na têmpora de papai lateja, e eu fico até com medo de que estoure. – Isso já é demais – diz ele. – Você está indo longe demais. Você não entende?

Penso em Vasquez e em nosso ritual diário em meu armário. *Entendo perfeitamente.* Queria que o papai compreendesse o quanto essa fantasia significa para mim, especialmente a peruca. Além disso, eu amo sereias desde que era pequena, quando fiquei obcecada com *A Pequena Sereia*. Ele deveria se lembrar disso.

Enquanto papai está emitindo seu hálito de chocolate e manteiga de amendoim sobre mim, e a veia lateja azul sob a pele de sua têmpora, eu me pergunto o que Dare e a menina nova estão fazendo. Provavelmente falando sobre mim. E mamãe provavelmente está lá de pé com a câmera, se perguntando o que está havendo. Será tão embaraçoso voltar lá depois disso...

Seria mais fácil se eu morasse aqui apenas com a mamãe, Sarah e o Almôndega. Papai podia morar naquele apartamentinho em cima da estamparia com a vovó Ruth. Eles poderiam reclamar a meu respeito enquanto tomavam suas xícaras de café. Entretanto, a ideia de papai ir embora me deixa triste e vazia. Não quero que ele vá a lugar nenhum. Só queria que ele parasse de fazer essas coisas. Ele parecia estar indo tão bem.

Papai me agarra pelos ombros.

– Você não percebe? – diz ele, a voz se partindo. – No minuto em que você sair de casa vestido *assim*, não estará seguro. Existem pessoas muito más lá fora que o machucariam, Tim. Existem...

Ele solta os meus ombros e se apoia com um joelho no chão.

– Timmy, você não vê? Tudo o que eu sempre quis foi mantê-lo a salvo, impedir que você seja magoado.

O jeito como papai me olha parece tão vulnerável, como se as cataratas do Niágara estivessem prestes a explodir dos canais lacrimais *dele*. Ou de seu coração.

– Mas, papai, você não precisa...

Ele me agarra no abraço mais esmagador que já me deu.

– Eu te amo tanto, filho.

As palavras dele são quase perfeitas.

Halloween, Parte II

Nossas fronhas estão pesadas e cheias quando começamos a voltar para a minha casa.

– Por que o pirata não pode jogar futebol? – pergunta Amy.

Dare e eu olhamos uma para a outra, e balançamos a cabeça, desistindo.

Fico contente que a esquisitice de me juntar a elas perto da escada depois da conversa com papai tenha ficado para trás. E não importa o quanto papai esteja preocupado, de jeito nenhum vou tirar minha fantasia de sereia. Foi muito difícil conseguir chegar a este ponto. Não vou voltar atrás.

Mamãe tirou algumas fotos – tenho certeza de que eu não saí a melhor sereia que poderia ser – e então nós saímos. Não consigo acreditar que isso tenha sido há mais de duas horas e meia.

– Porque ele é perna de pau! – diz Amy.

Eu rio um pouco.

– Buuuuu! – Dare grita na cara de Amy. – Buuuuu!

– Isso não é legal – diz Amy, empurrando-a.

– É Halloween. – Dare dá de ombros. – "Buuu" é algo perfeitamente apropriado de se dizer.

Amy segura seu papagaio cor-de-rosa na frente do rosto de Dare.

– Aaargh!

Elas trombam um ombro no outro e continuam andando.

Eu sinto uma pontada de tristeza, porque Dare deveria trombar o ombro no meu. Para me sentir mais incluída, compartilho a única piada de piratas que conheço:

– Por que o pirata só assistiu à metade do filme?

Elas param de andar e Amy faz pose de pensativa, o dedo no queixo.

– Porque ele estava com sono? – pergunta ela.

– Como é que isso pode ser engraçado? – replica Dare.

– Não faço ideia – diz Amy. – Mas parecia fazer sentido.

– Não faz absolutamente nenhum sentido – diz Dare.

– Você é que não faz nenhum sentido – retruca Amy.

– Isso não faz sentido – diz Dare.

Ninguém presta atenção em mim, mas eu dou a resposta certa mesmo assim:

– Porque ele estava de tapa-olho.

Espero por uma resposta, mas não vem nenhuma, porque elas estão discutindo sem parar.

– Porque ele estava de tapa-olho – digo, mais alto agora. – Entenderam?

– Ah. – Amy assente. – Entendi.

– Não tem graça, McGrother. – Dare me cutuca nas costelas com sua espada de mentira.

– Ai – digo, apesar de não ter doído.

– Quem conhece alguma piada de sereia? – pergunta Amy, finalmente me fazendo sentir incluída.

– Eu conheço uma – diz Dare. – Mas é besta.

– Besta é bom – diz Amy. – Conte.

– Certo. O que a sereia assistiu na TV?

– Um "sereiado"! – grita Amy, pulando como se estivesse no *Roletrando* e tivesse adivinhado a letra certa e ganhado muito dinheiro com isso.

– É – diz Dare, sorrindo. – Adivinhou.

– Acertei uma! Uhuuu! – Amy faz uma dancinha descoordenada de pirata rosa.

– Estou impressionada – diz Dare. – Mas não com a sua habilidade de dançarina, veja bem. Isso foi apenas embaraçoso. – Dare aponta a espada falsa para Amy. – Mas, pelas barbas do camarão, marujo, seus talentos para adivinhação são totalmente incríveis.

Naturalmente, Amy teve que fazer mais alguns passos de dança desajeitados. Isso me faz gostar dela.

Depois da conversa com o papai, fiquei com medo de ser importunada na rua, mas isso não aconteceu. Talvez quando as pessoas me virem, não vejam um menino em uma fantasia de sereia. Talvez vejam três meninas passando pela rua. Ao menos eu espero que seja isso o que elas vejam, porque é exatamente do que se trata.

— Uma última piada de pirata – diz Amy. – Toc, toc.

— Quem vem lá? – pergunta Dare, brandindo a falsa espada.

— O pirata que interrompe.

— O pirata que interrompe o que...

— Aaaaarrrgh! – diz Amy, rachando de rir.

Dare e eu trocamos um olhar. Ela diz *Muuuu* sem fazer nenhum som, e isso me faz sentir ótima, como se eu e ela tivéssemos uma piada particular.

Estou prestes a dar uma risadinha para fazer Amy se sentir bem sobre sua piada besta de pirata quando os vejo.

Tudo muda.

Nada mais é engraçado.

Papai *estava certo*. Estou completamente exposta e vulnerável aqui fora. Eu não deveria estar aqui vestida com uma fantasia de sereia, não importa como isso me pareça bom e certo. Papai compreendeu algo que eu não estava pronta para saber. Em um minuto, nós estávamos contando piadas bestas de pirata; no minuto seguinte, eu estou metida em sérios problemas.

Diretamente adiante, estão cinco neandertais, com as cabeças para fora de uma esquisita camiseta de basquete para cinco pessoas. Dunkin, o mais alto, está no meio. Vasquez está em uma das pontas, com o braço livre para causar todo tipo de dano. Tudo o que ele precisaria fazer era largar a fronha. Mas ele vira a cabeça, olhando para algo atrás dele.

Queria que o fato de ver Dunkin me trouxesse algum tipo de conforto – como se ele fosse me defender ou algo assim –, mas eu sei que isso é uma fantasia, e tenho experiência do que Vasquez e sua turma são capazes de fazer.

Os neandertais estão a apenas alguns metros de distância, dirigindo-se diretamente para nossa direção, e Dare e Amy, pelo visto, estão distraídas demais para se darem conta do que está prestes a acontecer.

Meu estômago se contrai quando compreendo o quanto isso vai ser ruim. No momento em que Vasquez me flagrar usando uma fantasia de sereia, estou acabada.

Dare puxa meu braço. Quando me viro e a vejo com os olhos arregalados, sei que ela percebeu o que se aproxima.

Não há como evitá-los, porque estão ocupando a calçada toda. E eles nos veriam se nós subitamente disparássemos para o outro lado da rua.

Enquanto Dare se inclina para cochichar com Amy, os neandertais desabam no chão, como se alguém tivesse puxado um tapete imaginário debaixo de seus pés.

Dare me dá um puxão, mas não era necessário. Eu me movo tão rápido quanto minha fantasia restritiva me permite. Nós damos a volta neles – passando pela pilha de gente se revirando –, mas não consigo resistir a olhar para trás.

Eles estão em uma confusão de cabeças, dois braços e pernas se contorcendo. Vasquez grita. O único naquela pilha olhando para mim é Dunkin.

E ele sorri.

Então eu entendo.

De alguma forma, Dunkin criou aquele colapso para que Vasquez e os neandertais não me vissem. O sorriso de Dunkin me diz que ele fez isso por mim, para me proteger.

Eu tento dizer "obrigada" com um olhar de relance, e então Dare e Amy me puxem para longe.

Vou encontrar um jeito de retribuí-lo por isso. Eu sabia que Dunkin era bom, lá no fundo. Sabia que ele não era como os outros neandertais. E agora eu lhe devo um favor enorme.

Em pouco tempo, estamos na minha casa e Amy diz:

– Qual é a loja favorita do Capitão Gancho? – Ela espera alguns segundos. – Uma loja de segunda mão.

– Boa – digo, aliviada pelo perigo ter passado.

Dare geme.

– Vocês parecem exaustas – diz mamãe quando entramos. Ela coloca o braço ao redor dos meus ombros e me beija no rosto. – E felizes.

"Aliviada" seria uma palavra mais precisa. Talvez mamãe também se sinta um pouquinho aliviada, agora que estou em casa, sã e salva.

Papai está na sala de estar. Ele definitivamente parece aliviado ao nos ver – ao me ver, em casa e incólume –, mas sai assim que viramos nossa pilha de doces no chão para começarmos a negociar. Eu sei que às vezes é demais para ele, mas ao menos ele está tentando.

Nós três conseguimos juntar toneladas de doces incríveis. E três barras de granola.

Quando começamos a trocar, Amy volta a contar piadas. Eu percebo que fiz uma amiga hoje, e estou contente por Dare tê-la trazido.

Sarah se aproxima, diz oi e pega todos os bombons de manteiga de amendoim da minha pilha. Eu permito porque ela é a Sarah... e eu não sou muito fã de bombom de manteiga de amendoim mesmo. Prefiro Twizzler e qualquer outra coisa com caramelo.

Enquanto me sento na sala de estar, trocando doces com amigas novas e antigas, enxotando Almôndega e assistindo a Sarah morder um bombom, fico muito contente pela terrível previsão de papai não ter se realizado, ou o fim da noite teria sido muito diferente.

E posso agradecer a Dunkin por isso.

Placar: Sereia Azul e amigas, 1; Vasquez e os neandertais, 0.

Dias (ou frias) de novembro

Decidi que já havia dado pequenos passos rumo às minhas metas, embora o fato de ter saído vestida com uma fantasia de sereia, totalmente maquiada, com esmalte e de peruca deva ser considerado um salto gigantesco. Mas era o suficiente por enquanto. Então vou à escola nesses dias frios de novembro com apenas um tiquinho de esmalte lascado nas unhas. Deixo a maquiagem em casa e visto calça jeans e camiseta, minha favorita em especial entre os refugos do papai: *Velhinhos Tarados*. Papai definitivamente fez essa de propósito.

Embora eu esteja tentando passar despercebido por ele, Vasquez ainda me chama de "bichinha!" a cada chance que tem. Mas parou de bater minha cabeça no armário, então esse é um avanço. E ando incrivelmente criativa no que diz respeito a evitá-lo no vestiário de Educação Física. Saio da classe mais cedo, de modo que já estou trocada e no ginásio antes que os outros cheguem, acabo na enfermaria com "dor de estômago" ou dou um jeito de ajudar um professor durante todo o período e me livro totalmente da Educação Física.

Dare fala bastante sobre Amy agora. Ela se mudou para cá vindo de Portland, no Maine. Não consegue se acostumar com o nosso clima úmido. E ela sente falta das amigas da escola antiga, já que foi transferida logo depois do começo da oitava série porque a mãe arranjou um emprego aqui no departamento de Gerenciamento de Resíduos do Sul da Flórida.

Eu acho Amy ótima, então não me importo que ela esteja participando de várias coisas que Dare e eu fazemos. Ela pega pesado com as piadas tontas, mas há coisas piores. E ela começou a me trazer Pop-Tarts no almoço, agora que se juntou à nossa mesa, então aceitei isso de coração aberto.

Apesar de ser apenas daqui a um mês, o pessoal já está falando sobre o baile de fim de ano. Sempre que alguém o menciona, meu estômago se revira por causa da ideia que tive no dia em que vi o cartaz anunciando o baile.

Parte de mim mal pode esperar por essa noite.

Outra parte está apavorada.

Tudo o que eu sei é que a noite do baile da oitava série vai ser importante.

A primeira

Apenas mamãe me leva ao consultório do endocrinologista porque papai não podia sair da estamparia aquela tarde. Eu mal posso acreditar que isso vai realmente acontecer.

– Um dos efeitos colaterais que você pode ter – o médico me diz enquanto eu me sento a uma mesa na salinha de exames – é cansaço.

Assinto, ansiosa para ele acabar logo com aquilo e me dar a injeção, mas ele se demora explicando mais algumas coisas.

Meu corpo inteiro está formigando enquanto levanto os shorts para expor a coxa. *Chega de barba. Sem voz grave. Sem pomo de adão. Chega de novos pelos nascendo lá embaixo. Chega de qualquer coisa crescendo lá embaixo!*

– Só isso? – pergunto, depois de o doutor enfiar a agulha na minha coxa.

– Só isso – diz o doutor. – Vejo você no mês que vem. Ligue se houver algum problema.

Eu achava que a injeção ia doer muito, mas não doeu.

A única que parece estar sofrendo com a coisa toda é mamãe, quando vai até o balcão pagar pela injeção. Bloqueadores hormonais são caros. O rosto de mamãe perde a cor quando ela assina o recibo do cartão de crédito.

No entanto, em seguida ela passa o braço ao redor dos meus ombros enquanto saímos do consultório.

– Vamos tomar um sundae.

– Por quê? – pergunto.

Mamãe se apoia sobre um joelho e me olha nos olhos.

– Para celebrar, Lily. Nós precisamos celebrar esse marco.

– Sim – sussurro, sentindo o impacto total do quanto o dia de hoje é importante. O quanto aquela injeção foi importante. – Precisamos celebrar, sim.

E é o que fazemos!

NO BANCO

Eu queria que houvesse alguma coisa que eu pudesse tomar ou fazer para me deixar menos nervoso por causa do primeiro jogo. Temos treinado como loucos, e eu até fiz algumas horas extras com Bubbie. No entanto, tenho certeza de que o time com quem vamos jogar também tem treinado loucamente.

Como passei no exame de sangue com tranquilidade há um tempinho, decidi dar um tempo com os remédios. Só um pouquinho. Para conseguir aquela vantagem extra na quadra, mas não sei se isso vai ser suficiente.

Meu estômago é um nó só. Se ao menos eu pudesse conversar com papai sobre isso, tudo ficaria melhor. Eu deveria visitá-lo. Nós deveríamos visitá-lo.

No vestiário, o pessoal está animado. Especialmente Vasquez. Eles estão pulando e batendo nas costas uns dos outros.

– Precisamos vencer o primeiro jogo – diz Vasquez.

– Nós vamos ganhar – diz Birch, passando o braço ao redor dos meus ombros. – Temos o Dorfman.

– Dorf. Dorf. Dorf – gritam os caras.

Eu queria que o jogo já tivesse terminado.

Toda essa pressão não é boa para mim. Eu só vou conseguir estragar tudo com toda essa atenção. Não sei por que eu fui concordar em entrar para o time. Eu deveria ter escolhido ficar na companhia de Tim e Dare. Talvez o pessoal me zoasse, mas pelo menos eu não estaria nessa situação agora, com todo mundo olhando para mim, esperando tanto de mim. Eu até que me saio mais ou menos durante os treinos – na verdade, melhorei muito –, mas sei que vou ser humilhado durante um jogo real.

O treinador enfia a cabeça no vestiário.

– Vamos, rapazes. Está na hora.

Vasquez grunhe como um homem das cavernas e nós saímos do vestiário atrás dele.

Fico surpreso quando ouço um locutor cuja voz enche o ginásio.

– Para o primeiro jogo da temporada, por favor, deem as boas vindas aos nossos *Gator Lake Gators!*

Nós trotamos por um túnel formado pelas líderes de torcida. As arquibancadas estão cheias de gente batendo palmas, gritando e batendo os pés. Eu sei que mamãe e Bubbie estão ali no meio.

Sinto as vibrações em meu peito. A energia no ginásio é incrível. Ela coloca meu cérebro em marcha acelerada.

Não é de se espantar que Vasquez estivesse tão empolgado para vir aqui fora.

Depois que o outro time é anunciado – os Leões de Lakeside Middle –, nós colocamos a mão sobre o coração e ouvimos uma garota da escola cantar o hino nacional a plenos pulmões.

A escalação inicial trota até o centro da quadra.

Eu não estou no time inicial.

Estou no banco, onde o treinador disse que eu ficaria. Exceto pelo fato de que o banco não é realmente um banco. É uma fileira de cadeiras pretas de plástico. Então as farpas sobre as quais o treinador me alertou eram metafóricas. Farpas metafóricas não doem.

O outro time pega a bola, mas Vasquez corre ao lado do jogador, rouba a bola, pinga de volta para o nosso lado, passa para Birch, e nós marcamos os primeiros dois pontos da partida em uma bandeja fácil.

Apesar de eu não ser um superastro, poderia ter feito aquele arremesso.

Todos na arquibancada vão à loucura, apesar de serem apenas dois pontos.

Dois pontos se transformam em quatro, em seis, em nove, até que... estamos bem na frente no segundo tempo e todos em nosso time tiveram sua chance de jogar. Menos eu.

Tenho certeza de que o treinador planeja me colocar em quadra, então estou totalmente preparado para ouvir meu nome, me lançar na quadra e imediatamente marcar algumas cestas de três pontos. Não estou mais nervoso. Estou empolgado. Estou pronto.

Quando a campainha final toca e nós vencemos por 36 pontos, o lugar entra em erupção. Pés batendo. Líderes de torcida saltando. Gente aplaudindo e gritando. O barulho no ginásio é esmagador.

Porém eu me sinto um idiota, porque sou a única pessoa do time que não jogou. Nem mesmo por trinta segundos. Nem valeu a pena colocar o uniforme de basquete. E todos me viram sentado ali o tempo todo.

Eu sei que deveria torcer pelo meu time enquanto estou no banco, o que eu fiz, mas seria legal jogar um pouco também. Saber como é a sensação de um jogo real, com pessoas torcendo. Especialmente o primeiro jogo da temporada, com mamãe e Bubbie nas arquibancadas.

Talvez o treinador tenha esquecido que eu estava lá. Talvez eu devesse falar com ele.

No caminho para o vestiário, o treinador bate nas minhas costas.

– Bem, como eu lhe disse, Dorfman. Muito tempo no banco. Aí, quando realmente precisarmos de você, vamos chamá-lo, e você será a nossa arma secreta.

Acho que não deve ser ruim ser uma arma secreta.

– Essa foi apenas a primeira partida – diz o treinador. – Você vai poder mostrar seu jogo em breve, definitivamente.

O que o treinador quis dizer, provavelmente, foi: *É melhor você melhorar seu jogo, Dorfman, ou eu nunca vou colocá-lo na quadra. Eu tenho olhos*, ele deve estar pensando. *Eu vejo como você joga mal durante os treinos, comparado aos outros caras.*

– Obrigado – digo, sentindo-me uma fraude.

Os caras estão trocando *high fives* no vestiário. Eu cumprimento alguns deles, mas me sinto um perdedor porque o treinador não me colocou para jogar, e todos os caras devem saber que isso aconteceu porque eu não sou bom o bastante.

Mamãe e Bubbie esperam do lado de fora do vestiário, junto com outros pais.

Com a cabeça baixa, digo:

– Vamos. – E continuo andando.

Elas me seguem até o exterior do ginásio.

– Uma ótima partida, meu bem – diz mamãe.

Eu dou meia-volta.

– Você estava assistindo? Eu não joguei.

– Você vai mostrar para eles da próxima vez, bubela – diz Bubbie, dando tapinhas em meu traseiro, o que me irrita.

– Se algum dia ele me colocar pra jogar.

– Ele vai colocá-lo na quadra – diz Bubbie. – Se ele tiver uma cabeça naquele cérebro.

– Você quer dizer, se ele tiver um cérebro na cabeça – diz mamãe.

Bubbie gesticula.

– Foi o que eu disse.

Quando estamos no carro, mamãe se vira para mim antes de dar a partida.

– Norbert, seu time foi muito bem. Foi realmente divertido assistir à partida. Tenho certeza de que, na próxima, você vai jogar.

Bubbie desembrulha uma barra de proteína e a entrega para mim.

– Reabasteça sua energia.

Eu olho pela janela e não pego a barrinha.

– Eu não tenho nada para ser reabastecido, Bubbie. Mesmo assim, obrigado.

Ela recolhe a barrinha de proteína e não diz nada durante o restante do trajeto para casa.

Acho que talvez eu deva reduzir mais ainda a medicação. Talvez isso faça alguma diferença no meu nível de energia e na habilidade de jogo, mas, no momento, eu afundo no banco de trás, me sentindo o maior fracassado do mundo. E a volta para casa parece interminável.

Uma nova placa

Dare, Amy e eu vamos ao primeiro jogo de basquete da temporada. Acabamos no topo das arquibancadas, lá no fundo, o que é irritante, porque tem um grupo de meninos chatos perto de nós, gritando e batendo os pés com frequência, mesmo durante momentos da partida que não despertavam esse entusiasmo extremo, como quando o juiz escorrega no suor de um dos atletas e aterrissa sobre o próprio traseiro.

Ficamos até o fim da partida, e os Gators ganham, é claro.

Eu meio que sinto pena do outro time. Eles não tinham nenhuma chance.

Também sinto pena de Dunkin. Todos os outros jogadores entraram, menos ele. Seria legal vê-lo jogando.

É claro, também não podemos ir embora sem Amy dividir uma piada de basquete.

– Qual é o cúmulo do basquete?

Dare e eu esperamos a resposta.

– Jogar a bola na cesta e acertar no sábado.

– Olha, essa até que não foi tão ruim – digo.

Dare bate no ombro de Amy, que sorri.

É gostoso ir para longe do aperto das pessoas no ginásio, e o ar frio aqui fora é ótimo. Adoro quando a umidade dá um descanso. A temperatura esfriou em meados de novembro, como eu tinha dito a Dunkin que aconteceria. Eu me pergunto se ele reparou.

Durante a caminhada até Beckford Palms Estates, fico atrás de Dare e Amy porque a calçada é estreita demais para caber três pessoas.

Ali atrás, não consigo ouvi-las, então perdi algumas das piadas, mas escuto a risada delas. Ou será que estão rindo de mim? Eu sei que não é o caso, entretanto, quando cada uma me dá um abraço apertado assim que chegamos à minha casa.

Eu observo as duas se afastando.

Lá dentro, Sarah está tricotando algo enquanto afaga Almôndega com o pé descalço. Ela concorda em me ajudar no plano que arquitetei.

Nós vamos até Bob. É estranho estar aqui à noite. Tudo parece diferente no escuro.

Sarah me ajuda a colar a placa que eu fiz em cima da que já está lá.

> POR FAVOR, SALVEM ESTA ÁRVORE.
> SUA DERRUBADA JÁ FOI MARCADA.
> LIGUE PARA A PREFEITURA DE BECKFORD PALMS
> OPONDO-SE A ISSO E AJUDE
> A SALVAR ESTA LINDA ÁRVORE.
> OBRIGADO!

No dia seguinte, na escola, eu me pergunto quantas ligações foram feitas para salvar Bob. Queria ter pensado nisso antes. Se muitas pessoas ligarem para protestar, eles terão de deixar Bob em paz.

Depois da aula, vejo Dunkin passando apressado pelo corredor.

– Oi – digo.

Ele parece muito feliz em me ver, mas também um pouco confuso.

– Eu tenho que ir para o treino.

Aponto na direção contrária à que ele está seguindo.

– Não é para aquele lado?

– Ah, é – diz ele, mudando de direção.

– Você está bem? – grito.

– Nunca estive melhor! – responde ele, sem fôlego.

É ótimo conversar com Dunkin, ainda que apenas por alguns momentos. Eu não me esqueci do que ele fez por mim no Halloween.

Saio apressada para ir até Bob, esperando uma multidão reunida em torno da placa. Talvez até jornalistas reportando a história. Aposto que dúzias de pessoas ligaram para a prefeitura para reclamar. Se tudo isso acontecer, Bob definitivamente será salvo.

Quando chego à árvore, não há ninguém lá.

Nem placa.

Não a nossa, pelo menos. Ela foi arrancada, e a única que permanece ali é a que anuncia a desobstrução do terreno.

Placar: Bob, 0; prefeitura, 1.

Talvez não seja possível lutar contra a prefeitura.

Talvez a caneta não seja mais poderosa do que a espada.

Talvez não exista nada que eu possa fazer para salvar Bob.

Afundo no chão e me apoio contra o tronco sólido de Bob, murmurando:

– Desculpe, Bob. Eu tentei.

Ele responde com um triste farfalhar das folhas, e uma formiga-de-fogo escala minha perna e morde minha coxa, bem perto de onde eu recebi minha segunda injeção de bloqueadores hormonais.

O PAI DE VASQUEZ

A segunda partida, no começo da semana seguinte, é muito diferente. Nossos oponentes – os Guerreiros de Woodrow Wilson – são fantásticos. Roubando bolas e nos deixando para trás no placar desde o apito inicial.

Vasquez xinga toda vez que vai para a beira da quadra para um *timeout*.

O treinador o adverte para que tome cuidado com o que diz, antes que o time receba uma falta técnica.

A multidão nas arquibancadas está desanimada com essa partida, exceto por um homem que grita coisas como "Vamos lá, Johnny, você devia ter pegado essa!" ou "Johnny, essa era sua!". Deve ser o pai de Vasquez. E ele está furioso.

Quanto mais o pai de Vasquez grita das arquibancadas, mais quieto Vasquez fica quando sai de quadra. No vestiário, durante o intervalo, o garoto está silencioso, cismado, como água um instante antes de explodir e ferver.

Ninguém se aproxima dele. Ninguém lhe diz nada. Eu cogito lhe dar uns tapinhas no ombro, mas me contenho.

Estamos bem adiantados no quarto tempo quando o treinador toca minhas costas e diz:

– Você entra agora, Dorfman.

Fico tão espantado que tropeço quando me levanto, mas rapidamente me endireito e dou meu nome na mesa onde Diaz está sentado com alguém que cuida do placar. Quando entro trotando na quadra, sinto todos olhando para mim, e apesar do fato de que eu deveria saber, não lembro onde deveria me posicionar.

Vasquez grita meu nome e me passa a bola. Com força. Minhas mãos, porém, conseguem segurá-la. Espero que Bubbie esteja assistindo. Dois caras correm para cima de mim ao mesmo tempo, então passo a bola de volta para Vasquez, e os caras se movem para ele como se fossem ímãs. No entanto, a bola não vai para as mãos de Vasquez como eu pretendia. Um dos caras dos Guerreiros a intercepta e pinga na direção de sua própria cesta e pontua.

Eu agarro minha cabeça e assisto, horrorizado.

Fico surpreso quando o treinador não me substitui por estragar tudo.

Fico em posição debaixo de nossa cesta, como me ensinaram. Vasquez passa a bola para Landsberg, que passa para mim, como treinamos um milhão de vezes. Eu me estico para encestar, mas ela rola para o outro lado.

Faço a mesma coisa, teimosamente, mais uma vez.

E aí o treinador me tira da quadra.

Algumas pessoas vaiam das arquibancadas. Estão me vaiando porque eu atrapalhei o time. Estão me vaiando porque meu lugar não é na quadra. Estão me vaiando porque sou alto o bastante para ser um superastro do basquete, mas sou um superpateta do basquete, mesmo com todo o treino. Sou lerdo demais. Eu *poderia* ser um superastro do basquete, se ao menos...

Fico o restante da partida no banco, e quando o apito final soa e nós perdemos por 98 a 59, eu me convenço. Sei exatamente o que preciso fazer.

Os caras se reúnem e se dirigem ao vestiário arrastando os pés, com a cabeça baixa. Vasquez, contudo, ainda está lá fora, olhando nos olhos do pai, que está gritando, o rosto vermelho.

Vasquez não diz uma palavra, apenas mantém o contato visual.

Ele ainda está levando bronca do pai enquanto o resto de nós se enfileira para levar bronca do treinador.

– Vasquez! – berra o treinador. – Venha já aqui.

Nem Vasquez nem o pai dele respondem.

Acho que o treinador vai se deslocar até lá e dizer ao pai de Vasquez que o garoto deveria estar no vestiário com o time, mas ele não faz isso. E todos nós entramos sem ele.

Eu sempre pensei em Vasquez como um cara durão, mas no momento estou preocupado por ele, porque o pai dele é grande. E mau. Eu queria que o treinador fosse até lá e forçasse Vasquez a se juntar a nós no vestiário. Queria que alguém – um pai, um professor, um treinador dos Guerreiros, qualquer um! – fizesse alguma coisa, porque o pai de Vasquez parece muito furioso.

Meu pai pode ter um monte de problemas – *um monte* –, e algumas vezes me envergonhou sem querer, mas ele jamais faria algo assim comigo na frente de toda essa gente.

QUASE INVENCÍVEL

No momento em que acordo, penso em como joguei mal na partida da noite passada. Como eu me senti atrapalhado e confuso, dentro e fora da quadra. Como eu decepcionei meu time.

Então pego minhas duas pílulas do dia, as embrulho em um lenço de papel e enfio no bolso. No caminho para a escola, eu jogo o lenço em uma lixeira e fico surpreso em como é fácil fazer isso.

De imediato, me sinto melhor, apesar de saber que isso é impossível.

Durante o almoço, conversamos sobre basquete. E garotas. E comida. Ninguém fala sobre o pai de Vasquez. E o próprio Vasquez está estranhamente quieto hoje, exceto quando pega a tangerina do almoço de alguém e a lança em Tim.

– Bem no alvo! – grita ele, quando Tim é atingido em cheio na lateral da cabeça.

Tim nem mesmo se vira para olhar para nós.

Dare fica de pé e olha feio.

E Vasquez? Ele finalmente parece feliz. Como se a cabeça de Tim fosse uma substituta para a de outra pessoa – alguém em quem ele jamais poderia jogar uma tangerina... e sobreviver para contar a história.

Eu jogo fora o que sobrou do meu almoço e passo o restante do intervalo no banheiro. Fico pensando naquela tangerina atingindo Tim na cabeça. Ele não fez absolutamente nada para merecer aquilo. Não é culpa de Tim se o pai de Vasquez é um canalha.

Com a imagem de Tim sendo atingido pela tangerina e o cheiro nojento no banheiro, sinto que vou vomitar, mas me contenho e espero ali até a campainha tocar.

Queria não me sentir tão sozinho. Eu sei que não deveria, mas queria que Phin estivesse aqui.

* * *

Durante o treino, ainda sou mais lerdo do que os outros caras e meio descoordenado nos arremessos. Chego a atingir o treinador assistente nas costas com um dos meus passes acidentais. Ele me olha feio, mas não diz nada.

Está tudo bem, repito para mim mesmo. *Eu tenho que aguentar firme até toda a medicação estar fora da minha circulação e eu começar a jogar melhor. Só mais um tempinho sem remédios e os outros times não conseguirão me segurar.*

Ninguém vai conseguir.

Gratidão, Parte I

Mamãe coloca uma lasanha vegetariana na mesa para a ceia de Ação de Graças, e todos nós nos damos as mãos.

Estou segurando a mão de Sarah e de vovó Ruth. A pele dela é fina e seca.

Mamãe pede que cada um de nós diga algo pelo que é grato.

Sarah começa:

– Eu sou grata pelos Knit Wits e pela chance de tornar o mundo um pouco menos a droga que é.

Papai pigarreia e indica vovó Ruth com um gesto da cabeça.

– Desculpe – diz Sarah baixinho. – E sou grata pela minha família. – Ela aperta minha mão.

– Eu sou grata pela minha família e meus amigos – digo, assentindo especialmente para o papai, por ele ter permitido que eu tomasse meus bloqueadores hormonais. – E por toda essa comida boa que mamãe fez para nós.

– Eu também – diz papai. Ele se inclina e beija o rosto de mamãe. – E estou contente por vovó Ruth poder estar aqui conosco. Pena que o senhor também não possa estar aqui, papai. – E olha para o teto.

Vovó dá um sorriso apertado, mas quando eu olho para ela, o sorriso desaparece. Eu desejo desesperadamente soltar aquela mão ressecada como uma ameixa, mas não solto.

– Isso foi bonito – diz mamãe. – Sou grata pelo meu marido, minha sogra e minhas duas filhas lindas.

Vovó Ruth ofega e larga minha mão, como se fosse uma batata quente.

– Vamos comer – diz mamãe.

GRATIDÃO, PARTE II

Bubbie, mamãe e eu nos sentamos lá fora para o jantar de Ação de Graças, o que parece estranho porque, em Nova Jersey, é frio demais para se sentar do lado de fora, mas aqui faz um dia bem gostoso – quente, mas não quente demais, e o sol está brilhando.

Minha vovozinha louca por saúde realmente fez comida com cara e cheiro deliciosos.

– Tudo bem se dar ao luxo de vez em quando... – diz ela, colocando um pote de manteiga europeia na mesa.

Eu faço uma pilha alta em meu prato com peru, inhame doce, cozido de vagem e três pãezinhos, cheios de manteiga.

– Mamãe?

– Humm – diz ela, concentrada em cortar o peru.

Então repito, um pouco mais alto:

– MAMÃE!

Devo ter dito isso alto demais, porque tanto mamãe quanto Bubbie olham para mim, espantadas, como se uma sirene tivesse disparado ou algo assim. Porém é bom eu ter chamado a atenção delas, porque o que tenho a dizer é superimportante, especialmente no dia de Ação de Graças, quando tudo deveria ser a respeito da família.

– Eu estava pensando, talvez pudéssemos ir visitar o papai.

Pela expressão de mamãe, parece que eu lhe dei um soco no rosto.

Bubbie inclina a cabeça.

– Visitar? – pergunta Bubbie. – Seu *pai*?

– Ele deve estar solitário por lá – digo, dando uma mordida grande no pão.

Mamãe ofega. Talvez tenha se engasgado com um pedaço de peru. Ela deveria colocar um pouco de molho na carne, para não ficar tão seca.

– Não é uma ótima ideia? Quando podemos ir? Que tal agora mesmo? – Eu me levanto de um salto, mas mamãe pressiona uma das mãos em meu pulso e eu volto a me sentar.

E então mamãe diz algo que realmente me tira do prumo. Eu espero ela dizer que é claro que é uma ótima ideia, é claro que deveríamos visitar o papai, especialmente no dia de Ação de Graças. Porém o que ela efetivamente diz é isso:

– Phineas, você tem tomado seus remédios?

Aí é minha vez de parecer como se as palavras dela tivessem esmurrado minha cara. *Phineas?* Eu me viro para ver se ele está atrás de mim.

– Terra para Norbert – diz mamãe.

Bubbie se estica um pouco e dá tapinhas na minha mão.

– Norb? – diz ela baixinho. Seu olhar parece preocupado. – Você ouviu sua mãe?

Ouvi?

– Ela perguntou se você tem tomado seus remédios, bubela.

Tenho? Eu quase me viro para perguntar à única pessoa que talvez saiba.

Mamãe diz algo a Bubbie sobre me levar ao psiquiatra logo depois do feriado, mas sua voz soa muito distante.

Eu me sento ali, olhar fixo como um cervo fitando faróis – meu coração indo a um milhão de quilômetros por minuto.

– Meu bem?

O que está havendo?

O DOUTOR E A DECISÃO

Mamãe marca uma consulta de emergência com o psiquiatra. Ele pergunta se eu tenho tomado meus remédios, e eu mostro a ele meus vidrinhos de remédio quase vazios e assinto.

– Norbert – diz ele.

Eu odeio o som do meu nome em sua boca, mas sei que devo me calar a respeito.

– Estou preocupado com o seu comportamento. Algumas coisas que você vem dizendo.

Eu concordo, mas não digo nada, apesar de querer falar a um milhão de quilômetros por minuto e me sentir como se estivesse contendo um oceano rugindo.

– Eu gostaria de falar sobre o seu pai. Tudo bem?

Eu aquiesço de novo, apesar de, definitivamente, não estar tudo bem.

– Você compreende que ele se foi. Certo?

Eu sei exatamente onde ele está.

– Sim – digo. – Eu sei que ele se foi.

– E que ele não vai voltar.

Eu concordo, torcendo para uma lágrima fingida escapar, mas não escapa. Esse médico pode ter uma porção de diplomas emoldurados na parede, mas ele não sabe tudo. Por exemplo, ele não sabe que meu pai está em algum lugar, melhorando. Ele está achando a mesma coisa que todo mundo acha. Mas eles estão errados. Estão todos errados.

– Você tem sofrido algum estresse incomum? – pergunta ele. – Talvez na escola, ou com amigos?

Penso em Vasquez e no time. Penso em Tim e Dare.

– Não – digo, esperando que minha voz soe fria e calma. – Nenhum estresse incomum.

– Certo – diz ele. – Na verdade, você me parece muito bem. Razoável. Calmo. Vamos pedir outro exame de sangue – o doutor diz a mamãe. – E vamos partir daí.

Mamãe agarra o formulário para fazer o exame de sangue como se sua vida dependesse disso.

E eu fico muito feliz em escapar daquele consultório.

Parece que vou ter que tomar meu estabilizador de humor por algum tempo. É isso que o exame de sangue vai medir. Mas ninguém vai saber se eu não tomar o outro remédio – o antipsicótico. É ele que mais me deixa lerdo, mesmo. É ele que me impede de dar o meu melhor na quadra.

BOING! BOING! BOING! BOING! BOING! BOING! BOING!

Na segunda seguinte, depois da escola, eu me sento com mamãe na mesa e conto a ela o que tem acontecido enquanto ela enche envelopes forrados com os DVDs de Bubbie.

– Eu tirei um B em uma prova, e um A em meu projeto de Língua e Literatura, e fiz todo o dever de casa de Matemática na escola, e me ofereci para ajudar o conselheiro a montar um quadro de avisos sobre bullying, e estou com fome, e...

– Norbert – diz mamãe, devagar demais. – Está se sentindo bem? Você parece meio acelerado. Você foi ótimo no consultório, mas...

– Estou ótimo – digo, o que é verdade. Eu não poderia estar melhor. Minha cabeça está explodindo de tantas ideias, como se um milhão de lâmpadas se acendessem em flashes brilhantes. E tenho conseguido realizar tanto sem perder tempo com coisas estúpidas, como dormir. – Eu fiz cinco lances livres em seguida durante o treino, e uma porção de bandejas, e os caras estavam me cumprimentando, e eu mal posso esperar pelo próximo jogo, e vou ser incrível, totalmente.

– Aposto que vai – diz mamãe, mexendo seu café em círculos irritantemente preguiçosos. – Docinho, você entende como é importante tomar os dois remédios todos os dias. Certo?

Mamãe olha para mim como se seus olhos fossem detectores de mentiras ou algo assim, mas não vou cair como uma mosca em sua teia. Não vou cair em sua armadilha. Meu time precisa de mim. Eu tenho que ser assim – vivo!

– É claro que eu entendo – digo, em tom controlado. – Entendo, totalmente. – *Mas não é tão importante quanto ser um grande jogador de basquete para o meu time para podermos ganhar o campeonato estadual.* – Não se preocupe, mamãe. – Eu sinto que meus olhos estão abertos demais, meu coração bate depressa demais, minha mente zune como um carro de corrida, mal conseguindo continuar na pista. – Não precisa se preocupar. Eu tenho tudo sob controle.

E lhe dou tapinhas afetuosos no dorso da mão, para fazê-la se sentir melhor.

– Eu? – diz mamãe. – Eu pareço preocupada?

Eu olho para o vinco em sua testa.

– Parece, sim.

Ela ri e se aproxima para me puxar para um abraço apertado, mas eu me sinto como se ela estivesse me prendendo. Sufocando. Mal consigo esperar para me libertar e ir lá fora treinar, treinar, treinar, treinar, treinar, treinar, treinar.

Sinto os olhos de mamãe me acompanhando enquanto caminho lá para fora. Terei de ter cuidado, porque ela está realmente prestando atenção agora. Vou continuar tomando meu estabilizador de humor, mas não vou voltar aos antipsicóticos. O médico e a mamãe acham que eles são bons para mim, mas não são. Eu me dou muito melhor sem eles. Só preciso me controlar.

Assim que estou no quintal, perto da piscina, jogo a bola contra a parede umas mil vezes. Talvez duas mil. Não consigo manter a conta porque pencas de outros pensamentos estão zunindo pelo meu cérebro, como a possibilidade de conseguir uma bolsa de estudos de basquete e acabar na NBA, com todo tipo de produtos aprovados por mim, e como papai ficaria orgulhoso de mim. Eu adoro os pensamentos que estão voando em minha mente, e queria poder me agarrar a eles por mais tempo, mas Bubbie aparece.

– Você tem que descansar um pouco, bubela. É ótimo que esteja treinando tanto, mas, por hoje, chega.

Eu amo o ritmo da bola atingindo a parede, depois minhas mãos, cada vez mais depressa. Sei que, com cada lançamento, estou ficando melhor, e isso vai aparecer em quadra. *Quando foi que ficou tão escuro?*

– Norbert, você me escutou? – pergunta Bubbie. – Você precisa parar agora. Nosso vizinho ligou para reclamar do barulho.

Eu quero dar ouvidos a Bubbie, mas é tão gostoso continuar.

Boing. Boing. Boing. Boing. Boing. Boing. Boing.

Além do mais, quanto barulho pode fazer uma droga de uma bola de basquete? Odeio esse bairro chique. Onde eu morava, um vizinho não reclamaria de algo tão besta assim. Eles ficariam contentes porque a molecada estava treinando basquete em vez de arrombando carros.

Boing. Boing. Boing. Boi...

Bubbie retira a bola das minhas mãos.

– Pare!

Eu entro pisando duro e tomo uma longa ducha, esperando que isso vá me relaxar. Mas o borrifo da água parece agulhas espetando minha pele, e não faz nada para reduzir a velocidade dos meus pensamentos.

Na cama, estou totalmente acordado, pensando, planejando e desejando ainda estar lá nos fundos jogando a bola. Ao menos essa é uma forma de gastar um pouco dessa energia infinita. Dentro de casa, eu me sinto encaixotado. Talvez possa fazer flexões ou afundos profundos, como Bubbie faz. Ou praticar saltos. Ou...

De súbito, eu não tenho energia para fazer nenhuma dessas coisas. Eu fico ali deitado, meu cérebro mal contendo os pensamentos que ricocheteiam dentro de meu crânio.

Finalmente, reúno a energia para rolar, ficando de barriga para baixo, e fico dolorosamente ciente de uma única coisa: os músculos do meu braço estão gritando em agonia.

Talvez eu tenha exagerado.

Para quem?

No almoço, Amy tem uma reunião do clube de drama, então somos apenas Dare e eu à mesa.

Ela cutuca minha mão com a borda de seu Pop-Tart de maçã e inclina a cabeça, indicando a mesa dos neandertais.

– Sim? – pergunto, sem querer olhar, com medo de algum pedaço voador de fruta atingir meu rosto.

Dare assente e sussurra.

– Olhe para o Dunkin.

Eu me viro e olho.

– Ele está falando – digo. – E daí?

Dare se debruça adiante e diz, com uma gramática impecável:

– Com quem?

Olho de novo, prestando mais atenção ao que vejo, e me dou conta de que Dunkin está falando com alguém por cima de seu ombro esquerdo.

Só que não tem ninguém de pé atrás de seu ombro esquerdo.

– Esquisito – diz Dare. – Não é?

Eu olho mais uma vez.

– Com quem você acha que ele está falando?

Dare dá de ombros e morde o Pop-Tart com vontade.

O cara perto de Dunkin o empurra e diz alguma coisa, e em seguida Dunkin vira para a frente, e para de falar com o ninguém por cima de seu ombro esquerdo.

Estranho.

Cretino!

Dare, Amy e eu não temos nada para fazer depois da escola, então pegamos nosso jantar na máquina de guloseimas e ficamos por ali para assistir ao jogo de basquete.

Eu meio que queria verificar se Dunkin está bem, já que estava agindo de modo tão estranho no almoço.

Ele não está bem.

Logo depois do intervalo, ele comete um pecado imperdoável. Ele faz uma cesta para o outro time. Deve ter se confundido e lançado para a mesma cesta que usou antes do intervalo.

Seus colegas de equipe gritam com ele. Alguns levam as mãos à cabeça, como se não pudessem acreditar no que estão vendo.

O pessoal nas arquibancadas gritam coisas maldosas, como "Perdedor!". Alguns riem. Outros vaiam. Até os adultos. Especialmente os adultos.

Um homem perto de nós grita:

– Tire esse cara da quadra! – O sujeito parece exatamente uma versão mais velha de Vasquez, o que me faz estremecer. Deve ser o pai dele. – Técnico! – grita ele. – Tire o cara da quadra! Ele vai nos custar a partida.

O técnico retira Dunkin e lhe dá uma bronca fora da quadra. É doloroso assisti-lo saltitar de um pé para o outro enquanto o treinador grita com ele. E se isso não fosse ruim o bastante, as pessoas ainda estão gritando das arquibancadas, se juntando contra ele. Eu sei como é horroroso quando todos estão contra você. *Por que não o deixam em paz? Foi um acidente, um engano.*

– Não é nada de mais! – grito, surpreendendo a mim mesma. – Deixem ele em paz!

As pessoas nas arquibancadas se viram e olham para mim.

Dare e Amy olham para mim.

Até o treinador levanta a cabeça.

Eu deslizo em meu assento, desejando pela milionésima vez que meus cabelos estivessem compridos o suficiente para esconder meu rosto.

Pelo menos o treinador para de gritar com Dunkin. E quando Dunkin olha para cima, eu lhe dou um rápido sinal de positivo com o polegar, para que ele saiba que no mínimo uma pessoa está do lado dele.

Ele sorri por um breve segundo, e eu me sinto como se talvez tivesse compensado Dunkin por quando ele me salvou dos neandertais no Halloween.

Dare, Amy e eu resolvemos ir embora antes do jogo acabar. Mal posso esperar para estar do outro lado do ginásio e fora daqui. Pouco antes de alcançar as portas, vejo Dunkin. Ele está sentado nas laterais, resmungando consigo mesmo. Isso não pode ser bom. Eu queria que houvesse algo que eu pudesse fazer para ajudá-lo, para lhe dizer que vai dar tudo certo, que é só um jogo e não vale a pena o estresse.

Com a mão na porta, olho para trás, para as arquibancadas. As líderes de torcida estão atentas, esperando uma oportunidade para chacoalhar os pompons. O sujeito que deve ser o pai de Vasquez está concentrado como um laser no jogo.

Eu balanço a cabeça, abro a porta e inspiro o ar do corredor vazio.

Enquanto nós três caminhamos para a saída, penso em Dunkin. Aposto que ele deseja poder sair conosco, ir para longe das pressões do jogo, longe das pessoas detestáveis nas arquibancadas.

– A próxima partida é na sexta – diz Dare, enquanto seguimos pelo corredor. – Fora de casa.

– Ah, droga – diz Amy, porque não vamos a partidas fora de casa.

– Espero que aquele sujeito, acho que era o pai do Vasquez, não vá ao jogo – digo. – Ele é um cretino bocudo.

– Cretino – concorda Dare, balançando a cabeça.

– Cretino – diz Amy.

– Cretino – resmungo, porém não consigo parar de pensar em Dunkin, em como é estranho que ele tenha estado... hã... meio que falando sozinho ultimamente. *O que está acontecendo com ele?*

E saímos da escola para o ar frio da noite.

UMA NOITE IMPORTANTE

Quando chega o dia de nosso jogo fora de casa, eu sinto que algo de importante vai acontecer durante a partida. Fico pensando em papai, e sinto que essa vai ser uma noite imensamente relevante. Só não sei por quê.

Na escola, eu mal consigo ficar sentado quieto. Parece uma eternidade até chegar o horário do jogo. Quando a campainha da saída finalmente toca, eu saio como um raio da sala de aula e encontro os caras do lado de fora do ônibus.

– Isso vai ser incrível! – diz Vasquez.

Estou pulando de um pé para o outro.

– Incrível – digo, porque é. – *Incrível!*

– O que você está fazendo? – Vasquez me pergunta. – Você precisa ir ao banheiro ou algo assim?

Eu paro de saltitar de um pé para o outro, mas, na minha cabeça, estou saltitando, saltando, correndo!

– É melhor você não fazer nada para estragar essa partida – alerta Vasquez, e me acerta no peito com o dorso da mão.

– De jeito nenhum – digo. – De jeito nenhum. – Ele não faz ideia de como eu vou ser incrível esta noite, mas eu vou lhe mostrar.

Alguns dos caras me olham torto porque eu fiz uma cesta para o outro time na última partida, mas eu não me importo, porque esse é um jogo totalmente novo. E eu sou um novo eu. Eu me sinto o Super-Homem, Batman e Homem-Aranha, todos combinados em uma pessoa inacreditável.

– Estamos prontos? – Vasquez pergunta aos caras.

– Prontos! – grito, alto demais.

Os caras me olham como se eu estivesse maluco, mas eu sei que não estou. Estou formidável!

– Calma aí, Dorfman – diz Vasquez.

– Desculpe. Só estou empolgado.

Ele me dá tapinhas nas costas.

– Guarde isso para o jogo.

O jogo. Mal posso esperar para chegar a hora do jogo.

Não vou me mexer

Estou morrendo de medo, mas sei que é minha última chance de salvar Bob. Nada mais funcionou. Minhas palavras fracassaram. Está na hora de agir.

Acrescentaram à placa uma data para a remoção de Bob – no caso, hoje!

Assim, subo lá no alto de seus galhos com suprimentos – uma mochila contendo quatro garrafas de água e uma garrafa vazia (só para prevenir), dois sanduíches de manteiga de amendoim e geleia, um pacote de Pop-Tarts com cobertura de mirtilo, uma jaqueta, caso esfrie, uma lanterna e um exemplar de *O Lorax* para me dar forças e me lembrar do motivo por que estou fazendo isso.

Meu estômago está supernervoso. A sensação é a mesma daquele dia de verão em que coloquei o vestido vermelho com lírios do vale da mamãe e saí pela porta da frente enquanto papai descarregava as compras do carro.

Como naquele dia, sei que o que estou fazendo é difícil, mas importante.

É por isso que estou sentada nos galhos resistentes de Bob – aterrorizada, determinada – e faltando à escola, algo que eu nunca fiz.

Eu não sei o que vai acontecer, e queria não estar aqui totalmente sozinha, mas sei de uma coisa: assim como Julia Butterfly Hill, que morou em uma sequoia por dois anos para salvá-la, eu não vou me mexer.

Provavelmente, deveria ter trazido mais comida. E mais água.

Por algum motivo, saber que não posso ir ao banheiro me dá vontade de ir, mas eu tenho que me segurar. Abro *O Lorax* e começo a ler, mas é difícil me concentrar. Eu me pergunto quando eles virão com o equipamento para derrubar Bob e o que vai acontecer quando eles me virem sentada aqui. *Será que eles vão me ver?*

Estou na árvore há três horas. Meu traseiro, minhas costas e pernas estão rígidos e doloridos. Os galhos reforçados são realmente duros e desconfortáveis e, mais ou menos a cada dez minutos, eu tenho que espantar uma formiga-de-fogo que rasteja para muito perto.

Observo as pessoas entrando e saindo da biblioteca. Olho para as nuvens e de vez em quando vejo um pássaro passar voando. Eu me pergunto o que Dare está fazendo agora. Provavelmente está com Amy. Elas ficaram inseparáveis nos últimos tempos, uma sempre tentando superar a outra contando as piores piadas.

Ontem, quando nós três estávamos na máquina de guloseimas, Dare disse:

– O que é que não tem gosto na língua portuguesa?

Amy sorriu.

– Desisto.

– A oração sabordinada! – disse Dare, caindo na risada.

Amy soltou um riso curto.

– Clássica piada gramatical de nerd – falei.

As duas olharam para mim e eu senti como se estivesse me intrometendo em um momento privado ou algo do tipo, o que é totalmente besta. Foi só uma piadinha ruim.

Enquanto ajeito meu peso, tentando ficar mais confortável, pergunto-me o que Dunkin está fazendo. Espero que ele tenha parado de falar consigo mesmo. Se continuar, todo mundo vai zombar dele, especialmente os neandertais, mesmo ele estando no time.

Eu me movo outra vez. É impossível ficar confortável aqui em cima, mas não vou descer até que a prefeitura prometa deixar Bob em paz.

Eu me pergunto como Julia Butterfly Hill se sentiu quando morou em sua sequoia. Provavelmente, ficou com medo. Não apenas precisava se preocupar com lenhadores, como tinha que enfrentar clima e vento ruins, porque estava realmente bem no alto. Ela ficou lá dois anos, sozinha, noite após noite. Deve ter sido apavorante. Ela devia realmente amar aquela árvore.

Afago Bob e leio *O Lorax* para ele. Se alguém me visse, provavelmente pensaria que eu estava falando sozinha. E também pensariam que sou maluca, porque estou sentada em uma árvore em vez de ter ido à escola.

– Não se preocupe – digo a Bob, colocando o livro na mochila e pegando um Pop-Tart. – Estou exatamente onde deveria estar. Não vou deixar que o machuquem.

Eu tinha acabado de dar minha primeira deliciosa mordida no Pop-Tart de mirtilo quando um enorme caminhão alaranjado encostou.

Enfio o Pop-Tart de volta na mochila e respiro fundo.

– Chegou a hora – digo a Bob. – Aguente firme. Está bem?

Ele não responde, nem mesmo com um leve farfalhar das folhas. O único som que escuto é o louco martelar de meu coração. Mas sei que, lá no fundo de suas raízes, Bob sente o que está havendo, e provavelmente está em pânico.

Três homens, todos com capacetes alaranjados, saem do caminhão.

Um deles está ao telefone. Os outros dois retiram coisas da traseira do caminhão. Eu não deveria ficar surpresa por eles não terem reparado em mim. Pelo visto, as pessoas se esquecem de olhar para o alto, até da árvore que planejam derrubar.

Eu me pergunto se deveria dizer alguma coisa para que eles saibam que estou aqui.

O cara ao telefone finalmente olha para cima.

– Ah, merda – diz ele pelo telefone. – Eu ligo depois.

Ele guarda o aparelho e estreita os olhos quando olha para mim.

– Você tem que sair dessa árvore, filho. Nós vamos derrubá-la.

– Não vão, não – digo em voz baixa, mas determinada.

– Como é? – Ele coloca a mão em concha ao redor da orelha.

– Vocês não vão derrubar esta árvore. – Eu quase digo "Bob", mas me contenho, porque não quero que o cara pense que sou uma esquisitona.

Ele retira seu capacete e passa a mão pelo cabelo, o que me lembra muito do papai. *Papai*. Ele provavelmente vai me matar por fazer isso.

– Ah, o que é isso?! – diz o cara. – Está falando sério? Você não deveria estar na escola? É feriado ou algo assim?

Os outros dois ficam de pé ao lado dele. Todos os três olhando para mim, aqui em cima.

Estou muito contente por ter subido mais alto do que de costume, assim eles não podem erguer o braço e me puxar pelo pé nem nada assim.

– Eu não vou me mover! – grito lá para baixo, feliz por minha voz não tremer, apesar de eu estar tremendo.

– Maravilha – diz o primeiro cara, e os três vão até o caminhão para conversar. Apesar de eu me esforçar, não consigo ouvir o que estão dizendo.

Um dos sujeitos volta.

– É melhor você descer agora. Não queremos que se machuque.

– Eu não vou me machucar. – Eu penso se deveria parar de conversar com eles. *Será que Julia Butterfly Hill parou de falar com as pessoas que queriam retirá-la da árvore?*

– Você precisa descer – o cara diz em tom sério.

Ele parece um sujeito legal. Sinto muito por estragar seu dia de trabalho, mas salvar Bob é mais importante do que isso.

– Não posso descer.

– Por que não? – pergunta ele. – Você precisa de ajuda para descer?

– Não posso – digo, cerrando os dentes –, porque não vou deixar vocês derrubarem a minha árvore!

O cara recua.

– O que isso quer dizer? Essa árvore não é propriedade sua. É da prefeitura. – Ele faz um gesto de desprezo com a mão e se afasta.

É nesse ponto que eu decido parar de falar com eles.

O cara que estava ao telefone quando eles chegaram se aproxima novamente.

– Bem, você tem cerca de cinco minutos para descer antes que a polícia chegue.

Eu me acomodo por ali, embora minhas costas e pernas estejam bastante doloridas.

Mas não se movem.

Segure firme

Quando encosta uma viatura policial, meu corpo está tão tenso e rígido quanto os galhos de Bob.

Ao menos é uma única viatura. Eu tinha imaginado uma porção de carros cantando pneus, luzes piscando, sirenes apitando. Mesmo assim, estou assustada. Eu não quero ser levada para a cadeia. Ou levar um tiro! Eu provavelmente deveria ter pedido ajuda à mamãe ou a Sarah, mas queria fazer isso sozinha. *Não chore*, digo a mim mesma. *E não desça, não importa o que eles digam!*

Uma policial sai da viatura e conversa comigo por um alto-falante, o que é muito besta, porque eu não estou tão longe assim. Eu quase digo isso, mas me lembro de que não estou falando com ninguém.

– Saia da árvore, menininho – diz a policial através do estridente alto-falante.

Sinto as bochechas queimarem. *Não sou pequeno. E definitivamente não sou um menino, apesar de por acaso estar vestido como um hoje, já que é muito mais fácil subir em árvores assim!*

– Qual é o seu nome? – pergunta a oficial por meio do desnecessário alto-falante.

Qual deles?

Não importa, porque eu não digo nada.

– Diga-me o número do telefone dos seus pais, para eu poder ligar para eles – pede a policial. – Você não vai se encrencar, mas eu preciso avisar a eles onde você está.

Eu definitivamente não respondo.

– Menininho – repete a policial pelo alto-falante. – Desça agora ou teremos que chamar o departamento dos bombeiros e retirá-lo daí. Esses homens têm uma ordem de serviço da prefeitura para limpar o terreno. Não queremos que você se machuque.

Aperto a mochila com tanta força que meus dedos ficam brancos, mas não digo nada. Bob é parte da natureza. Como a prefeitura pode ser proprietária dele? Como alguém pode ser dono da natureza? Se as pessoas resistissem em nome das árvores, não teríamos um problema tão grande com a poluição, as calotas polares derretendo e espécies de animais desaparecendo. As árvores são os pulmões do planeta, consumindo ar sujo e liberando ar limpo. Todo mundo que gosta de respirar deveria protegê-las.

– Se eu tiver que chamar os bombeiros – diz a policial –, seus pais terão que pagar a sua remoção.

Engulo em seco e me pergunto quanto custa chamar os bombeiros. Pensei que fosse de graça. Os impostos não pagam pelos bombeiros... e as escolas... e a biblioteca? Eu quase grito de volta, *Mentirosa!*, porque percebo que a policial está tentando me enrolar.

– Vai custar centenas de dólares aos seus pais se os bombeiros tiverem que retirar você da árvore – diz ela pelo alto-falante. – Talvez mais. Então, desça daí agora.

Eu penso em como deve ser difícil para os meus pais pagarem os bloqueadores hormonais todos os meses, e não quero que eles tenham qualquer despesa extra por minha causa. Mas não vou descer.

Algumas pessoas param e olham para cima. Talvez, se as pessoas olhassem para cima com mais frequência, perceberiam como Bob é majestoso e que não deveria ser derrubado só por causa de uma porcaria de parquinho. Mas eu queria que os curiosos fossem embora. Já é embaraçoso o bastante estar aqui em cima sem todo mundo me encarando.

No entanto, me dou conta de que um monte de pessoas é exatamente o que eu preciso. Se muita gente se reunir e vir o que está acontecendo, talvez me ajudem a impedir a derrubada de Bob. Talvez elas sejam a diferença que vai manter Bob de pé. Agora estou contente que as pessoas estejam apontando para mim e falando entre si.

Eu aceno para elas. Talvez alguém ligue para a estação de notícias. Talvez...

– Liberem a área, pessoal – diz a policial pelo alto-falante, enquanto move as pessoas dali. – Não há nada para ver aqui. Sigam em frente.

E elas vão embora. *Covardes!*

Enquanto a policial está afastando as pessoas, um dos caras de capacete vem ali debaixo da árvore e olha para mim.

Nossos olhares se encontram.

– Apenas desça daí – diz ele. Sem alto-falante. Sem enganação. – Por favor. Desça.

Eu balanço a cabeça, *não*, e ele parece triste, como se eu o tivesse desapontado. E sinto que o desapontei, fazendo o que me parece correto.

Hoje de manhã, pensei que fosse me sentir heroica por estar aqui, como se estivesse fazendo algo importante e bom para o mundo, como o clube Knit Wits de Sarah, mas em vez disso parece que estou sendo um pé no saco para toda essa gente.

Pela primeira vez, eu me pergunto se deveria descer. Seria muito mais fácil. Eu poderia ir ao banheiro. Poderia chacoalhar as pernas e o traseiro até o formigamento passar. Poderia arrumar algo gostoso para comer.

Um vento quente atravessa os galhos de Bob e eu me seguro firme. As folhas farfalham, como se ele estivesse conversando comigo. *Segure firme*, dizem as folhas. *Segure firme em mim.*

Eu recordo todas as vezes que Bob me ofereceu um abrigo seguro. Penso em como sempre me senti feliz e relaxada em seus galhos. Em quando lhe dei esse nome, em homenagem ao vovô Bob. Penso em outras crianças que podem precisar de um lugar para ir quando estão enfrentando dificuldades, ou de um pouco de sombra, ou de algo bonito para olhar. Penso em como as árvores são indefesas. E em como elas são boas.

Alguém precisa ser corajoso por elas.

Eu não vou descer.

Mesmo quando o caminhão dos bombeiros estacionar.

SENTAR QUIETO

Estou cem por cento alerta e focado assistindo à partida ali do banco de reservas. Estou preparado para entrar e fazer grandes jogadas. Estou preparado para afundar vários tiros na cesta. Sem erros. Sem desculpas. Pura *showdebolice*!

Apesar de a partida estar rolando, eu me levanto, ando de um lado para o outro diante dos outros caras no banco e depois volto para o meu lugar. Levanto, caminho, volto. Na terceira vez que faço isso, o técnico agarra meu braço e me força a me sentar em uma cadeira.

– Pare com isso, Dorfman! Estou tentando conduzir uma partida aqui!

No entanto, é impossível ficar na cadeira. Como é que os outros jogadores fazem isso? Eles não estão empolgados também? Meu joelho salta como uma britadeira. Eu me lembro de que a perna do papai fazia isso às vezes. A perna dele fazia isso quando ele estava... ME COLOCA PRA JOGAR, TREINADOR!

Ele não me coloca. Nenhuma vez, o jogo inteiro.

Quando estamos no ônibus voltando para casa, percebo que não vou conseguir continuar sentado nem mais um segundo. Eu me levanto, caminho pelo corredor e volto ao meu lugar.

– Estou bem. Estou bem. – Faço isso repetidas vezes, pensando que vou explodir se esse ônibus não parar logo para eu poder descer.

– Dorfman! – grita o treinador. – O que diabos você tem hoje?

– É! – grita Vasquez. – Está me dando nos nervos. Senta aí, que droga!

– E *cale a boca* – diz Bobby Birch.

Todos riem.

Eu me sento, com o eco daquelas risadas rolando por cima de mim como ondas. Olho pela janela para a noite sem fim. E tento desesperadamente evitar minha explosão.

E o placar é...

Eu queria poder ouvir o que o bombeiro e a policial estão conversando ali embaixo.

Os caras da empresa que corta árvores se ajeitaram no gramado, debaixo da sombra do Bob. *Viram?*, tenho vontade de dizer para eles. *Bob não faz deste o melhor lugar em Beckford Palms?*

Estou prestes a pegar o Pop-Tart que tinha começado a comer antes de eles chegarem – estou com fome! –, mas então o bombeiro se aproxima. Ele olha para cima. Coça a cabeça.

– Você vai descer?

Balanço a cabeça: não.

– Seus pais sabem que você está aí em cima?

Balanço a cabeça dizendo que sim, apesar de ser mentira. Hoje de manhã, fingi que estava saindo para ir à escola, mas em vez disso vim para cá. A única que sabe é Dare... e provavelmente, a essa hora, Amy. Não contei nem a Sarah.

O bombeiro volta para perto da policial e diz bem alto:

– Eu não vou tirar uma criança de uma árvore. Se algo acontecesse...

– O quê? – berra a policial.

Eu sabia que ela não precisava daquele alto-falante.

O bombeiro chega mais perto e diz algo, baixinho demais para eu ouvir.

– Você só pode estar brincando comigo. – A policial recua e cruza os braços. – Bem, e o que eu deveria fazer? Atirar nele?

Meus olhos se arregalam.

O bombeiro joga os braços para o ar, indicando que não há nada que ele possa fazer.

A policial balança a cabeça, como se estivesse furiosa.

O bombeiro entra no caminhão e vai embora. *Acho que não vão cobrar nada de meus pais por isso, no final das contas!*

Estou tão empolgada que mal consigo ficar quieta nos galhos de Bob, porque me dou conta de que ganhei minha primeira batalha nessa guerra.

Placar: Lily (representando Bob), 1; Polícia de Beckford Palms, 0.

Não dá para vencer

— Eu imaginei que encontraria você aqui... – diz Sarah, olhando para mim aqui em cima. – Você está bem?

Eu faço que sim com a cabeça, mas sinto as lágrimas picando os cantos dos meus olhos, porque eu definitivamente me sinto menos bem do que me senti logo depois de o bombeiro ir embora. Isso foi há duas horas. Agora eu preciso desesperadamente fazer xixi, mas não quero ter que usar uma garrafa na frente da policial, dos homens contratados para limpar a área e das pessoas que pararam para olhar. Estou morrendo de fome, e tudo o que me resta são Pop-Tarts. Eu nunca pensei que isso pudesse acontecer, mas estou oficialmente enjoada de Pop-Tarts. Também estou enjoada de me sentar aqui. Minhas pernas continuam formigando, não importa o quanto eu as balance, e cada milímetro do meu corpo dói muito. E estou especialmente enjoada dessas pessoas que estão ali de pé, mas não fazem nada para ajudar.

O sol está começando a se pôr e está esfriando.

— Você pode me arrumar alguma coisa pra comer? – peço, com a voz rouca pela falta de uso.

A policial se aproxima de Sarah, como se fosse um tubarão sentindo cheiro de sangue. Dá para ver que ela impediria Sarah de me passar qualquer coisa. Eu deveria fazer xixi na garrafa vazia e jogar na cabeça dela.

Sarah olha para a policial, depois para mim e então para a policial. Ela morde a cutícula do polegar.

— Vou ligar para a mamãe.

Tomada pelo pânico, sinto um aperto na garganta, mas então percebo que reforços seriam úteis.

— Vá em frente – digo.

Quando o carro da mamãe encosta, uma onda de alívio inesperadamente me invade. Agora não serei eu contra a policial e os cortadores de árvore. Mamãe vai dizer a eles como é que é. Ela vai me trazer comida e qualquer coisa de que eu precisar. Ela vai cuidar de tudo.

Mamãe sai do carro e marcha até onde estou.

Mal posso esperar para vê-la falando com a policial.

– Lily McGrother! – ela grita para mim. – Saia já dessa árvore!

As palavras de mamãe me atingem como um soco no estômago.

– Estou falando sério – diz mamãe, com as mãos nos quadris.

Onde está minha mãe que faz respiração iogue e poses pacíficas?

Desculpe, cochicha Sarah, mas não é culpa dela. Mamãe teria descoberto onde eu estava em algum momento.

– E quando chegarmos em casa, você está de castigo por ter cabulado aula hoje.

Dois dos três cortadores de árvore riem, e eu quero desaparecer como o saleiro do truque de mágica de Dunkin. Até a policial sorri. Aposto que ela está adorando isso. Ela provavelmente acha que eu vou descer escorregando da árvore e facilitar seu trabalho.

Bem, não vou, não.

– Mamãe – digo, tão baixo quanto consigo, sentindo as bochechas arderem em quinze tons de vermelho. – Eles querem derrubar a árvore...

Foi como se um feitiço tivesse se quebrado. Mamãe finalmente para de olhar para mim com seus olhos de raio laser e olha ao redor, para os operários, a policial, Sarah, os curiosos.

Em seguida, torna a se concentrar em mim.

– E o que isso tem a ver com você?

– Eles vão cortar esta árvore hoje. Agora mesmo. – Eu quero dizer: *a árvore debaixo da qual fizemos piqueniques*, mas em vez disso, digo: – Lembra? Eu falei a respeito disso. Eu escrevi uma carta, mas não funcionou. Eu coloquei uma placa, mas não funcionou. Então, agora estou sentada aqui. – Eu queria que ela entendesse como isso é importante. – A única coisa entre esta árvore e aquelas motosserras ali – aponto para os sujeitos de capacete rígido – sou eu.

– Bem, isso é muito nobre de sua parte, Lily.

Fico contente por ela usar meu nome real.

Mamãe olha para a policial.

– Mas acho que está na hora de você descer.

Eu solto a respiração e digo:

– Se eu descer, a árvore vai ser derrubada.

Mamãe levanta um dedo, depois vai conversar com os trabalhadores e a policial.

Enquanto ela fala com eles, eu tento acalmar meu coração disparado. Pensei que mamãe ficaria do meu lado, e não contra mim. Como é que eu vou lutar contra o mundo todo sozinha?

Sarah coloca as mãos em concha ao redor da boca.

– Ei, você está bem aí em cima?

Eu não respondo, porque estou engasgada com o choro. Mamãe não deveria ter gritado comigo daquele jeito, especialmente na frente de todo mundo.

– Eu acho que o que você está fazendo é incrível! – grita Sarah.

– Eu também acho! – um cara ali perto diz.

– É – concorda uma jovem, agitando o punho. – Resista ao sistema!

Eu não faço ideia do que isso significa, mas sorrio mais aliviada. Talvez eu não esteja totalmente sozinha, mesmo que mamãe não fique do meu lado. Meu respeito por Julia Butterfly Hill se renovou e multiplicou por ela ter feito isso ao longo de dois anos. Estou achando difícil fazer por um dia. Eu sei que terei que descer alguma hora. Apesar de hoje ser apenas sexta-feira, eventualmente a segunda vai chegar, e eu não posso perder outro dia de aula. Não posso ficar aqui para sempre.

– Meu bem – diz mamãe, com a voz mais suave. – Eu entendo, e aprovo, o que você está tentando fazer aqui. Aprovo mesmo. Mas é tarde demais. Eles têm ordens da prefeitura.

– Eu não vou descer!

– Então eu vou subir.

A policial e os trabalhadores parecem tão chocados quanto eu quando mamãe sobe pelo tronco de Bob. Sarah também tem uma expressão chocada no rosto. Pelo visto, os anos de ioga de mamãe a deixaram incrivelmente forte. E ágil.

– Ah, ótimo – diz a policial. – Agora tenho duas pessoas malucas lá em cima.

– Não suporto essa mulher – cochicho para mamãe quando ela se ajeita perto de mim.

– É – concorda mamãe. – Posso entender por quê.

Ficamos quietas enquanto mamãe absorve a vista dos arredores.

– É legal aqui em cima – diz ela finalmente.

– Não é?

Mamãe oscila.

Eu estendo a mão para ela.

Ela se estabiliza e assente.

– Você sabe que não pode ficar aqui pra sempre.

– Eu sei – digo, analisando a multidão.

– E você realmente não deveria ter matado aula. A escola me ligou, e eu não sabia onde você estava e...

– Me desculpe – digo. – Eu deveria ter lhe contado. Eu não queria deixá-la preocupada.

– Eu sei. – Mamãe estende a mão e toca o dorso da minha. – Você é a pessoa mais corajosa que eu conheço.

– Obrigada.

– É sério, Lily. Você é um ser humano incrível, forte e maravilhoso. O mundo tem sorte de ter você.

Enquanto mamãe diz essas coisas estarrecedoras para mim, os três cortadores de árvores vão embora.

– Mamãe, olhe.

Ela se segura em um galho e espia lá embaixo.

– Uau. Esse é um bom sinal.

– Não fique muito animada – diz a policial. – Eles estarão de volta logo cedo amanhã. Eles têm horário para registrar o ponto hoje.

Meu estômago se contrai. *Eles vão voltar amanhã. Eu não posso ficar aqui a noite inteira!*

– Mamãe. – Algumas lágrimas escapam. – O que eu devo fazer?

Mamãe olha para cima, para a luz do fim de tarde se infiltrando através dos galhos cheios de folhas de Bob, depois para os meus olhos.

– Lily, o que você quer fazer?

Eu respiro fundo, trêmula, e dou tapinhas carinhosos em minha árvore.

– Quero salvar Bob. Mas eles vão voltar amanhã cedo. – Eu me recosto, derrotada. – Acho que não tenho como vencer esta guerra.

Mamãe inclina a cabeça.

– Você está desistindo, então?

Estou?

Obrigada, papai

— Aliás – a policial fala para mim e para mamãe através do alto-falante –, eu entrei em contato com o gabinete da prefeita. Essa árvore vai cair logo cedo amanhã. De qualquer jeito. – Ela dá alguns passos na direção da viatura, depois se vira de novo. – E eu espero, para o bem de vocês, que não estejam aqui quando isso acontecer.

Quando a policial vai embora, mamãe olha para mim.

– Lily – diz ela. – Eu vou deixar você ficar aqui em cima. A noite toda, se você quiser, porque parece que essa vai ser sua última vez com Bob. Mas vou estar aqui na base dessa árvore o tempo todo. É melhor você ser incrivelmente cuidadosa. – Ela respira fundo. – E você precisa descer de manhã, antes de os caras começarem a cortar.

Não digo à mamãe que não tenho nenhuma intenção de descer dali na manhã seguinte. Porém fico contente por ela concordar com o fato de eu ficar aqui em cima esta noite. E por não estar sozinha.

Com cuidado e devagar, eu me inclino e consigo lhe dar um abraço desajeitado.

Mamãe me abraça e dá tapinhas em minhas costas. É muito gostoso.

– Precisa de ajuda com alguma coisa antes de eu descer?

Eu cochicho com mamãe.

Como está escurecendo e os últimos curiosos partiram quando a policial foi embora, mamãe me ajuda a fazer xixi na garrafa. É nojento, mas eu me dou conta de que, pelo menos uma vez na vida, estou contente por ter anatomia masculina.

Mamãe leva a garrafa consigo lá para baixo para descartá-la.

Eu uso água de uma das minhas garrafas para lavar as mãos.

Espero mesmo que Bob aprecie tudo que estou fazendo por ele.

Mamãe compra um sanduíche da Publix e algumas frutas frescas e traz tudo para mim aqui em cima.

Depois disso, ela e Sarah colocam cadeiras de jardim e se sentam na base de Bob, comendo o que a mamãe comprou para elas.

É como se estivéssemos fazendo um piquenique juntas, exceto pelo brilho da luz dos postes.

Pessoas normais não fazem piqueniques no escuro.

Mas quem é que quer ser normal?

* * *

Quando papai chega, mamãe lhe entrega um sanduíche e uma banana.

– Tim! – ele me chama, com um tom de voz que me faz prender a respiração.

– Oi, pai. – Eu tenho certeza de que ele vai me mandar descer dali, e tenho a sensação de que, se ele mandar, minha resolução vai derreter como um cubo de gelo em uma calçada fervendo.

Meu traseiro e minhas costas estão incrivelmente doloridos. Moscas voam perto dos meus olhos. Tenho mordidas de formigas-de-fogo nos braços e nas pernas. Estou exausta e dolorida. Se papai insistir, tenho a impressão de que estarei lá embaixo em um piscar de olhos, na companhia do restante da minha família.

E vou me odiar por isso.

– Eu não gosto disso – papai diz. – Eu queria que houvesse outro jeito. – Ele pigarreia. – Mas estou orgulhoso de você por estar defendendo algo que não tem voz para se defender sozinho.

As palavras de papai me surpreendem. Me aquecem. Elas me lembram do pai que eu conheço e amo. Elas me lembram do que eu tenho certeza que vovô Bob teria dito.

– Obrigada – é tudo o que consigo dizer.

Meus olhos se ajustaram à escuridão e a luz dos postes me permite ver papai assentir, depois se juntar à mamãe e Sarah para o jantar. Ele caminha de um lado para o outro enquanto come.

– Bob – sussurro. – Eu tenho a melhor família do mundo.

Ele farfalha as folhas para me dizer que sabe disso. E talvez para me dizer obrigado.

Eu olho para a minha família, comendo e rindo debaixo de mim. Depois tiro a jaqueta da mochila e me ajeito para o que provavelmente será uma noite muito longa.

Ao menos, não preciso mais fazer xixi.

CORRA, NORBERT. CORRA!

Quando o ônibus entra no estacionamento da escola, parece que meus colegas de equipe estão se movendo em câmera lenta para sair, de propósito, só para me irritar. Eu quero passar por eles empurrando, mas faço um esforço e espero.

Finalmente, FINALMENTE, estou livre no ar cheio de brisa de dezembro. Tim estava certo sobre esfriar depois de 15 de novembro. Eu pensei que jamais sobreviveria ao calor, e então, como se alguém tivesse apertado um interruptor, esfriou. Não como o frio de Nova Jersey, mas o bastante para eu não suar até a morte.

Mamãe acena de onde está recostada em nosso carro, e eu me aproximo trotando. É gostoso estar me mexendo. Estar em um movimento adiante.

– Como você se saiu? – pergunta mamãe. – Desculpe por eu não ter conseguido ir ao jogo.

– Não joguei – digo, passando o peso de um pé para o outro. – Nem por um minuto. Esquentei o banco a partida toda.

– De novo? – pergunta mamãe, olhando carrancuda para o treinador, que está de pé perto do ônibus.

– Tudo bem – digo, apesar de não estar. – O time ganhou.

– Isso é bom, acho – diz mamãe. – Ei, vamos para casa. Bubbie assou muffins de mirtilo e linhaça para nós.

– Por mais maravilhoso que isso soe, eu preciso me mexer.

– Ei! Eu dirigi até aqui para buscá-lo. – Mamãe está olhando para mim *daquele jeito* de novo. Encarando-me profundamente nos olhos. – Não fique bravo comigo... Eu entrei no seu quarto hoje e conferi os vidrinhos de remédio.

Estou furioso. Inacreditavelmente furioso. Furioso tipo minha-cabeça--vai-explodir.

– Não estou bravo – digo, tentando permanecer imóvel. É impossível. Eu corro um pouco sem sair do lugar.

– Parece que você está tomando as pílulas... – diz mamãe. – Os vidrinhos estão quase vazios. – Ela levanta a mão e coloca as pontas dos dedos em meus ombros, para eu não continuar correndo. – Você está mesmo?

Pessoas caminham ao nosso redor no estacionamento.

Eu embrulho a pílula antipsicótica em um lenço de papel todo santo dia e a jogo em uma lixeira.

– Claro que sim – digo, afastando-me dela e correndo no lugar outra vez.

– Porque parece que não está, Norbert. Parece que você não está indo muito bem. Eu vou ter que voltar a supervisioná-lo enquanto você toma seus remédios, como fazíamos em Nova Jersey?

– Não! Eu estou bem!

– Meu bem...

– Mamãe, eu estou absolutamente, cem por cento, formidável, bem, ótimo e maravilhoso. Eu preciso me mexer. Só isso. Fiquei enfiado naquele ônibus, e agora preciso me mexer.

Na verdade, eu quero explodir e correr como um atleta olímpico após ouvir o tiro de início, mas me forço a correr no lugar por mais alguns segundos. *Aja normalmente. Segure as pontas, Norbert.*

Corra, Norbert. Corra!

Eu olho por cima do ombro esquerdo.

– Norbert – diz mamãe –, você não está agindo...

Corra, Norbert. Corra!

– Vejo você em casa, mamãe. – Eu jogo a sacola esportiva e a mochila no porta-malas do carro e saio em disparada.

Enquanto corro, espero que mamãe encoste do meu lado e me faça entrar no carro, mas ela deve ter ido para casa. Estou sozinho, e é tão gostoso me mexer com rapidez – fazer meu corpo se equiparar à energia dentro da minha mente.

Sinto que poderia correr até Nova Jersey – 1900 quilômetros –, e aposto que conseguiria, mas o Dunkin' Donuts parece um destino mais prático.

Então, é para lá que eu vou.

EM CIMA DE UMA ÁRVORE

Estou tomando meu copo grande de café gelado e carregando um saquinho com quatro donuts de creme Boston. Queria que papai estivesse aqui para me ajudar a comê-los. *Papai.*

Estou perto da árvore que Tim chama de Bob e tentando, sem sucesso, não pensar em papai quando vejo algo tão estranho que pisco várias vezes para ter certeza de que não estou alucinando.

Três pessoas estão sentadas em cadeiras de jardim debaixo de Bob, como se estivessem fazendo um piquenique ou algo assim, exceto pelo fato de que já é noite. O homem segura uma lanterna acesa, por isso posso ver seu rosto. Eu já o vi antes. Mas onde?

Agarro o saco de donuts com mais força e penso em passar correndo pelos participantes do piquenique e me dirigir à casa de Bubbie.

– Ei, Tim! – o homem grita para a árvore.

Eu percebo que ele está falando com alguém sentado lá em cima na árvore. *Tim?*

– Estou indo para casa cuidar do Almôndega. Precisa de alguma coisa?

– Não, estou bem, papai. Obrigada.

E então eu o vejo. Sentado lá no alto, nos galhos de Bob. À noite. *Talvez mamãe tenha razão. Talvez eu devesse estar tomando meus remédios, afinal.*

Apesar de ainda me sentir uma bola de energia, eu paro de me mexer. Minha respiração sai em ofegos curtos.

– Tim? – chamo. Eu não sei por que faço isso. Eu deveria ter seguido em frente.

Quatro pessoas olham para mim: três no chão e uma lá em cima da árvore.

– Dunkin? – responde Tim. – O que você está fazendo aqui?

É como se a Terra parasse de girar. *Essa* deve ser a coisa importante que eu tinha a fazer esta noite. Posso sentir isso em cada molécula do meu corpo. Caminho mais para perto da árvore e das pessoas que suponho serem da família de Tim.

– Oi, meu nome é Nor... – Eu paro a tempo. – Dunkin – digo. – Sou amigo de Tim, da escola. – E eu sei que é isso mesmo. Sou amigo de Tim, apesar de que deveria ter sido muito mais bacana com ele. Ter me sentado à mesa com ele no almoço. Dado a ele um Pop-Tart de vez em quando. Alguma coisa.

Tudo está ficando mais claro agora.

– Oi, Dunkin – dizem eles, e o pai dele aperta minha mão.

– Bem, eu tenho que ir – diz o pai de Tim. – Tenha cuidado aí em cima. Não caia.

– Não vou cair – tranquiliza-o Tim.

Por que ele está sentado na árvore?

– Suba aqui e se junte a mim – Tim me convida.

– Não posso – digo, sem nem pensar a respeito. Sinto vontade de correr outra vez. Cada célula no meu corpo está me empurrando para me mover, mover, mover.

– Ah... – Tim soa desapontado.

Tirando a ajuda no Halloween, eu não fui um bom amigo. Mas poderia ser agora. Como uma forma de agradecer a ele por ter me defendido durante o jogo, quando todos os outros estavam gritando comigo por ter marcado uma cesta para o time errado, e me desculpar por todas as coisas que Vasquez e os caras fizeram, todas as frutas jogadas na cabeça dele. Todos os insultos.

Essa era a coisa importante. Seja um amigo para Tim.

– Certo – concordo, apesar do meu medo de altura. – Aqui vou eu.

Eu jogo o copo de café vazio em uma lixeira ali perto, seguro o saco de donuts, estendo a mão para um galho e... cambaleio.

– Dê a volta pelo outro lado – diz Tim. – Lá tem mais lugares para se segurar.

Tim está certo. O tronco retorcido do outro lado é cheio de pontos de apoio, então eu subo.

No momento em que meus pés deixam o chão, eu tremo. *Não posso fazer isso.* Embora esteja a apenas alguns centímetros do chão, estou paralisado, meu corpo parece de chumbo.

– Você consegue, Dunkin – Tim me incentiva.

Consigo?

É claro que consegue.

Eu olho por cima do ombro esquerdo para ver quem disse isso. Meu coração martela loucamente no peito.

Não tem ninguém ali. Mas parece que tem. Alguém bastante conhecido. O mesmo alguém que cochichou algumas coisas para mim no almoço outro dia, depois desapareceu.

– Você não precisa subir – diz Tim. – Se estiver nervoso demais.

Eu olho para cima. Não é tão longe. E Tim está lá em cima, esperando. Então eu subo.

UMA PERGUNTA

Só quando estou no galho em frente a Tim é que o medo se manifesta. Percorrendo minhas veias como água gelada. Minhas pernas amolecem e meu coração palpita tão forte que meus ouvidos apitam.

– Dunkin? – sussurra Tim.

Eu não consigo responder.

– Você está bem? Quer que eu chame a minha mãe lá embaixo ou algo assim?

– Não.

Eu quero perguntar a Tim o que está havendo, por que estamos no alto de uma árvore à noite. Tenho um milhão de perguntas girando no meu cérebro, mas o medo mantém minha boca trancada.

– Não posso acreditar que você subiu aqui comigo. – Ele estende a mão e toca o dorso da minha. – Você é maluco, mas obrigado.

Sinto vontade de dar de ombros para mostrar a ele que não é nada, mas não consigo me mover.

Ficamos quietos. Em seguida, eu finalmente olho para Tim e pergunto:

– E então, por que estamos aqui?

Tim exala profundamente.

– Hoje é o dia marcado pela prefeitura para derrubar Bob.

– Ah, não. – Eu me dou conta de que isso é mesmo algo importante, e agora eu faço parte disso.

– Mas eles não derrubaram... – diz Tim. – Não derrubaram porque eu estava aqui.

– Isso pode ser a coisa mais legal de todos os tempos – digo. – Isso quer dizer que estamos protestando?

– Acho que sim.

– Legal.

– É, é bem legal – Tim assente, depois dá um tapa em alguma coisa em seu braço. – Mordida número nove ou dez. Perdi a conta.

Eu não quero saber que tipo de mordida é aquela, nem pensar no que pode estar rastejando ao nosso redor ao longo desses galhos, então apanho o telefone e aviso mamãe que estou ali. Só não digo a ela que estou em cima de uma árvore. Ela teria um troço, já que anda muito preocupada comigo ultimamente. Eu só disse que estou com um amigo. Mamãe disse para eu entrar quietinho quando for para casa, pois ela estava indo se deitar. Está com enxaqueca.

Perfeito.

Tim tira um Pop-Tart da mochila e o estende para mim, e eu lhe dou um donut de creme Boston. Enquanto estamos mastigando nossas guloseimas e a irmã de Tim canta suavemente lá embaixo, eu me dou conta de que, depois da minha entrada na equipe de basquete, este é o momento mais divertido para mim desde que me mudei para Beckford Palms. Um piquenique numa árvore. À noite! Phineas adoraria isso. Porém, eu queria que meu cérebro estivesse mais calmo, porque ele está correndo a uma velocidade tão alucinante que eu sinto que o restante de mim vai se mover de repente e eu vou acabar caindo da árvore.

Se isso acontecer, nem todos os cavalos e todos os homens do rei serão capazes de juntar os pedaços de Dunkin outra vez.

– Lily – diz a mãe de Tim. – Estou indo para casa pegar sacos de dormir para mim e Sarah. Você precisa de alguma coisa?

Tim olha para mim e inclina a cabeça.

– Eu estou bem – digo.

– Não, estamos bem! – Tim grita lá para baixo.

– Certo. Volto logo, então.

A mãe de Tim parte com o carro, mas a irmã dele fica. Embaixo de nós, ela está aninhada em uma cadeira, lendo um livro sob a luz de uma lanterna. Eu não a conheço nem um pouco, mas há algo a respeito dela de que já gosto.

– Ei – digo a Tim. – Talvez você devesse arranjar um emprego em que trabalhasse numa árvore.

– Hein? Acho que isso não existe.

– Então você pode ser um gerente do ramo – digo. – Entendeu? Do ramo.

Tim balança a cabeça.

– Ah, eu entendi. Infelizmente.

No entanto, posso ver que ele está sorrindo. Piadas não são meu ponto forte. Eu queria poder fazer um truque de mágica para Tim, mas está muito escuro.

– Não seria legal – digo – se pudéssemos morar aqui em cima?

– Talvez a gente precise, se quisermos salvar Bob – diz ele.

– Meu traseiro já está dolorido – digo. – Há quanto tempo você está aqui em cima?

– O meu está tão dolorido que adormeceu – diz Tim. – Estou aqui em cima o dia todo.

– Não acredito! – digo, alto demais.

Tim assente.

Aí eu cochicho:

– Você matou aula?

– Tive que fazer isso.

– Isso é incrível – digo. Mas o que eu realmente quero é fazer uma pergunta a Tim. Sobre algo que não consigo tirar da cabeça. Em vez disso, faço outra pergunta. – Você não precisou... fazer xixi nem nada?

– Que nada – diz ele. – Eu tenho bexiga de aço.

Eu concordo, mas não acredito nele. Se eu passar o dia todo na escola sem fazer xixi – o que às vezes acontece, porque os banheiros escolares são nojentos –, na hora em que chego em casa, minha bexiga está a ponto de explodir. Porém não é isso o que eu quero saber de verdade. Há uma questão incômoda pulando no interior do meu crânio, exigindo uma resposta.

Então eu pergunto:

– Por que a sua mãe o chamou de Lily?

Eu sou uma menina

Quase morro de vergonha quando Dunkin me pergunta sobre precisar fazer xixi. Não consigo acreditar que consegui mentir com tanta facilidade, mas não acho que ele tenha acreditado em mim. Quem é que tem uma bexiga de aço? Talvez o Super-Homem, mas não um mero mortal. Eu deveria ter contado a verdade. Fiz xixi numa garrafa. Grande coisa.

Mas Dunkin perguntar sobre o xixi não é nada – NADA! – comparado ao ardor que sinto nas bochechas quando ele faz *a* pergunta. Fico contente por mamãe me respeitar o bastante para me chamar de Lily, mas por que ela tinha que fazer isso naquele momento, na frente de Dunkin?

Olho para Dunkin, que subiu nesta árvore para estar aqui comigo. Ele também dividiu os donuts comigo. Eu poderia mentir e continuar mentindo. Às vezes, sinto que é só isso o que eu faço.

– Dunkin?

– Sim? Eu chegaria mais perto, mas tenho medo de cair.

– Você não precisa chegar mais perto – digo.

– Foi um engano quando a sua mãe o chamou de Lily, não foi? Um engano esquisito.

Ai. Eu sou um engano esquisito?

Eu queria poder continuar nesta árvore para sempre, mas sei que um dia precisarei descer. Um dia, terei que voltar à escola. Terei que enfrentar Vasquez e os neandertais. E será infinitamente mais difícil fazer isso se Dunkin repetir um detalhe que seja do que estou prestes a lhe contar.

Eu levo tanto tempo para responder que Dunkin diz:

– Não se preocupe. Você não precisa me dizer. Tenho certeza de que é algo entre vocês dois. Não é da minha conta.

O jeito como ele diz isso é tão meigo que algo dentro de mim trinca.

– Dunkin – digo, em tom de voz alto o bastante para apenas ele me ouvir. – Você subiu aqui comigo. Você confiou em mim, apesar de evidentemente estar assustado com a ideia de altura. É claro que eu vou lhe contar. - *Você é meu amigo.* - Lembra-se do primeiro dia em que nos vimos?

– Sim.

As estrelas piscam lá em cima, através dos galhos grandes e cheios de folhas de Bob, e uma brisa fria sopra. O ar tem um cheiro limpo, com um leve traço de sal vindo do mar. E Dunkin e eu estamos sentados nessa árvore magnífica, tentando salvar a vida dela.

– Lembra-se de que eu estava usando um vestido?

– Sim – diz ele. – Você disse que a sua irmã o tinha desafiado.

Olho para Sarah lá embaixo, largada na cadeira dobrável. Ela é tão incrível. Mal posso acreditar que ela esteja aqui, me apoiando. Olhar para ela me dá coragem para continuar.

– Aquela é a minha irmã, Sarah – digo a Dunkin. – Ela não me desafiou. – Eu espero uma resposta à minha confissão, mas Dunkin está quieto. Se ele tivesse dito uma palavra que fosse, talvez eu não tivesse prosseguido, mas seu silêncio está me dando o espaço de que preciso para continuar. – Eu usei o vestido porque queria.

Na minha cabeça, as palavras saíram como címbalos batendo no *grand finale* de uma orquestra. Na realidade, contudo, minhas palavras foram sussurradas, quase impossíveis de serem carregadas pelo vento frio.

– Mas por que... – Dunkin não termina a frase. Estou certa de que seu rosto é um retrato da confusão, mas é difícil enxergar claramente no escuro. No entanto, estou contente pelo escuro. Sem ele, eu não teria coragem para continuar falando.

– Eu pareço um menino. Eu tenho as partes de um menino. – Não posso acreditar que disse isso. – Mas eu me sinto uma menina. Sempre me senti. – Solto o fôlego. – Isso faz algum sentido para você?

Eu me pergunto como poderia fazer sentido para alguém que nasceu no corpo que combina com quem ele é.

De certo modo, fico contente ao pensar que Sarah e Dare vão ficar orgulhosas de mim por eu ter falado a verdade, mas ao mesmo tempo estou apavorada quanto a tudo que essa verdade pode fazer emergir contra mim. Por causa disso, desejo poder tomar de volta cada palavra que acabei de dizer e enfiar tudo de volta na minha boca, especialmente porque Dunkin está em silêncio.

– Você está bem? – pergunto, o que é algo estúpido de se dizer.

– Eu, humm... – Ele passa a mão pelos cabelos encaracolados. – É só que...

– Tudo bem – digo, sentindo que está qualquer coisa, menos bem. Tenho certeza de que na segunda-feira ele vai rir muito a respeito disso com Vasquez, Birch e os outros neandertais na escola. Eu não sei por que pensei que podia confiar em Dunkin. Até meu pai está tendo dificuldades com o fato de eu ser eu. Como eu esperava que esse menino novo fosse compreender? *Estúpida!*

As palavras de Dunkin vêm como presentes da escuridão.

– É que eu nunca tinha conhecido ninguém transgênero – diz ele. – Ao menos, acho que não.

Não posso acreditar que Dunkin deu nome a isso.

– Bem, é isso o que eu sou – digo. – Transgênero. – Eu tenho muita coisa para conversar com a Dra. Klemme em minha próxima visita.

O pé de Dunkin bate, bate, bate um milhão de quilômetros por minuto, enquanto o restante do corpo dele está tão imóvel quanto uma árvore petrificada.

Pensei que isso fosse levar mais tempo para explicar, fosse mais complicado. Mas não há muito a acrescentar além do que eu já disse.

– Você, humm, tem alguma pergunta?

– Não – diz Dunkin. – Bem, eu tenho uma.

O-oh! Minha garganta fica seca e eu mal consigo pronunciar a palavra:

– Sim?

– Você tem mais Pop-Tarts?

– Pop-Tarts?

– É – diz ele. – Estou morrendo de fome.

Pronta

Quando acordo, já está claro e eu não consigo acreditar que peguei no sono em uma árvore. Cada centímetro do meu corpo está rígido, dolorido e dormente. Estou com mais vontade de fazer xixi do que senti ontem. À minha frente, Dunkin está acordado, com as pálpebras bem abertas.

– Oi – digo, passando a língua ao longo dos dentes, que parecem espessos como pelos e estão com um gosto horrível. *Por que eu não pensei em jogar um tubo de pasta de dentes na mochila?*

Dunkin ergue as sobrancelhas.

– Oi.

Eu derreto. Como eu não percebi antes como ele é bonitinho? Talvez ele não pareça tão fofo quando está perto de Vasquez e dos neandertais. Mas aqui, em cima de Bob, ele é adorável.

– Não consigo acreditar que fiquei aqui em cima a noite toda.

Eu pisco algumas vezes.

– Nem eu!

– Nós conseguimos – diz Dunkin.

– É – digo, afagando a casca de Bob. – Acho que conseguimos. – Dou uma espiada lá embaixo. Mamãe e Sarah ainda estão dormindo em suas cadeiras. Papai não está aqui. Tenho certeza de que ele veio durante a noite para conferir como estávamos, mas provavelmente teve que ir para a loja cedo para errar em algumas encomendas de camisetas.

O dia de ontem volta para mim em ondas desagradáveis. A policial rude. O bombeiro que se recusou a me retirar daqui. Os trabalhadores que estavam aqui para derrubar a árvore. Mamãe. Papai. Sarah. E o milagre de Dunkin subindo para ficar aqui comigo, apesar de parecer apavorado enquanto subia – isso é algo que só um amigo faria. Eu me lembro das coisas que partilhei com Dunkin na noite passada, no escuro. Coisas que tão pouca gente sabe sobre mim.

– Dunkin? – murmuro.

– Sim?

– Você não pode nunca, jamais, contar a ninguém o que eu lhe disse essa noite. Eu não estou pronta.

Ele inclina a cabeça.

– Sobre eu ser uma menina.

– Ah – diz ele. – Tem certeza?

Eu recuo.

– Se eu tenho certeza de que você não deve contar a ninguém ou se eu tenho certeza de que sou uma menina?

Dunkin balança a cabeça.

– Deixe pra lá. Pergunta estúpida. Eu não dormi muito. – Ele olha por cima do ombro. – Ou na outra noite, ou... Meu cérebro está dando curto. Mas não se preocupe. Eu não vou contar a ninguém. É só que...

– O quê? – pergunto, um pouco irritada. Além do mais, estou com tanta vontade de fazer xixi que até dói.

– Como você prefere que eu chame você?

– Uau.

– "Uau"? Mas que nome besta.

Nós dois caímos na risada.

– Dunkin, essa deve ser a coisa mais legal que alguém já me perguntou.

Ele dá de ombros, como se não fosse nada demais, mas totalmente é. Aquela única pergunta foi tão respeitosa e atenciosa que Dunkin não tem ideia do quanto isso significa para mim. Eu tinha mesmo a impressão de que ele seria um ótimo amigo.

– Você pode me chamar de Tim – digo. – Por enquanto. Eu te aviso quando isso mudar.

– Tudo bem.

– E mais uma coisa...

– Sim?

– Obrigada de novo por perguntar. Isso foi muito bacana.

Ele torna a dar de ombros.

– Ei, sua mãe e seu pai não vão ficar preocupados por você não ter voltado para casa?

– Ah, droga. – A cor some do rosto de Dunkin. – Minha mãe vai ter um treco se acordar e eu não estiver lá. Mas ela teve uma enxaqueca essa noite, o que geralmente significa que ela vai dormir até tarde. – Dunkin olha para mim. – E eu, humm, não tenho um pai no momento.

Digo que sinto muito? Faço alguma pergunta? Eu mordo a cutícula do polegar.

– Quero dizer, ele está em outro lugar. Ele está...

– Bom dia, flor do dia! – É a policial, falando em seu estúpido alto- -falante.

Mamãe e Sarah acordam com um susto e saem apressadas de seus sacos de dormir.

– Ah, droga, agora tem dois lá em cima... – reclama a policial, não no megafone, mas eu a escuto claramente.

Mamãe para ao lado da policial, com as mãos em concha em torno da boca, e olha para cima.

– Vocês dois estão bem aí?

Dunkin assente, então eu respondo:

– Estamos ótimos.

– Ainda aqui? – a policial pergunta para a minha mãe.

– É – responde minha mãe, dobrando o saco de dormir. – Ainda aqui.

– Não por muito tempo – ameaça a policial. – A prefeita está vindo.

– Iupiiiiii – comemora ironicamente a minha mãe.

Sarah ri.

É isso aí, mamãe!

Eu confiro se tudo está na minha mochila e cochicho para Dunkin:

– Odeio dizer isso, mas provavelmente teremos que descer daqui a pouco.

– Lily – cochicha ele, como se estivesse experimentando o nome. – Essa é a maior diversão que eu já tive em muito, muito tempo.

Não posso evitar um sorriso.

– Acho que foi meio divertido. Mas você não precisa me chamar de Lily. Ainda.

– Desculpe – diz Dunkin.

– Sem problemas.

Papai encosta o carro, sai e caminha até a base da árvore.

– Como vocês estão?

– Bem, papai. Estamos bem – digo. – Você ouviu? A prefeita está vindo.

Papai passa as mãos pelos cabelos vermelhos e arrepiados.

– É claro que está.

Os caras que derrubam árvores voltam. São os mesmos três de ontem.

– Caramba – diz um deles. – Agora tem dois moleques lá em cima.

Eu vejo um dos trabalhadores sorrir, mas ele cobre a boca com a mão.

Quando a prefeita Higginbotham chega, ela planta as mãos nos quadris e avalia a situação. Então se aproxima de Bob.

– Algum de vocês dois me escreveu uma carta?

– Sim – digo, com a voz arranhando porque minha garganta está muito seca. – Eu escrevi.

– Bem, você deve amar muito essa árvore para dar-se a todo esse trabalho. – Ela não diz isso com maldade.

– Bob merece todo esse amor – respondo.

– Quem? – A prefeita olha ao redor.

– A árvore – diz Dunkin. – Esta árvore merece todo esse trabalho.

– Ah... – A prefeita protege os olhos e diz: – Bem, eu vim aqui pessoalmente para lhe dizer o quanto eu admiro sua persistência e dedicação.

Eu mordo o lábio, porque sei o que ela vai dizer em seguida.

– Mas não há nada que possa ser feito neste momento. – Ela faz uma pausa. – Sinto muito.

Eu não acredito que não haja nada a ser feito. Eles podiam construir o parquinho em outro lugar ou ao redor de Bob. Ou não construí-lo. Mas não digo essas coisas porque eu sei que eles estão decididos. Além do mais, estou com tanta vontade de fazer xixi que parece que minha bexiga vai estourar, e de jeito nenhum vou fazer isso na frente dos outros, especialmente de Dunkin. E mais, cada parte do meu corpo dói. E estou morrendo de fome.

Eu quero fazer uma ótima refeição no café da manhã, escovar os dentes por muito tempo, tomar um banho quente, me deitar na minha cama macia, debaixo do horroroso edredom marrom, e dormir por, sei lá, todo o restante do fim de semana.

Há uma longa pausa, e todos ficam olhando para nós aqui em cima.

– Vocês estão prontos para descer agora? – a prefeita pergunta com gentileza.

Eu olho para mamãe. Para Sarah. Para papai. Há tanto amor no rosto deles. E então olho para Dunkin, esse novo amigo maravilhoso, que me chamou de Lily, e ele assente.

– Sim – digo, agarrando a mochila. – Estamos prontos para descer agora.

Desculpe

Depois que descemos dos galhos de Bob, mamãe e Sarah me dão um abraço de quebrar ossos. Mamãe até mesmo abraça Dunkin. Ele parece tão desajeitado e alto nos braços dela. É meio que engraçado. Papai coloca a mão em meu ombro e aperta.

– Dunkin, você acha que seus pais vão se importar se você tomar o café da manhã conosco? – pergunta mamãe.

– Vou perguntar – diz ele, pegando o telefone. – Mas tenho certeza de que minha mãe vai dizer que não tem problema.

Eu me pergunto o que Dunkin ia me contar sobre o pai antes da policial grosseira nos interromper. Eu quase desejo que ele tivesse me contado algum segredo profundo e obscuro nos galhos de Bob, para podermos estar em pé de igualdade. E eu mal posso esperar para contar a Dare que a policial é mais irritante que a Vaca que Interrompe!

Mamãe segura minha mão.

– Vamos sair daqui, meu bem.

– Só um minuto – digo.

E, apesar de precisar desesperadamente fazer xixi e estar dolorida e com fome, fico ali de pé, sentindo a dor em todos os membros do meu corpo, enquanto a serra ronca e corta os galhos de Bob.

Bum. Bum. Bum.

Galho após galho ao chão.

Bum. Bum. Bum.

A cada pedaço, cai uma memória amputada do meu tempo na árvore, tempo com vovô Bob.

Bum. Bum. Bum.

Dunkin e eu ficamos de pé lado a lado enquanto um sujeito sobe por uma corda para alcançar os galhos mais altos e os derruba um por um, a motosserra roncando e serragem voando.

Sarah está do meu outro lado, e mamãe e papai estão atrás de nós, com as mãos em meus ombros.

É como se todos estivessem me segurando de pé, de uma forma que eu não consegui segurar Bob.

E eu fico – nós ficamos – até o último galho estar no chão e tudo o que resta de Bob ser um toco feio e retorcido. Um toco orgulhoso. Penso em quantas pessoas não vão saber como ele era lindo.

– Vamos retirar isso na segunda – diz um dos caras da equipe.

A prefeita agradece aos trabalhadores e à policial e até aperta a mão de todos nós antes de ir embora.

Eu lhe dou crédito por ter ficado e assistido ao massacre.

É preciso que mamãe e Sarah, cada uma puxando uma de minhas mãos, me arranquem dali e me coloquem no carro.

Se eu não estivesse no banco traseiro ao lado de Dunkin, estaria dissolvida em uma poça de lágrimas.

Pelo para-brisas traseiro, nós dois olhamos para o Bob Toco enquanto mamãe nos leva para longe.

Sinto muito, Bob. Sinto muito mesmo.

Café da manhã

Mamãe pede um omelete, batatas rosti e salada de frutas, mas eu não consigo comer.

Ainda estou com a imagem de Bob sendo derrubado galho por galho, e eu ali, sem poder fazer nada a respeito. Resolvo que não preciso ver o toco sendo retirado do chão na segunda-feira. De fato, eu não preciso passar nem perto da área por um longo tempo, o que quer dizer que não poderei ir à biblioteca, meu outro santuário.

Nosso sofrimento não parece inibir o apetite de Dunkin. Ele come uma pilha imensa de panquecas, ovos mexidos e batatas fritas rústicas. Fico chocada ao ver Dunkin tomar não uma, não duas, mas *cinco* xícaras de café.

– Você deve estar muito cansado mesmo... – digo.

Dunkin se vira para o outro ombro e diz:

– Agora não.

– Dunkin?

Ele olha para mim, assustado.

– Está tudo... bem? – Ainda estou muito grata por ele ter ficado comigo nos galhos de Bob pela última vez.

– Claro. Óbvio. Ótimo. Maravilha!

Dunkin está falando rápido, mas cinco xícaras de café exercem esse efeito sobre as pessoas. Eu sei que não preciso, mas quando mamãe e Sarah vão ao banheiro, eu sussurro:

– Tem certeza de que meu segredo está seguro com você?

Ele vacila.

– Mas é claro. Pode confiar em mim, cem por cento. Por que você está perguntando?

Eu mordo um pedacinho de melão.

– Só para ter certeza.

– Não esquente.

– Ei, como estava a sua mãe quando você perguntou se poderia vir tomar café com a gente?

Dunkin sorri.

– Eu dei sorte. Ela não atendeu, provavelmente ainda estava dormindo, aí eu deixei um recado dizendo que tinha saído para tomar café com uma amiga e que voltaria logo pra casa.

Assinto e cutuco minhas frutas. Eu decido que vou levar o resto do meu café para o papai, já que ele teve que ir para a loja, e eu tenho a impressão de que nunca mais vou conseguir comer mesmo. Não consigo tirar da cabeça as imagens da minha árvore sendo desmembrada, pedaços perfeitamente sadios de uma árvore majestosa em grandes montes no chão. Tento pensar em outra coisa.

– Dunkin?

– Sim?

– Sabe aquele baile? O grande baile da oitava série antes das férias?

Ele assente.

– Bem, eu estava pensando. Você vai?

– Você vai? – pergunta ele.

– Sim – digo, respirando fundo. – Definitivamente, eu vou.

– Legal – diz ele, pegando um pedaço de melão da minha tigela e jogando-o na boca. – Então eu também vou.

Penso em como aquilo pode ser.

– Perfeito.

PENSANDO

Eu gosto da família de Tim, especialmente a mãe e a irmã. O pai me dá um pouco de medo, mas não sei por que, e eu realmente não quero pensar muito nisso. Estou com muita fome, e minha dor de cabeça indica que eu preciso de café, agora mesmo. Montes e montes de café, com montes e montes de açúcar.

Enquanto faço minha refeição, penso no que Tim me disse na noite passada. Eu não tenho a intenção, mas fico encarando-o, aqueles olhos azuis elétricos. Ele meio que parece uma menina, exceto pelos cabelos – não estão curtos, mas muito mais curtos do que estavam quando eu o conheci. Eu me pergunto se é por isso que Vasquez o chama de "bichinha" o tempo todo. Será que Vasquez sabe que Tim é transgênero? Mas, se ele sabe, "bicha" não é a palavra certa. Uma coisa não tem nada a ver com a outra. Além do mais, odeio a palavra "bicha". O pessoal da minha antiga escola me chamava de "bicha" às vezes ou usava essa palavra no lugar de "esquisitão".

Quanto mais eu penso a respeito, menos eu gosto de Vasquez... ou do pessoal do time. Uma pena, porque vou jogar com eles até o campeonato estadual, então é melhor eu me dar bem com eles, ao menos até lá.

Eu sei que Tim é o que vale a pena, porque ele confiou em mim o suficiente para partilhar esse segredo. E ele gritou quando o treinador estava me dando bronca, e me deu um sinal de positivo quando todos os outros vaiavam. É isso o que um amigo de verdade faz: fica do seu lado quando mais ninguém está.

Aposto que eu poderia confiar nele para contar meu segredo. Segredos.

Eu olho do outro lado da mesa e vejo que Tim *não está* tomando seu café da manhã. Quero fazer o truque do saleiro que desaparece – para alegrá-lo –, mas não tenho nenhuma mágica em mim hoje. E Tim provavelmente também não está no clima para isso. Tenho certeza de que ver sua árvore favorita ser derrubada o abalou muito. É duro perder algo que você ama e saber que não há nada que se possa fazer a respeito. É insuportável perceber que não há como impedir algo, não importa...

Pare de pensar!

Mas...

Apenas pare!

Será que ele contou?

Na segunda-feira, Vasquez se aproxima de mim no vestiário.

– Onde está o seu esmalte, bichinha?

Eu não respondo, mas uma parte apavorada de mim pensa: *será que Dunkin contou para ele?*

– Não estou vendo nada – diz Vasquez. – Quer que eu pegue emprestado o da minha irmã para você?

Eu não digo nada, mas estremeço involuntariamente e me odeio por isso. Vasquez não me incomodou muito ultimamente. *Por que ele está fazendo isso agora?*

– Pessoas como você me enojam – diz Vasquez, e me empurra para o armário.

Bato a nuca contra o metal de uma tranca. Sinto imediatamente muita dor e coloco a mão no local, esperando sentir o calor do sangue, mas meus dedos voltam secos. A cada pulsação de dor, vejo o rosto do pai de Vasquez se confundir com o dele. Eu me lembro de como o pai dele ficou furioso quando Dunkin marcou uma cesta para o outro time, e compreendo de onde vem a maldade de Vasquez. Sua intolerância. Muito tempo atrás, minha mãe me ensinou que, quando alguém faz você sofrer, é porque a dor dele mesmo está se derramando. Mas aquele lampejo de compreensão não faz minha nuca melhorar. Não me ajuda a perdoar a constante crueldade de Vasquez. *E o que ele quis dizer com "pessoas como você"?*

Durante a aula seguinte, eu sinto uma dor de cabeça chata e latejante.

Mas a preocupação de que Dunkin possa ter contado a Vasquez o meu segredo faz meu coração doer ainda mais.

UMA PERGUNTA

No almoço, Tim vem até nossa mesa. Ele fica de pé bem atrás de mim. Eu quero empurrá-lo para longe, mandá-lo de volta para a segurança de sua mesa com Dare, que está assistindo ao desenrolar da cena com olhos arregalados, e outra menina, que está sentada perto de Dare.

– Posso falar com você? – pergunta Tim.

Meu estômago está contraído. Minha boca congelou no meio da mastigação. Não posso acreditar que Tim veio até aqui; é perigoso demais.

– É, Dorfman – escarnece Vasquez. – Por que você não vai falar com a sua namorada?

Eu tento pensar em algo esperto para dizer a Vasquez, mas não consigo, então pego minha bandeja e me levanto. Enquanto me afasto, segurando a bandeja com força, sinto algo me atingir nas costas. Porém não me viro para olhar. Tenho certeza de que é apenas a laranja de alguém ou algo assim. Vasquez não é original em sua crueldade.

Eu penso que vamos para a mesa com Dare e a outra menina, mas Tim continua andando. Então eu continuo seguindo-o. Não posso acreditar que estou fazendo isso – dando as costas a Vasquez e aos caras do time.

Nós paramos na mesa mais afastada do refeitório, então Tim se vira e diz:

– Você contou a ele, não foi?

– O quê?

– Você contou ao Vasquez o que eu lhe disse sexta à noite, na árvore.

Eu jogo minha bandeja na mesa, sentindo as pessoas nos observando.

– Está falando sério? – eu falo em tom baixo, mas vigoroso. – Você me tirou da mesa para isso? – Eu queria que Tim confiasse em mim, mas, pelo visto, ele não confia. – É claro que eu não contei. – Eu fico bem de frente para ele, o que exige me abaixar bastante. – Eu não contei pra ninguém. Por que contaria?

– Tem certeza absoluta?

– Claro que tenho. Por quê?

– Vasquez falou umas coisas pra mim no vestiário.

– Que tipo de coisas?

– Coisas estúpidas. – Tim balança a cabeça. – Acho que não foi nada pior do que o de sempre. Provavelmente estou só paranoica.

Eu olho para trás. Vasquez está nos observando. Ele parece furioso.

– Ele é um idiota – digo.

– Ei – diz Tim, inclinando a cabeça. – Já que ele é tão idiota, quer se sentar comigo, Dare e Amy?

– Sim – digo, honestamente. Uma parte de mim quis se sentar com eles desde os primeiros dias de aula. – Mas é melhor eu voltar. – Eu me sinto um traidor. – Só por enquanto – digo. – Até a temporada de basquete acabar.

Tim assente.

– Obrigada por não contar.

Ele diz isso e volta para a sua mesa.

É melhor eu acabar logo com isso.

Quando eu volto, Vasquez diz:

– O que *ela* queria?

Dou de ombros, como se não fosse nada.

– Pegar dinheiro emprestado.

– E você emprestou? – pergunta Birch.

– Claro que não – digo, e enfio um pão na boca para não ter que falar.

– Bom, eu não suporto esse moleque – diz Vasquez. – Esquisitão. Fique longe *dela*.

– Claro – digo, mas não estou falando sério.

Tim é o único amigo *real* que eu fiz desde que me mudei para Beckford Palms.

O único amigo *real* que eu já tive.

ELE VOLTOU

É um jogo em casa.

Eu tenho um total de seis minutos e meio de tempo de jogo em toda essa temporada. É bom o treinador me colocar em quadra esta noite.

Além do mais...

Eu.

Não.

Consigo.

Mais.

Ficar.

Parado.

Os cinco jogadores iniciais mal deram o *tip-off* e eu já estou de pé, andando de um lado para o outro.

– Dorfman! Sente-se! – exige o treinador.

Eu me sento.

Em minha mente de carro de corrida, todos os carros estão batendo uns nos outros. São carros demais. Barulho demais. Eu coloco as mãos sobre as orelhas e fecho os olhos, mas não para. O barulho. Os pensamentos colidindo.

Eu volto a caminhar e cogito fugir do ginásio, ir lá fora para o ar frio da noite.

O treinador me pega pela camiseta e me faz sentar.

– Eu vou colocá-lo em quadra daqui a pouco – cochicha ele. – Mas você precisa se sentar.

Ele vai me colocar em quadra. Eu balanço a perna.

Olho para a esquerda.

– Você voltou! – digo.

– Quem voltou? – cochicha um dos meus colegas de equipe, Jackson. – Com quem você está falando?

Eu o ignoro, como se nem estivesse ali, e olho por cima do meu ombro esquerdo.

– Tem sido difícil. Estou contente por você estar aqui.

Também estou contente por estar aqui, Dunkin.

– Como é que você sabe... o meu apelido?

– Dorfman, vá pra lá!

Eu sinto tanto alívio. Ele voltou. Ele sabe meu apelido. Tudo vai dar certo.

Vá pra lá! O treinador acabou de chamar seu nome.

– Chamou?

– Com quem você está falando? – Jackson desliza a cadeira para longe de mim.

Será que todo mundo está louco? Eles não enxergam?

Eu disparo para a quadra. E me pergunto no lugar de quem estou entrando.

Me mostre o que você sabe, diz Phineas.

– Certo. – Eu finjo pingar a bola em um círculo, depois desço pela quadra. Olho para cima e vejo o treinador na mesa do placar. Eu me esqueci de registrar minha entrada. Ooops.

Isso é ótimo. Me mostre mais. Mostre o que sabe de melhor.

Ele está rindo. E eu me sinto fantástico. Corro para cima e para baixo, para cima e para baixo, conversando com Phineas. Os outros jogadores estão com tanto medo do meu jogo que saem do meu caminho. Há uma linha clara até a cesta. Mas qual cesta?

Lance a bola!, diz Phineas.

E eu quero lançar. Quero me exibir para Phineas.

Mas nem estou com a bola. E não sei qual cesta devo mirar. Eu me viro de súbito para procurar pela bola, descobrir para onde eu devo ir, encontrar Phineas, registrar minha entrada na mesa do placar. Há tantas coisas que eu preciso fazer. *Mas onde está a bola? Onde está o Phin?* Minhas mãos tremem. Estou andando em círculos curtos.

– O que eu estou fazendo? O que eu estou fazendo?

Faço um enorme esforço para me lembrar.

Há quanto tempo eu estou aqui de pé? Por que todo mundo está olhando para mim desse jeito? Eu queria poder fazer o maior truque de mágica nesse momento... e desaparecer.

Mamãe está de pé perto de mim, cobrindo a boca com a mão. E Bubbie também está aqui. *Por que elas estão na quadra comigo? Elas deveriam estar lá em cima, nas arquibancadas.* O treinador Ochoa está perto de mim. E outras pessoas que eu não conheço. Ainda estou andando em círculos.

Eu pergunto a Phin:

– O que está acontecendo?

Acho que a partida parou. Talvez alguém tenha se machucado. *Mas por que todo mundo está me encarando?* Vasquez. Birch. Todos os caras do time. Até os treinadores e os caras do outro time.

Todo mundo.

Está.

Me.

Encarando.

– O que está acontecendo? – pergunto de novo a Phineas. Eu cubro os olhos, porque não suporto o jeito como todo mundo está me olhando.

Está tudo bem agora, diz ele, calmo e seguro.

– Norbert! – diz mamãe.

Eu olho para ela, então faço algumas manobras malucas de basquete para mostrar a ela que estou bem.

– Viu? Viu? – eu digo a ela. – Viu?

Ela está chorando e estendendo os braços para mim, mas não está perto o bastante. O braço forte de Bubbie está ao redor dos ombros dela.

– Está tudo bem – digo a mamãe. – Estou bem. – Então sorrio e olho à minha esquerda. – Phineas voltou. Está tudo bem.

Ouço um ofegar, e então alguém está puxando minhas mãos para trás. Fechando algo frio e duro ao redor dos meus pulsos.

Eu tento me soltar.

– Estou bem! – grito. – Não estão vendo?

Eu me debato loucamente para mostrar a todos, mas alguns homens estão me segurando agora.

Mamãe fica assistindo enquanto eles me arrastam para fora do ginásio, para fora da escola e para dentro de uma viatura. Uma viatura policial. Estou na traseira de uma viatura policial!

O rosto de mamãe está na janela. Ela estende os dedos para mim como se vê em filmes ruins, mas isso é de verdade.

– Estou bem – digo a ela, com lágrimas escorrendo pelo rosto.

Mas não sei se ela consegue me ouvir, porque seu rosto está muito triste.

Enquanto o carro dispara para longe, estou muito contente por não estar sozinho.

Phineas está ao meu lado.

ENCURRALADO

Sou levado para dentro de um prédio sem graça e uma porta barulhenta bate atrás de mim. Eu sei o que é esse lugar. Já estive em um lugar assim antes.

— Estamos encurralados — digo a Phin, com o coração palpitando.

Não se preocupe.

Eles me colocam em um quarto. Meus braços ainda estão algemados para trás e tem um homem de pé perto de mim.

— Olá, Norbert — diz outro sujeito perto da porta. — Sou o Dr. Carter. Estou aqui para ajudá-lo.

Você não sabe se ele é mesmo um médico, diz Phineas. *Ele pode muito bem ser do FBI. Provavelmente está aqui para machucá-lo.*

— Não me machuque! — grito. — Não vou deixar você me machucar!

— Eu não vou machucar você — diz o homem que não parece ser um médico.

Acho que ele vai machucar você, diz Phineas. *Fuja!*

Eu corro para a porta. No entanto, me dou conta de que não posso abri-la, porque minhas mãos estão atrás de mim. O homem me agarra e me empurra para cima de um colchão no chão.

E espeta uma agulha no meu braço.

— Não deixe eles fazerem isso, Phin! Faça parar!

Estou fazendo o melhor que posso aqui. Mas você também precisa ajudar. Você tem que...

— Quem é Phineas, Norbert? Você está... ouvindo vozes, filho?

Filho? Papai?

Não escute esse cara, Dunkin! Fuja! F... u... j... a...

— Norbert, estou aqui para ajudar...

A voz do homem fica cada vez mais baixa, até sumir.

As palavras de Phineas também desaparecem.

E de repente estou com tanto... sono.

O QUARTO

Acordo em um quarto minúsculo.

Estou deitado em um colchão sem lençóis. O colchão fica em uma caixa de madeira no chão. Tem baba escapando da minha boca. Eu a enxugo e percebo que meus braços estão livres. Há marcas vermelhas nos meus pulsos, onde estavam as algemas, então sei que não estou maluco. A noite passada aconteceu.

Está acordado?

– Sim, estou – digo a Phin, contente por ele estar aqui.

Temos que tirar você daqui, colega.

– Eu sei, eu sei.

Tem uma porta, diz Phineas. *Mas aposto que os safados nos trancaram aqui na noite passada. Aquilo foi doido, hein?*

– É – digo, esfregando os pulsos. – O que rolou?

Você foi uma fera na quadra de basquete, meu amigo. Acho que tinha olheiros de NBA lá. Eu ficarei surpreso se eles não o chamarem.

Isso me faz sorrir.

Você é um superastro.

Phineas sempre me faz sentir bem. Bem, quase sempre. Eu olho para baixo e vejo algo diferente em meus tênis.

– Por que meus cadarços sumiram?

Você sabe por quê.

E sei.

De súbito, me lembro exatamente de onde estou.

– Temos que sair daqui – digo a Phineas.

Nem me diga, companheiro.

ESSE LUGAR

Eu encaro a luz fluorescente no teto por um longo tempo.

Finalmente, alguém destranca a porta do meu quarto, e um cara grandão vestido com roupas verdes de médico entra. Eu me lembro dele da noite passada. Foi o homem que me espetou com a agulha, e por isso eu fiquei tão cansado. Eu não quero outra injeção, por isso recuo no colchão. Para longe dele.

– Olá, Norbert – cumprimenta o sujeito.

– Como ele sabe o meu nome? – pergunto a Phineas.

Phin não responde, o que me deixa com medo.

– Certo, então – diz o homem, com uma voz falsamente alegre. – Hora de ver o Dr. Carter.

Apesar de eu estar com medo, sigo o sujeito para fora do quarto. Meus pés escorregam um pouco para fora do tênis porque não tenho cadarços, mas consigo acompanhar o ritmo do cara. O corredor tem cheiro ruim. As pessoas aqui parecem esquisitas. Magras ou gordas demais. Olhos vazios, vidrados.

– Por que estou aqui? – pergunto.

O cara não responde. Ele me leva para uma sala e abre a porta.

– Dr. Carter, seu paciente está aqui.

– Sente-se, Norbert – diz ele.

O sujeito de verde fecha a porta, mas continua na sala, com os braços cruzados.

Eu me sento.

– Norbert, você teve um incidente na noite passada. Pode me contar o que aconteceu?

Eu me lembro de ter me exibido um pouco na quadra para Phineas. Eu me lembro da expressão preocupada nos olhos da mamãe. Eu me lembro de ter sido colocado naquele quartinho, e Phineas me avisando de que esse cara pode não ser um médico de verdade.

Não divido nenhum desses pensamentos com o possível/provável médico de mentira.

— Norbert, você está ouvindo vozes?

Balanço a cabeça, não.

Ele escreve algo em um pedaço de papel.

Não consigo conter algo que está na minha mente desde que eles me trouxeram para este lugar.

— Posso fazer uma pergunta?

O possível/provável médico de mentira cruza as mãos.

— É claro.

Eu pigarreio, a garganta dolorida.

— Você pode checar se meu pai está aqui?

O pseudodoutor vasculha um histórico diante dele, e eu noto que suas sobrancelhas se arqueiam.

— Seu pai?

— Sim — digo. — Meu pai também está em uma instituição psiquiátrica. Foi por isso que a gente se mudou pra cá.

— Ele está? — Esse sujeito está fazendo um bom trabalho em fingir que é um doutor de verdade. Ele até faz perguntas, em vez de respondê-las, como os médicos de verdade fazem com frequência. Talvez Phineas estivesse errado. Talvez esse cara seja realmente um médico. Eu meio que espero que ele seja, porque aí ele vai poder me ajudar a encontrar meu pai.

— Sim — digo, esperançoso. — Eu estava me perguntando se ele estaria nesta aqui. É isso que é este lugar, não?

— Sim, Norbert — diz o médico, talvez falso, talvez real. — Você está no Centro de Saúde Mental de Beckford Palms. Mas estou me perguntando por que você acha que seu pai pode estar aqui.

— Porque minha mãe o colocou em uma instituição.

Ele fica quieto, depois diz:

— Norbert, por enquanto, eu gostaria de falar sobre você. Tudo bem se eu fizer isso?

— Tudo bem — digo, mas por dentro já me decidi que vou dar um jeito de procurar por aqui. Talvez quando aquele grandão de verde não estiver por perto. Se meu pai estiver aqui, vou encontrá-lo. É bem provável que esteja morrendo de saudades de mim. E de vontade de comer um donut.

Eu vou encontrá-lo. E Phineas vai ajudar.

– Não vai, companheiro?

Pode apostar, Dunkin.

– Como é? – pergunta o médico falso, não falso.

Eu olho por cima do ombro esquerdo.

Diga "nada", Phineas me diz.

– Nada.

Noite do pijama

Amy, Dare e eu nos sentamos no chão no quarto de Dare.

É a primeira vez que nós três fazemos uma noite do pijama.

No começo, eu estava nervosa sobre como Amy reagiria a mim – a parte de mim que posso ser nas noites do pijama com Dare –, mas quando Amy pinta minhas unhas de um amarelo berrante, cor de girassol, eu sei que ela está confortável com meu eu verdadeiro. Eu deveria ter imaginado que ela ficaria bem, pelo jeito como me tratou quando eu vesti minha fantasia de sereia no Halloween.

Dare pergunta:

– Você ficou sabendo do Dunkin?

– O que tem ele? – Meu coração dispara.

– Não ficou sabendo? – pergunta Amy, o que me deixa com a sensação de que fui deixada para trás.

– *O quê?*

– Ele foi arrancado da quadra de basquete algemado.

– Dunkin? O quê? Por quê?

– Ouvi falar que ele surtou – diz Amy.

Eu sinto vontade de dizer a ela que isso não é algo legal de se dizer, mas ela está pintando as minhas unhas e eu não quero fazê-la se sentir mal, já que está sendo legal comigo.

– Ele estava falando sozinho e correndo pela quadra toda – conta Dare, girando o dedo para ilustrar. – Tiveram que chamar a polícia.

– Não... – Fico espantada. – Isso não é possível. – Penso em Dunkin na árvore comigo. Eu me lembro de quando ele estava falando rápido demais no restaurante na manhã seguinte, mas pensei que fosse por causa da quantidade de café que havia tomado. – Talvez isso seja apenas um rumor.

Amy balança a cabeça.

– Não. Ouvi isso de muita gente. Quer que eu pinte rostinhos sorridentes nas suas unhas com esmalte preto por cima do amarelo?

– Claro – digo, distraída, sem querer conversar sobre esmaltes. Quero falar sobre Dunkin, para descobrir o que está havendo. – Mas *poderia* ser um rumor – digo. – É possível, não é?

– Duvido – diz Dare. – Todas as meninas do lacrosse estavam falando sobre isso. Muita gente viu acontecer, Lil.

Eu puxo as mãos de volta, afastando-as de Amy, porque estão tremendo.

– Vocês sabem de mais alguma coisa?

Dare balança a cabeça.

– Acho que eles o colocaram no hospício ou algo assim – diz Amy.

Eu me encolho. *Como é que isso pode estar acontecendo?*

Com hesitação, Amy retoma minha mão e se concentra em pintar um rosto sorridente em meu polegar.

Eu tento manter a mão estável enquanto ela pinta. É difícil, porque um emaranhado de perguntas colide em minha mente: *O que está acontecendo com Dunkin agora? Será que ele vai ficar bem? Ele vai conseguir voltar para a escola? Ele vai estar diferente quando voltar?*

– O que a minhoca falou para o minhoco? – pergunta Amy.

Eu não estou no clima para piadas bestas agora. Algo sério aconteceu, e ninguém, exceto eu, parece se importar.

– O quê? – pergunta Dare.

– Você MINHOQUECE – diz Amy, soltando minha mão e rolando no chão de costas, como se essa fosse a piada mais engraçada de todos os tempos. Ela toma cuidado para manter o pincel do esmalte para cima enquanto age como uma tonta.

Dare balança a cabeça para Amy, mas está sorrindo.

Fico contente quando Amy finalmente acaba de pintar minhas unhas. É muito difícil ficar sentada quieta porque estou preocupada demais com Dunkin.

Depois de assistir a um filme bobo de terror, nós apagamos as luzes. Escuto Dare e Amy começarem a respirar profundamente em seu sono, mas estou acordada.

Meu coração martela. Minha respiração se prende. Meus pensamentos ricocheteiam entre si.
Fique bem, Dunkin.
Por favor, fique bem.
Por favor...

Exposta

Na escola, eu vou até a enfermaria na hora da Educação Física, mas, quando chego lá, a secretária diz:

– A enfermeira teve que dar uma saidinha. Posso ajudar em alguma coisa?

– Não.

Eu me arrasto para o vestiário. Não tive vontade de mentir para a secretária sobre estar doente. De qualquer forma, ela nem pode me dar um bilhete para me livrar da Educação Física. Eu vou entrar e sair do vestiário tão rapidamente quanto possível.

O vestiário está especialmente fedido hoje. Eu olho para o teto e noto mais bolinhas nojentas de papel higiênico.

Em frente ao meu armário, eu tiro o jeans na velocidade da luz.

Vasquez e os neandertais estão por perto. Eu os sinto olhando para mim, e me dou conta de que está tudo quieto demais. Eles normalmente ficam rindo e brincando.

Eu enfio o jeans no armário e giro a combinação do cadeado. Então sigo pelo corredor na direção da saída.

Vasquez para na minha frente.

– Qual é a pressa, McGrother?

Eu olho ao meu redor, em pânico, e penso em fugir correndo, mas os neandertais estão me cercando. Jason Argo, um dos não neandertais, nos observa, e Vasquez rosna:

– Está olhando o quê?

Jason dispara para fora do vestiário como se seus pés estivessem pegando fogo.

Eu queria poder ir embora com ele. Minhas pernas tremem e eu as forço a ficarem imóveis como um tronco de árvore. Espero que Jason vá buscar ajuda, mas sei que não vai. Estou sozinha.

Vasquez se aproxima. Ele é muito alto. Eu tenho que olhar para cima para vê-lo, e odeio fazer isso.

– Eu disse "qual é a pressa, McGrother?".

Eu não respondo. Não existe resposta.

– Então – diz Vasquez. – Eu e os caras estávamos pensando... – Ele olha ao redor. Os neandertais sorriem e assentem, encorajando-o em silêncio.

Campainhas de alarme soam em minha cabeça.

– Eu tenho que ir – digo, usando minha voz mais corajosa. E dou um passo adiante.

Vasquez coloca as duas mãos no meu peito e me segura no lugar.

– Ainda não.

– Mas... – É a única palavra que escapa de minha garganta trancada.

Os neandertais se aproximam.

– Estávamos pensando... – Vasquez olha nos meus olhos. Eu vejo os olhos do pai dele. Duros. Frios.

Penso em gritar, na esperança de que alguém ouça, mas sei que é a pior coisa que eu poderia fazer. Eles estariam em cima de mim em um segundo, me esmurrando antes que qualquer um pudesse chegar aqui. O mesmo aconteceria se eu tentasse correr. O rosto de Dunkin surge em minha mente, e eu me pergunto o que aconteceria se ele estivesse aqui. Será que me defenderia? Mas ele não está. Segundo Dare e Amy, ele está em algum lugar ainda pior.

– Estávamos pensando – diz Vasquez – no que você realmente tem aí debaixo desses shorts.

Eu arfo, porque agora entendo o que eles planejam fazer.

Vasquez sorri.

– Digo, você está usando esmalte amarelo. Com carinhas sorridentes. Minha irmã usa esmalte, McGrother. *Meninas* usam esmalte.

– É – diz Birch. – Você é uma menina, McGrother? Porque, com certeza, age como uma.

Eu fico imóvel como uma estátua de pedra, mal conseguindo respirar. Todas as células do meu corpo estão em alerta máximo.

– Bem – diz Vasquez, olhando para os neandertais –, só tem um jeito de descobrir. Certo, rapazes?

– Certo! – dizem eles, em uníssono.

– Ssshhhhh – avisa Vasquez, enquanto indica a porta com um gesto da cabeça. E eles ficam em silêncio, porque não querem que o treinador Ochoa veja o que eles estão prestes a fazer. Não querem arriscar seus lugares no time de basquete.

Em um movimento rápido e surpreendente, Vasquez se abaixa e puxa meus shorts *e a cueca.*

– Ora, vejam só – diz ele. – Você é um menino. Por pouco.

Todos eles caem na risada.

Alguém me dá um tapa no traseiro.

E eles saem correndo do vestiário, rindo histericamente.

Eu fico ali, com a cueca e os shorts em volta dos tornozelos.

Exposta.

Depois

Enquanto puxo as roupas para cima, noto minhas unhas. Amarelas com rostinhos sorridentes que não me deixam feliz. Elas me fazem sentir suja. Eu queria poder arrancá-las.

Abro o armário e volto a vestir minhas roupas.

Saio do vestiário, do ginásio, da escola.

Ninguém tenta me impedir, o que me surpreende.

Enquanto me afasto do prédio, respiro em ofegos curtos.

Não posso ir para casa.

Meus pés continuam se movendo e, antes que me dê conta, estou no lugar em que Bob ficava. Não restou nem o toco. A área toda está isolada porque o parquinho está sendo construído. Eu me sento na calçada na beira do terreno, me sentindo enjoada.

Eu fico ali por um longo tempo.

Depois caminho.

Mais tarde, em casa, não me sento à mesa com minha família para jantar.

Eu subo as escadas e tomo um banho. No entanto, não me sinto limpa quando acabo. Apesar de a água estar tão quente que meu corpo todo fica rosado.

Na cama, me sinto mais feia que o horroroso edredom marrom.

Mais feia do que já me senti na vida inteira.

Não posso voltar para aquela escola.

Não posso encarar aquelas pessoas.

Enterro o rosto do travesseiro. E soluço.

E quando estou exausta, penso em Dunkin e no que ele deve estar passando.

Eu queria poder ajudá-lo, mas, pelo visto... não consigo ajudar nem a mim mesma.

Depois de depois

Eu não vou para a escola na terça.
- Não me sinto bem - digo a mamãe.
Ela coloca a palma da mão fria e seca em minha testa.
- Você parece meio quente mesmo. Quer que eu pegue o termômetro?
- Não - digo. - É o meu estômago. Acho que vou vomitar.
- Quer um pouco de chá de gengibre, meu bem? - pergunta ela, afastando o cabelo da minha testa.
A gentileza dela me entristece.
- Não, obrigada.
- Quer que eu fique em casa?
- Não, pode ir - digo. - O pessoal da ioga precisa de você.
Mamãe me beija no rosto.
- Eu gosto da cor do seu esmalte. É muito alegre.
Quando ela sai, eu me levanto, procuro o removedor de esmaltes da Sarah e tiro os rostos sorridentes e o esmalte amarelo das unhas.
Fico na cama o restante do dia.

UM OBJETIVO

Estou na cama.

Agora que estou aqui há alguns dias, eles me colocaram em um quarto maior, com duas camas. Tenho lençóis e um travesseiro com fronha. Este quarto também tem um banheiro.

E eu tenho um colega de quarto.

O pobre coitado não come. Nunca. Ele é tão magro que eu vejo suas costelas quando ele tira a camisa.

Phin e eu tentamos ajudá-lo. Deixamos que ele fale sobre seus problemas, mas não contamos a ele os nossos.

Quando chega a hora de ir até a sala de estar para assistir à TV, Phin e eu olhamos em torno o máximo que podemos, mas não vemos papai. É só um pessoal mais ou menos da minha idade e as pessoas que trabalham ali.

Eles trocaram meus remédios quando eu cheguei aqui, o que me deixou muito sonolento, mas o médico falso diz que eles vão me fazer voltar ao que eu estava tomando (ou não estava tomando) quando entrei. Exceto que, aqui, eles vão me fazer tomar meus remédios e ficar me observando, para ter certeza de que eu os engoli.

O médico de mentira também diz que eu estou indo bem e sendo cooperativo, então vou poder receber visitas em breve.

Talvez papai venha me visitar.

* * *

Mamãe está com olheiras escuras e profundas sob os olhos quando vem até a sala de recreação para a visita.

Ela coloca as mãos em meu rosto e encosta a testa na minha.

– Ah, Norbert.

– Sinto muito – digo, apesar de não saber pelo que eu sinto muito.

– Não é culpa sua – diz mamãe, e se senta na cadeira em frente à minha. – Nada disso é culpa sua. Bubbie e eu estávamos tão preocupadas com você, meu bem. Eu... eu deveria ter feito mais. Deveria ter prestado mais atenção. Observado mais, para ter certeza de que você estava tomando suas pílulas. Alguma coisa. - Mamãe aperta as mãos em punhos. - Mas eu não tenho sido eu mesma desde que... - Ela funga, depois se senta, ereta. - Mas isso não é desculpa. - Ela se debruça adiante e dá tapinhas carinhosos em meu joelho. - Como você está, querido?

– Quando eu posso ir embora? - pergunto.

– Assim que o doutor permitir.

Eu me aproximo dela.

– Eu nem tenho certeza se ele é um médico de verdade.

– Ah, Norb. Eu tenho bastante certeza de que ele é um médico de verdade.

– Bem, Phin e eu não confiamos nele.

Mamãe fecha os olhos e expira. Então ela olha para mim.

– Por favor, faça o que tem que fazer e volte para casa. Nós queremos você de volta.

– Mamãe?

– Sim, meu bem?

– Você sabia que vai ter um baile na escola?

– É mesmo?

Posso ver que mamãe não tem certeza se pode acreditar em mim ou não.

– É verdade – digo. – Eu estive pensando a respeito. É bem importante para os alunos da oitava série. Logo antes das férias de Natal. Eu estava pensando, será que já vou ter saído daqui até lá?

– Não sei – diz mamãe. – Espero que sim. Você quer ir a esse baile?

Eu penso em Tim me perguntando sobre o baile quando estávamos tomando café.

– Sim – digo. – Quero muito.

– Esse seria um bom objetivo, meu bem. Vamos tentar atingi-lo.

De súbito, meu cérebro fica nebuloso. Eu olho diretamente para mamãe e digo:

– Atingir o quê?

O rosto de mamãe me diz que eu a desapontei, mas não sei como.

Contar

Quando eu me recuso a ir para a escola na quarta, mamãe marca uma consulta com a Dra. Klemme.

Eu gosto muito dela, mas não vou lhe contar o que houve. Não vou contar a ninguém. Sinto vergonha demais.

Mamãe diz que eu tenho que ir à escola na quinta, então eu vou.

Mas de jeito nenhum - *de jeito nenhum* - eu vou para a aula de Educação Física de novo.

Vasquez vem direto para o meu armário.

– Escute, McGrother – diz ele. – Tipo, me desculpa pelo que aconteceu.

Estou chocada. Eu sinto que voltei para algum universo alternativo, no qual Vasquez é um ser humano decente.

– Então, não conte a ninguém, está bem?

E eu entendo. Vasquez está com medo de ser expulso do time de basquete, e provavelmente seria. Eu tenho o poder de fazer isso com ele. Se eu contar, ele pode até ser expulso da escola.

– Certo – digo, olhando para o chão.

SIGA EM FRENTE

Acordo me sentindo melhor do que me sentia há muito tempo.
– Phin? – pergunto, mas ele não responde.
– Com quem você está falando? – pergunta meu colega de quarto.
– Ninguém. – *Desculpe, Phin.*
– Quer jogar pingue-pongue?

Eu mal posso acreditar como isso é divertido. Meu colega de quarto chega a sorrir de verdade enquanto jogamos. É a primeira vez que o vi sorrir.

Uma conselheira se aproxima e bate na mesa com os nós dos dedos.
– Vocês dois estão muito melhores. – Ela inclina a cabeça para cada um de nós. – Sigam em frente, cavalheiros.

Eu sei que isso é um bom sinal. Significa que logo eu vou poder ir para casa, mas ainda não encontrei papai. Acho que ele está em outro andar, já que este é só para crianças e adolescentes.

Antes de ir para a cama, a voz de Phineas é tênue, baixinha. *Não posso ficar muito mais tempo.*

– Eu sei – digo. Porque, de algum modo, eu sei. – Mas, antes de você ir embora, pode me ajudar a encontrar meu pai?

Sim, diz ele. Isso seria uma boa ideia, Dunkin.

Está na hora.

A VERDADE

Hoje é o grande dia. Phineas vai me ajudar a encontrar meu pai.

Nós entramos discretamente na sala com a mesa de pingue-pongue, que agora está dobrada contra a parede.

Eu preciso falar com você.

A voz dele é como o vento passando pelas folhas de uma árvore.

É melhor você se sentar para ouvir isso, colega.

Eu me sento em uma das cadeiras desconfortáveis de plástico.

É sobre o seu pai.

– Sim? – digo, ciente de que não há mais ninguém na sala, exceto o atendente de pé na entrada.

Ele não está aqui, diz Phineas.

– Eu não consigo ouvi-lo muito bem – digo a Phin. – Você está... sumindo.

Eu estou sumindo, Dunkin. E isso é bom.

Eu sorrio porque, de algum modo, sei que isso é bom.

– Mas o meu pai... – digo, tentando me apegar a Phineas durante tempo suficiente para ele me ajudar a encontrar meu pai.

Você não vai encontrar seu pai aqui.

Eu me pergunto como é que Phin sabe disso.

Nem em qualquer outra instituição.

– O que você quer dizer com isso? – Meu coração dispara em um galope.

Dunkin.

É quase como se eu sentisse a mão dele em meu ombro.

Seu pai se foi.

– Foi? – digo, um tanto alto demais.

– Você precisa de alguma coisa? – o atendente me pergunta.

– Não – respondo, desejando que ele se vá.

Cochicho para Phin:

– O que você quer dizer?

Você sabe o que eu quero dizer.

E, simples assim, uma porta se abre em meu cérebro. A porta que eu me esforcei tanto para manter fechada desde aquela noite em Nova Jersey. Imagens se precipitam para fora rodopiando. Como trechos de filmes. Eu aperto fortemente as pálpebras para trancá-las, tentando impedir que as imagens e trechos rodem. Mas não consigo.

Não mais.

Então respiro fundo, abro os olhos e me lembro. Mamãe atendendo à porta. Mamãe gritando, berrando. Caindo de joelhos.

Ele não vai voltar.

Mamãe usando o vestido preto e os sapatos pretos brilhantes.

Mamãe chorando.

Chorando.

Chorando sem parar.

Nunca.

Os seis homens levando o caixão.

Você sabe quem está no caixão, diz Phineas, sua voz quase inaudível, um murmúrio, um sopro, uma molécula. Mas acho que é na verdade a minha própria voz, dentro da minha cabeça agora.

– Eu sei, sim, quem está no caixão – digo, porque, de repente, eu sei.

E um único soluço escapa. Depois outro. E aí estou arruinado. Estou chorando como um bebê, como mamãe fez naquela noite horrível na frente dos policiais à nossa porta.

– Phineas? – gaguejo.

Sem resposta.

– *Phineas?*

Ele se foi.

E as lágrimas não param.

Eu sinto uma mão forte em meu ombro.

– Phin? – levanto a cabeça e olho para o rosto do atendente.

– Quer que eu chame alguém? – ele pergunta.

Eu assinto.

– Minha mãe.

Mas ele me leva para o Dr. Carter, que, agora eu sei, é um médico de verdade. Um psiquiatra.

– Ele se foi – digo, enxugando lágrimas quentes que escorrem pelo meu rosto.

– Quem se foi? – pergunta o Dr. Carter.

– Phineas – digo. – Ele se foi, e eu acho que nunca mais vai voltar.

Dr. Carter sorri.

– Isso é ótimo, Norbert. Você fez um progresso incrível aqui no hospital.

Eu concordo.

– E o meu pai... – Eu fungo estrondosamente.

Dr. Carter põe as mãos sobre a escrivaninha e se inclina na minha direção.

– Sim?

Eu enxugo os olhos.

– Ele também se foi. Não é?

– Isso mesmo – diz o Dr. Carter em voz branda e gentil.

E então eu admito o fato que não conseguia encarar até agora:

– Ele se matou. Foi por isso que mamãe e eu nos mudamos para cá, para Beckford Palms.

Dr. Carter se levanta e dá a volta em sua grande escrivaninha de madeira. Pela primeira vez, um psiquiatra elimina a barreira entre nós. Ele vem até minha cadeira, se debruça e coloca seus braços ao meu redor. Ele me abraça ferozmente, como meu pai teria abraçado.

E eu permito.

Soluço no ombro do Dr. Carter, ensopando o tecido de sua camisa.

E ele permite.

Quando termino e o Dr. Carter me solta, ele fica de pé ao meu lado, com a mão forte em meu ombro. E eu sei – pela primeira vez em muito tempo – que tudo vai ficar bem.

Que eu vou ficar bem.

Talvez não agora.

Mas algum dia, em breve.

INDO PARA CASA

Mamãe segura minha mão enquanto nos afastamos a pé da instituição. Sua palma está quente e suada. Ela me faz sentir seguro. Antes de alcançarmos o carro, ela para e olha para mim.

– Estou orgulhosa de você, Norbert. Isso foi muito difícil, muito mesmo, e você conseguiu. Você é muito corajoso, sabia?

Eu concordo.

– Obrigada por melhorar e voltar para casa... para mim. – Mamãe exala tremulamente. – Eu não poderia perder você também.

Eu a abraço com toda a força.

– Ele se foi – murmuro contra o topo de sua cabeça. – Ele se foi mesmo, de verdade.

Sinto mamãe fazer que sim contra meu peito.

Eu recuo e olho para ela.

– Mamãe?

Ela enxuga os olhos.

– Quero que saiba que eu vou tomar os remédios.

Mamãe sorri.

– De verdade. Não vou parar de tomá-los, a menos que o médico mande.

– Isso é maravilhoso, Norbert.

– E eu dei adeus ao Phineas. De uma vez por todas.

Mamãe coloca os braços ao redor da minha cintura. Sinto seu corpo arquejar.

– Estou tão orgulhosa de você, meu bem...

No carro, voltando para casa, digo:

– Sabe, eu não acho que teria conseguido lidar com a verdade sobre o papai antes. É como se a minha mente soubesse que eu não daria conta, então manteve essa parte escondida.

Mamãe dá tapinhas afetuosos em meu joelho.

– O médico me disse que foi como um mecanismo de proteção de seu cérebro, e que você lembraria quando estivesse preparado.

– Bem, agora que eu me lembro, estou muito triste. Hoje de manhã, eu não conseguia parar de chorar.

– Eu também estou – diz mamãe. – Mas estou muito feliz por você estar bem, Norbert.

Eu olho diretamente adiante.

– Antes de eu sair para buscá-lo, Bubbie estava assando alguns muffins de farelo e passas para o seu grande retorno.

– Ai, meu Deus.

– Enquanto fazia agachamentos. E estropiava a letra de alguma música.

Eu rio, ansioso para chegar em casa e passar algum tempo com minha Bubbie meshuga – maluca –, mas não para comer seus muffins de serragem e uva-passa.

– Mamãe, eu não sei se consigo comer os muffins da Bubbie nesse momento. A comida naquele lugar era horrorosa. Podemos passar no Dunkin' Donuts no caminho para casa?

Mamãe respira fundo.

– Definitivamente.

Preparação

É a noite do baile da oitava série.

Estou no armário da mamãe. Tiro do cabide o vestido de lírios do vale.

– Este aqui? – pergunto.

– Claro – diz mamãe, pegando um par de sandálias e entregando-as para mim. – Vá. – Ela me dá um empurrãozinho. – Fique linda.

Em meu quarto, eu coloco o vestido. É tão gostosa a sensação quanto da primeira vez que o provei, quando conheci Dunkin. Sinto uma pontada quando penso nele. *Por favor, esteja bem.*

Entro no quarto de Sarah para ela me maquiar.

– Está pronta? – pergunta Sarah, com os longos cabelos ruivos presos em um rabo de cavalo. Ela está com uma das camisetas rejeitadas do papai: *Júpiter Academia – Scola de Música.*

Eu dou um abraço forte em minha irmã.

– Obrigada por ser você.

Sarah dá de ombros.

– Como se eu pudesse ser outra pessoa.

E eu acho que é assim comigo também. Eu não posso ser qualquer outra pessoa além de quem exatamente eu sou, ainda que John Vasquez e os neandertais não gostem disso.

Olho para mim mesma no espelho. O vestido e as sandálias da mamãe. Esmalte vermelho. Meus cabelos compridos o bastante para serem presos em duas presilhas de cada lado. Penso no que Vasquez fez comigo no vestiário, em como ele tentou me envergonhar por eu ser eu mesma. Penso na reação que vão ter quando eu entrar no baile como eu mesma, Lily Jo McGrother, menina.

– Estou pronta! – digo.

Sarah aplica blush no meu rosto e sombra nos meus olhos. Eu passo delineador, rímel e batom.

– Você precisa de mais alguma coisa... – diz Sarah, me analisando.

Eu olho no espelho, mas não vejo nada faltando. Exceto pelo fato de que o vestido ainda está um pouco frouxo na frente, eu estou muito bem.

– O quê?

– Meu pingente preto de ônix. Aquele com a pedra em formato de gota.

– Você vai me deixar usar? Foi um presente de aniversário do vovô Bob. – Eu sei que ela o considera precioso demais porque só o usa em ocasiões especiais.

– Vai ficar perfeito – diz Sarah. – Está no porta-joias, na prateleira do meu armário. Vá buscar, e eu ajudo você a colocá-lo.

Não posso acreditar que Sarah vai me deixar usar aquele colar.

– Eu vou cuidar muito bem dele – digo a ela assim que abro a porta do armário e acendo a luz.

– Eu sei que vai – diz ela. – Seria legal você estar com alguma coisa do vovô Bob esta noite. Eu queria que ele pudesse tê-la conhecido como Lily. Eu sei que ele teria...

– Ah, não! – grito.

No canto do armário da minha irmã há meia dúzia de flamingos rosa de plástico, enfeitados com vários chapéus, cachecóis e fantasias.

– Eu devia saber! – Eu me viro e vejo Sarah sorrindo de orelha a orelha.

– Não foi ideia minha – diz ela. – É um projeto Knit Wits. Essas coisas estão aparecendo em bairros no mundo todo.

– É mesmo? – fico surpresa. – Isso é tão legal!

Sarah concorda.

– Além do mais, Beckford Palms é muito estéril, precisava de algo... inesperado.

Eu olho para os flamingos hilários que minha irmã tem espalhado pelos jardins de toda a vizinhança. Olho para meu vestido e as sandálias.

– Bem, o bairro certamente recebeu isso da casa dos McGrother.

Ambas caímos na risada.

Sarah me ajuda a colocar o lindo colar presenteado por vovô Bob, e eu estou pronta para fazer minha entrada triunfal escadaria abaixo.

*   *   *

Mamãe está à espera no pé da escada, câmera nas mãos. Ela ofega quando me vê, o que me faz sentir ótima. E tira um bilhão de fotos, chutando por baixo.

Almôndega late, aprovando.

– Obrigada, garoto. – Eu faço um carinho atrás das orelhas dele.

Quando Dare e Amy chegam, mamãe tira mais uma porção de fotos de nós três todas chiques. E tira algumas somente de Sarah e mim.

Em seguida, Sarah me dá um abraço apertado e fica na porta, acenando, enquanto mamãe leva Dare, Amy e eu para o baile.

Estamos quase lá quando pergunto:

– Onde está o papai?

– Humm? – diz mamãe, como se não tivesse me escutado.

– O papai? – repito, dessa vez mais alto.

– Ah – diz mamãe. – Seu pai precisou ir até a loja resolver um problema.

É, claro que precisou. Toco o pingente da minha irmã e resolvo não deixar que nada estrague esta noite, nem a ausência do papai.

Meu eu verdadeiro

O baile acontece em um elegante country club.
Eu nem sei se a administração da escola vai me deixar entrar vestida assim, então mamãe vem conosco para garantir que eu entre.

Dare, Amy e eu entramos de braços dados, as três, com mamãe atrás de nós.

O Sr. Andrews, vice-diretor, está em uma mesa conferindo as identificações.

Meu estômago está se revirando tanto que é difícil disfarçar meu nervosismo. Minha mão treme quando pego a identidade. Dare coloca sua mão quente na minha por um segundo, é o que basta para estabilizá-la.

O Sr. Andrews olha para mim, depois para mamãe.

O momento parece se estender por anos. Tenho certeza de que ele vai me envergonhar, me dizer para ir para casa e colocar uma roupa mais apropriada. E eu não faço ideia do que farei se isso acontecer. Provavelmente me desmancharei em uma poça de lágrimas. Penso em Sarah, no colar, nos flamingos. Penso em vovô Bob. E olho para minhas amigas e mamãe de pé ao meu lado. Aprumo os ombros para trás e olho diretamente para o Sr. Andrews. Ele que tente me manter do lado de fora!

– Vá em frente – diz ele, acenando com a mão.

Mamãe me dá um beijo no rosto e eu entro em uma sala escura, com Dare e Amy.

É incrível. Há um globo brilhante no teto que projeta pontinhos de luz como um arco-íris no piso. Há um DJ tocando e uma mesa com comes e bebes. Nós nos dirigimos para lá.

Enquanto Amy e Dare enchem pratinhos com comida, eu fico de pé e examino o cenário. O pessoal está muito bonito – as meninas, bem-vestidas; os rapazes, de terno. Não vejo Vasquez nem os neandertais, e isso me deixa muito feliz. Sei que eles podem chegar a qualquer momento, mas escolho não pensar nisso. Esta noite não é sobre eles.

Muita gente me encara, e eu deixo que olhem. Mantenho-me ereta, empino o queixo e respiro fundo.

Eu permito que eles me vejam.

Lily Jo McGrother.

Menina.

O BAILE

Estou na metade do segundo donut quando mamãe diz:
– Docinho, você ainda quer ir àquele baile?
Eu quero ir. Eu disse a Tim que estaria lá.
– Nah – digo. – Não preciso de todo o pessoal olhando fixamente para o cara que acabou de sair do hospício.
– Norbert – diz mamãe. – Isso pode ser a coisa perfeita a se fazer. Vá ao baile. Deixe todo mundo ver que você está bem. Depois, aproveite suas férias de fim de ano. Assim não vai ser tão difícil voltar à escola quando as férias terminarem.
Eu imagino entrar no baile com todos me encarando, cochichando entre si.
– Acho que vai ser difícil demais.
Mamãe ri.
– Sério, Norbert? Depois de tudo que você passou? Ir a um baile da escola vai ser difícil demais? Bom, se você realmente não quiser ir...
Eu penso em Tim, e me pergunto se Vasquez vai incomodá-lo, zombar dele, humilhá-lo na frente de todos. Talvez, se eu também estiver lá, eu possa proteger Tim, impedir que isso aconteça.
– Está bem, eu vou.
Mamãe levanta uma sobrancelha.
– Você tem razão. Vai ser mais fácil deixar que todo mundo me veja hoje à noite do que ficar me preocupando com isso as férias inteiras. Mas vou precisar de roupas. É chique.
– Bom – diz mamãe. – Então vamos.
E ela me leva a uma loja de roupas masculinas perto do shopping, onde tem coisas para caras altos como eu. Mamãe paga pelas roupas, depois faz eu me abaixar para poder sussurrar no meu ouvido.
– Eu arrumei um emprego.
Eu arregalo os olhos.
Mamãe assente, toda orgulhosa.

- É. Vou fazer cupcakes gourmet em um lugar no centro chamado Cupcakery.

- Isso é ótimo - digo, porque é, e não apenas porque eu provavelmente vou poder comer muito mais doces agora. Mamãe adorava seu trabalho em uma confeitaria, quando morávamos em Nova Jersey, antes de a doença de papai piorar. Além do mais, isso significa que, em vez de ficar sentada em casa toda tristonha, mamãe finalmente está seguindo em frente.

Eu olho para mim mesmo, usando roupas chiques e sapatos sociais.

Eu também estou.

Compartilhando segredos

Pego um copo de ponche e percebo que minhas mãos estão tremendo.

Vasquez e os neandertais chegaram. Eles parecem desconfortáveis, repuxando os ternos que não lhes caem bem. Quando Vasquez me vê, arregala os olhos, mas eu não me mexo. Ouço ele se referir a mim como "bicha" para os colegas, apontando em minha direção, mas, mesmo assim, não me mexo.

Eles se mexem.

Eles vão para o outro lado do salão.

Placar: Lily, 1; Neandertais, 0.

Dare e Amy me convidam para irmos à pista de dança, mas ainda não estou pronta, por isso não vou. E fico contente por ter ficado para trás quando vejo Amy dançando. Ela parece uma galinha com péssima coordenação motora.

Músicas tocam. Todos dançam debaixo do globo espelhado. É uma noite realmente agradável.

Porém, eu não saio do meu canto, e fico de olho na porta. *Desejando*.

Depois de um longo tempo, me dou conta de que Dunkin não vem. Eu ouvi falar que ele tinha saído do hospital e fiquei torcendo para que ele aparecesse.

Olho do outro lado do salão e vejo Dare e Amy na parede oposta. Dare estende a mão e segura a de Amy. E elas ficam assim, de mãos dadas. Dare e Amy estão de mãos dadas. E sorrindo loucamente.

E, de repente, eu entendo.

Eu não era a única guardando um segredo. Dare podia ter me contado. Acho que, se eu estivesse prestando mais atenção, poderia ter descoberto.

Quando desvio os olhos, vejo alguém entrando.

– Dunkin! – Eu corro até ele. – Você está aqui! – Eu sinto vontade de jogar meus braços ao redor do pescoço dele, mas me contenho.

– Uau – diz Dunkin, me olhando de cima a baixo. – Você está... você está... você.

Ele não podia ter dito nada melhor.

Nós vamos até a mesa e pegamos uma bebida juntos.

– Parece que todo mundo está olhando para mim – diz ele.

Eu rio tão sinceramente que cuspo a bebida.

– Para você? – pergunto. – Eu entrei no baile de vestido e maquiagem, Dunkin. Tenho certeza de que estão olhando pra mim!

Ele ri.

– É, eu não tinha pensado nisso. Obrigado por desviar a atenção de mim.

– Ei, sem problemas.

Dunkin bate seu copo de plástico no meu.

– Sério, você é muito corajosa para fazer isso.

Eu concordo.

– Estava na hora.

– Isso quer dizer que eu posso chamá-la de Lily a partir de agora?

Eu sinto como se toda a luz do mundo estivesse me preenchendo.

– Acho que sim.

Vamos para um cantinho deserto e Dunkin me conta onde esteve e por quê.

Eu não consigo acreditar em tudo que ele teve que passar. Por outro lado, não posso acreditar no que eu suportei com Vasquez e os neandertais.

E então Dunkin me conta outra coisa.

– Sabe – diz ele –, meu pai morreu...

– Eu sinto muito – digo.

– Ele se matou.

– Ah.

– Foi por isso que nos mudamos pra cá.

Eu mordo o lábio.

– Eu sinto muito pelo que aconteceu. – Em seguida, olho nos olhos de Dunkin. – Mas estou muito contente por você estar aqui.

QUER DANÇAR COMIGO?

Os olhos azuis e bondosos dela e suas palavras no ponto certo se embrenham suavemente em meu coração.

O salão está escuro, com lampejos cintilantes de luz colorida.

O DJ anuncia:

– Última música da noite.

E um remix de "Last Dance", de Donna Summer, projeta-se dos alto-falantes.

O pessoal lota a pista de dança.

– Quer dançar comigo? – convido.

– Tem certeza, Dunkin? Todo mundo vai ficar olhando para nós.

– Eles vão olhar de qualquer jeito – digo. – Lembre-se de que eu acabei de sair do hospício.

Isso faz Lily sorrir.

– Tudo bem.

Nós entramos na pista de dança lotada. As pessoas abrem espaço para nós. E nós dançamos ao ritmo da música, como todo mundo ali.

Eu me abaixo e digo no ouvido de Lily:

– Isso não é tão ruim assim, não é?

– Não, não é – ela concorda, se mexendo de um lado para o outro e agitando os braços. – Na verdade, é bem incrível.

Modo número 11 de morrer no sul da Flórida: de felicidade.

Perfeito

Quando as luzes se acendem, Dunkin e eu nos afastamos alguns passos um do outro.

Eu pisco, pisco, pisco.

O feitiço foi quebrado.

Os alunos estão olhando para nós.

Os professores estão olhando para nós.

Eu me sinto exposta na luz cegante, e quero fugir como Cinderela fugiu do baile quando o relógio bateu meia-noite. E estou prestes a fazer isso quando algo atrai meu olhar. *Alguém*, na verdade.

– Papai?

Ele está ali de pé, olhando para mim como se eu fosse a única pessoa nesse salão lotado. Seus braços grossos estão bem abertos.

Eu me aproximo um passo e aperto os olhos. Ele está vestindo uma camiseta que diz: *Eu amo minha FILHA!*

Eu dou outro passo, sentindo que minhas pernas vão ceder.

E é aí que meu pai se aproxima em passos largos e seguros e me apanha em seus braços.

– Eu te amo – diz ele.

– Estou vendo.

Agora todo mundo se virou para nos olhar. Uma professora seca os olhos com um lenço. Algumas meninas levam a mão à boca. Algumas pessoas balançam a cabeça em sinais afirmativos. O Sr. Creighton me dá um sorriso afetuoso. Vasquez e seus capangas sumiram, e estou muito feliz por eles não estarem aqui para arruinar este momento. Dare e Amy ainda estão de mãos dadas. Elas acenam para mim com as mãos livres, e Dare me faz um sinal de positivo, como se dissesse: *você finalmente conseguiu, McGrother*.

Papai pega minha mão e a aperta. Nós nos viramos para a saída.

– Tchau, Dunkin – digo.

– Tchau, Lily! – diz ele, e soa tão bem.

* * *

No carro, voltando para casa, papai dá tapinhas em meu joelho.

– Você é muito corajosa, sabia?

Eu sorrio.

– Estou falando sério – diz ele. – Eu não teria coragem de ir àquele baile de vestido, mas você... – Ele funga. – Vovô Bob ficaria muito orgulhoso.

Eu toco o pingente em formato de gota e deixo as palavras de papai me preencherem.

Ficamos em silêncio por algum tempo.

– Papai?

– Sim?

– Você pode me dizer o que a Dra. Klemme disse naquele dia? Quando fomos vê-la pela primeira vez? Parece que você... mudou depois daquilo. Tudo mudou depois daquilo.

Papai respira fundo. *Talvez mamãe esteja exercendo alguma influência sobre ele, afinal.*

– A doutora disse uma coisa que mudou completamente o jeito como eu pensava sobre tudo.

Papai encosta na entrada da garagem e desliga o motor, mas não abre a porta do carro. Ele se vira para mim.

– Lily? É assim que você quer ser chamada, certo?

Meu nome nunca soou tão maravilhoso. Eu pisco para conter as lágrimas.

– Certo.

– Ela me mostrou uma estatística. Quarenta e três por cento das crianças transgênero tentam se matar. – Papai funga de novo, forte. – E então ela me perguntou: "Você prefere ter um filho morto ou uma filha viva?".

– Ah, pai... – Eu coloco a mão sobre a boca.

– Ela me explicou que crianças que recebem bastante amor e apoio têm menor risco de suicídio.

– Eu não faria isso – digo a ele, pensando no que Dunkin me contou sobre o pai dele. – Eu jamais magoaria você, mamãe e Sarah desse jeito. Nunca.

– Eu sei – diz papai, engolindo as lágrimas. – Fico feliz por isso.
E é quando eu olho para a camiseta do papai. Olho de verdade.
– Sabe – digo – como você às vezes comete erros nas camisetas?
Ele sorri.
– Sim.
– Bem, papai, essa daí está certinha. Está perfeita.
– Assim como você, Lily. – E ele me dá o abraço mais apertado. – Assim como você.

NOTA DA AUTORA

As pessoas me perguntam com frequência: "De onde você tira suas ideias?".

Nem sempre eu tenho uma boa resposta. Mas, no caso deste livro, eu sei exatamente o que inspirou as histórias de Lily e Dunkin.

A gênese da história de Lily

Em 2012, eu fui à Lunafest (Lunafest.org), um festival itinerante de filmes de curta-metragem feitos por, sobre e para mulheres, com Pam, minha amiga e vizinha. Um dos filmes era *I am a girl!*, escrito e dirigido por Susan Koenen. O filme começa com Joppe – uma menina cheia de alegria – andando de bicicleta. Joppe nada, salta de trampolim e confessa às amigas que ela gosta de um menino, e espera que ele também goste dela. Joppe é uma menina nascida com anatomia masculina. Ela fala com eloquência e emoção sobre compreender que nunca vai poder engravidar, e espera que seu futuro marido aceite isso. Quando o filme terminou, eu olhei para Pam. Havia lágrimas escorrendo pelo rosto dela.

Eu sabia que precisava escrever sobre isso.

Mas eu também sabia que não podia escrever sobre isso. Ainda. Eu não tinha a compreensão. E não tinha experiência, o que significava que eu teria de trabalhar muito duro para fazer a pesquisa e colocar o coração da história no lugar certo.

Eu coloquei a ideia em forno brando e segui com a minha vida, mas toda vez que lia um artigo sobre um indivíduo transgênero, eu salvava o texto. Prestava atenção. Comecei a estudar a respeito.

Contudo, mesmo com um arquivo crescente de pesquisas, eu tinha muito medo de escrever essa história. Eu não sabia o bastante. E isso era importante demais para ser entendido errado.

Então escrevi outra história – *Death by Toilet Paper [Morte por Papel Higiênico]* –, sobre Benjamin Epstein, um viciado em apostas que faz imensos esforços para cumprir uma promessa ao pai recentemente falecido e salvar a mãe e a si mesmo de serem despejados... e sobre as indignidades dos papéis higiênicos baratos.

Eu também assumi um emprego maravilhoso dando aulas de escrita criativa a alunos do Ensino Médio. Enquanto isso, continuei reunindo mais informações, continuei prestando atenção. Eu cutuquei o começo desta nova história sobre uma menina transgênero, mas não tive coragem suficiente para me comprometer.

Um dia, um aluno chamado Isaac Ochoa perguntou:

– Sra. Gephart, como anda aquele novo romance?

Como é que andava?

A pergunta inocente e atenciosa de Isaac me lembrou de que esse romance não se escreveria sozinho. Talvez estivesse na hora. Mas será que eu conseguiria dar a esse assunto o peso, o respeito e a escrita de qualidade que ele merecia?

Eu pensei na bravura com que meus alunos do Ensino Médio escreviam sobre questões desafiadoras em suas vidas. O risco que eles assumiam com sua escrita me inspirou.

Pensei em como cada pessoa transgênero é corajosa, vivendo uma vida autêntica, ou tentando viver, em um mundo em que as pessoas são com frequência ignorantes ou menos do que abertas.

Quando o líder de meu departamento me convidou para voltar a dar aulas no ano seguinte, eu recusei. Foi difícil negar, porque eu amava aqueles alunos, e meus colegas eram extraordinários. Mas eu compreendi que dizer não para a posição de professora significava dizer sim para a escrita deste livro.

Eu estava pronta.

Depois de várias tentativas fracassadas, encontrei meu caminho para entrar na história. Criei uma proposta e capítulos de amostra e os enviei para minha agente, Tina Wexler. Ela os leu e em seguida encaminhou para o meu revisor, que os compartilhou com minha editora.

Este novo livro era diferente de tudo o que eu já tinha escrito. Tenho certeza de que eles esperavam que eu escrevesse outro livro divertido, mas minha editora podia ver que este era um livro vindo do meu coração, e ela o comprou.

Então eu comecei a trabalhar.

Eu me debrucei sobre uma montanha de livros e artigos. Assisti a vídeos e documentários. Falei com várias pessoas e realmente as escutei. E escrevi.

Lily, é claro, é uma personagem ficcional. Mas é um composto das várias histórias que li e ouvi.

Tenho esperança de que a história dela abra um caminho de coração para coração – um caminho de empatia, compaixão e bondade.

A gênese da história de Dunkin

A história de Dunkin emergiu de uma promessa que eu fiz para o nosso filho mais velho, Andrew.

Incrivelmente brilhante, Andrew parou de fazer seu dever de casa mais ou menos a partir da sétima série e assiduamente matava aula durante os últimos anos do Ensino Médio. Seus humores eram voláteis e extremos. Seu comportamento com frequência perturbava as pessoas que gostavam dele. Como Dunkin, nosso filho costumava se automedicar com cafeína na forma de quantidades copiosas de café doce e refrigerante (o que arruinou seus dentes).

Enfim, Andrew foi diagnosticado com transtorno bipolar.

Foi preciso um longo tempo para acertar os melhores remédios, que ajudassem Andrew a modular seus humores e comportamentos. Eu levei ainda mais tempo para compreender que a doença de Andrew não era pesada apenas para seu pai, seu irmão e eu, era também uma luta diária para ele. Coisas que pareciam fáceis para outras crianças eram impossíveis para Andrew. Mesmo agora, com vinte e poucos anos, escola e trabalho parecem estar além de suas capacidades. Porém, ele tem um grupo de amigos devotados, uma família amorosa e hobbies criativos que lhe dão alegria.

Dentro da difícil realidade de lidar com a doença mental de nosso filho, nós encontramos um farol, uma esperança: NAMI, a National Alliance on Mental Illness. Liz Downey, a antiga diretora-executiva da nossa seção local de Palm Beach County, nos recebeu de braços abertos e com muita informação. Meu marido e eu fizemos seu curso gratuito De Família Para Família, e isso mudou as nossas vidas. Esse curso transformou o modo como pensávamos sobre Andrew e sua doença. Ele ofereceu a compreensão e percepção que nos permitiram ser mais solidários com nosso filho e com nós mesmos. Conhecemos outras famílias lutando com situações iguais e similares.

Nós nos sentimos menos sozinhos. Nos sentimos mais empoderados.

NAMI não apenas nos acolheu, acolheu também o nosso filho. Esperto, charmoso, sagaz e completamente confortável ao falar em público, Andrew começou a dar palestras para a NAMI a profissionais da área médica, cuidadores, professores e pais sobre como é viver com uma doença mental.

Depois de cada uma das palestras de Andrew, pessoas do auditório vinham até mim e diziam: "Você deve ter muito orgulho do seu filho..." Que alegria perceber que elas tinham razão. Depois daquelas palestras, eu olhei para meu filho sob uma luz diferente.

Foi depois de uma dessas palestras que Andrew e eu falamos a respeito de escrever sobre a doença mental dele. Na época, era difícil demais para mim. Memórias dolorosas de seus comportamentos desafiadores ainda estavam em carne viva. Porém, prometi a Andrew que eu escreveria sobre transtorno bipolar. Algum dia.

Eu passei muito tempo da vida de nosso filho pesquisando várias doenças mentais e aprendendo com famílias que têm entes amados com doença mental. Embora haja pontos em comum e padrões de comportamento, a doença se apresenta de forma única em cada indivíduo.

Fiz pesquisas adicionais e entrevistei especialistas na área de doença mental para a história de Dunkin. Apesar de seus comportamentos e sintomas talvez não serem típicos de pessoas com transtorno bipolar, é possível que a doença se manifeste desse jeito.

Confio que a história de Dunkin vá lançar uma luz sobre o fato de que existe ajuda e esperança com bons médicos, medicamentos corretos e apoio da comunidade. E eu apoio a missão da NAMI de acabar com o estigma frequentemente associado à doença mental, que às vezes evita que as pessoas procurem a ajuda e o cuidado de que necessitam.

Acima de tudo, com a narrativa de Lily e Dunkin, eu queria ser tão respeitosa e emocionalmente verdadeira quanto possível, ao mesmo tempo em que contava uma boa história.

Espero ter sido bem-sucedida.

Obrigada.

RECURSOS

Organizações transgênero/variância de gênero

ABGLT (Associação Brasileira de Lésbicas, Gays, Bissexuais, Travestis e Transexuais) – Criada em 31 de janeiro de 1995, com 31 grupos fundadores. Hoje a ABGLT é uma rede nacional de 308 organizações afiliadas. É a maior rede LGBT na América Latina. Sua missão é promover ações que garantam a cidadania e os direitos humanos de lésbicas, gays, bissexuais, travestis e transexuais, contribuindo para a construção de uma sociedade democrática, na qual nenhuma pessoa seja submetida a quaisquer formas de discriminação, coerção e violência, em razão de suas orientações sexuais e identidades de gênero.

<www.abglt.org.br>

Antra (Associação Nacional de Travestis e Transexuais) – Maior e mais antiga rede nacional de travestis, mulheres transexuais e homens trans do Brasil. Sua missão é mobilizar travestis, mulheres e homens transexuais das cinco regiões do país para a construção de um quadro político nacional, a fim de representar esses três segmentos na busca de cidadania e igualdade de direitos.

<www.facebook.com/antrabrasil>

VÍDEOS, LIVROS E OUTROS MATERIAIS

Identidade sexual e transexualidade, de Luiz Airton Saavedra de Paiva e Tereza Rodrigues Vieira (Ed. Roca, 2009)

Um compêndio para estudantes e profissionais dos mais variados campos do conhecimento, como Medicina, Psicologia, Sexologia, Antropologia, Sociologia e Direito, assim como interessados no tema em geral (transexualidade), sem perder as características de um texto para consulta rápida ou leitura completa.

Transexuais: perguntas e respostas, de Gerald Ramsey (Ed. GLS, 1998)
O que são transexuais? Por que desejam mudar de sexo? A terapia pode curá-los? Gerald Ramsey, um psicólogo que há vinte anos trabalha nas comissões de gênero que acompanham o processo de redesignação sexual, dá explicações claras e detalhadas para as dúvidas que mais ouviu de familiares e amigos de transexuais, e mesmo de seus colegas médicos e terapeutas.

Viagem solitária: memórias de um transexual, trinta anos depois, de João W. Nery (Ed. Leya, 2011)
Autobiografia de João W. Nery, o homem transexual pioneiro a realizar a transição de gênero no Brasil, durante a ditadura militar, narrada após viver trinta anos sem que ninguém soubesse de sua identidade trans em seu meio, e ter criado seu filho já adulto.

I am a girl! (lunafest.org/the-films/details/i-am-a-girl): documentário sobre uma menina transgênero, escrito e dirigido por Susan Koenen.

Trans (transthemovie.com): documentário sobre indivíduos transgêneros.

Organizações de saúde mental

Abrata (Associação Brasileira de Familiares, Amigos e Portadores de Transtornos Afetivos) – Uma associação civil, sem fins lucrativos, que engloba representantes de diversas universidades e mantém parcerias com os mais variados segmentos sociais e profissionais. O voluntariado na Abrata é de vital importância para a sua sustentabilidade e é a expressão do seu papel na sociedade brasileira. A sua atuação é conduzida por trabalhos expressivos em prol de levar o conhecimento e a informação à sociedade sobre a natureza dos transtornos do humor, além de apoiar

psicossocialmente os portadores de depressão, transtorno bipolar, seus familiares e amigos.
<www.abrata.org.br>

Abrasme (Associação Brasileira de Saúde Mental) – Uma organização não governamental, fundada em 2007. Está localizada em Florianópolis e já possui filiais em mais de dez estados do Brasil, e em processo de constituir filiais em todos os outros estados. Dentre suas principais finalidades estão o apoio na articulação entre centros de treinamento, ensino, pesquisa e serviços de saúde mental; o fortalecimento das entidades-membro e a ampliação do diálogo entre as comunidades técnica e científica, e destas com serviços de saúde, organizações governamentais e não governamentais e com a sociedade civil.
<www.abrasme.org.br>

VÍDEOS, LIVROS E OUTROS MATERIAIS

Aprendendo a viver com o transtorno bipolar: manual educativo, de Ricardo Alberto Moreno e Doris Hupfeld Moreno (Ed. Artmed, 2015)

Voltado aos pacientes, seus familiares e amigos, este livro serve como um manual para esclarecer a respeito da doença e de suas manifestações, fornecendo orientações para melhor conviver com a doença. De maneira didática e clara, o livro apresenta situações vivenciadas pelo portador de transtorno bipolar e responde a perguntas frequentemente abordadas por ele e seus familiares.

Esquizofrenia e transtorno bipolar: Família – Escola – Sociedade – Poder Público, de Elaine Consoli Karam (Ed. Ediplat, 2005)

O livro traz entrevistas com familiares de pacientes portadores de sofrimento psíquico e com profissionais multidisciplinares na referida área. Aposta numa vida produtiva possível (e socialmente mais justa) para pessoas que sofreram forte processo de exclusão.

Crianças e adolescentes com transtorno bipolar, de Boris Birmaher (Ed. Artmed, 2009)

Com diagnóstico correto e intervenção precoce, há infinita esperança de que crianças e adolescentes diagnosticados com transtorno bipolar possam ter uma vida gratificante e feliz. Escrito por um dos maiores especialistas mundiais no assunto, este livro é apresentado em linguagem clara e direta, que desfaz os mitos sobre o transtorno bipolar e oferece soluções reais. Descubra valiosos insights e as mais recentes opções para ajudar seu filho bipolar, compreendendo: as causas do transtorno bipolar; a trajetória e o desfecho do transtorno bipolar em crianças e adolescentes; os mais recentes tratamentos biológicos e psicoterapias e como utilizá-los; como lidar com problemas comportamentais e escolares, bem como avaliar e manejar tendências suicidas.

AGRADECIMENTOS

Um grande número de pessoas contribuiu para este livro, ainda que eles talvez jamais cheguem a saber. Esta obra se coloca sobre os ombros das histórias bravamente contadas que vieram antes dela – as histórias de Jazz Jennings, Janet Mock, Jennifer Finney Boylan e muitas, muitas outras.

Minha agente, Tina Wexler, é uma maravilha. Fico orgulhosa da extensão e variedade dos clientes e projetos que ela representa. E sou extraordinariamente afortunada por tê-la ao meu lado, oferecendo apoio, conhecimento editorial e guia em milhões de maneiras.

Beverly Horowitz, editora da Delacorte Press, Penguin Random House, acreditou em mim e arriscou a sorte com este livro. Obrigada por ter a mente aberta, o coração generoso e ser tão sábia.

Minha editora, Krista Vitola, forneceu não apenas um extenso feedback editorial como também apoio constante e firme.

A editora Kate Sullivan graciosamente acrescentou outro par de olhos e uma voz editorial esperta ao processo de revisão.

Christopher Kye, um psiquiatra de Palm Beach County, respondeu a perguntas para este livro e ajudou nosso filho a receber o melhor perfil de medicação possível. Sou grata por seu conhecimento e pelo tempo que ele dedicou a nosso filho.

Obrigada a Gary Tsai, MD, Diretor Médico para Controle e Prevenção de Abuso de Substâncias do Departamento de Saúde Pública do condado de Los Angeles, por responder às minhas perguntas e por ajudar a criar um documentário imperdível, *Voices*, sobre histórias humanas e inéditas sobre a psicose (voicesdocumentary.com).

Muita gratidão a Liz Downey, ex-diretora executiva do nosso NAMI local, que respondeu perguntas para este livro e ofereceu um guia essencial para nossa família (e *muitas* outras) durante uma época de crise.

Os amigos Marsha e David Martino com frequência ofereceram seus ouvidos compreensivos, apoio e experiência compartilhada. Assim como os amigos Marcia e Bob Brixius.

Muita apreciação à autora Jeannine Garsee, que graciosamente respondeu minhas questões e compartilhou seu conhecimento após trabalhar em uma instituição de saúde mental.

Desde 2000 eu pertenço ao mesmo grupo de crítica de escrita, cujos membros são meu posto de recarga emocional. Amor e gratidão a Sylvia, Jill, Linda, Laura, Ruth, Gail, Becca, Shutta, Dan, Carole, Janeen, Audrey, Lori, Jan, Peter e Stacie. (Um obrigada especial para John por partilhar sua verdade depois de ler o primeiro capítulo; foi só então que eu percebi que talvez tivesse algo em minhas mãos.)

Tanta gente trabalha incansavelmente para levar livros bons às mãos dos jovens. Muita gratidão a Bobbie Ford e às revisoras Jen Strada e Colleen Fellingham.

Por fazer um trabalho vital conectando jovens aos livros que podem salvar suas vidas e que certamente moldarão essas vidas, meu muito obrigada aos professores, bibliotecários e pais dedicados, criativos e cheios de compaixão. Tem sido uma alegria ser parceira de vocês nessa missão de oferecer janelas ao mundo lá fora e espelhos para o mundo interior para jovens por meio da leitura e da escrita.

Eu fui abençoada com amigos que são uma família, e uma família que lembra mais amigos. Minhas sobrinhas e sobrinhos me fazem explodir de orgulho, em especial Nicole, que lançou tanta luz na minha vida. E minha irmã, Ellen, que tem sido tudo o que se esperaria de uma irmã mais velha... e muito mais. Te amo pra sempre, mana!

Meu marido, Dan, torna cada dia um dia melhor.

Nossos filhos, Andrew e Jake, me ensinaram muito sobre o que é importante nessa vida: bondade, compaixão, empatia e *amor*.

QUESTÕES PARA DISCUSSÃO

Lily e Dunkin é uma história poderosa e oportuna com um tremendo potencial para discussão aprofundada. Abaixo se encontram algumas questões para considerar durante a leitura.

1. Uma pessoa transgênero é alguém que não se identifica com o gênero biológico designado para ele ou ela ao nascer. Lily, nascida como Tim, se identifica como mulher e quer começar a terapia hormonal que lhe permitirá começar a transição física para se tornar uma garota. Quando Lily começou a pensar em si como menina? Por que é melhor que ela comece a terapia hormonal agora? A mãe e a irmã dela são muito solidárias, mas seu pai, não. Discuta por que o pai dela resiste à ideia. Como o pai de Lily finalmente é convencido a apoiar a decisão dela?

2. Ao longo do livro, membros da família de Lily e sua amiga mais próxima lhe dizem como ela é corajosa. Como Lily exibe essa coragem quando ela se opõe à prefeitura em uma tentativa de salvar a árvore que ela chama de Bob? Por que a árvore é especialmente importante para ela conforme ela dá passos maiores para se tornar Lily? Qual é o maior ato de coragem dela?

3. Norbert sofre de transtorno bipolar, um transtorno de humor que causa depressões profundas e extrema energia. A medicação adequada pode controlar suas alterações de humor. Por que ele acha que parar de tomar a medicação vai ajudá-lo na quadra de basquete? Por que a mãe dele suspeita que ele não esteja tomando seus remédios? Quem é Phin? Por que a mãe de Norbert fica tão preocupada quando ele conversa com Phin?

4. Lily é uma das primeiras pessoas que Norbert conhece quando se muda para a Flórida. Por que Lily o apelida de "Dunkin"? Por que Lily fica tão desapontada quando Dunkin quer se sentar com o time de basquete no almoço? Cite evidências de que Dunkin fica desconfortável quando os jogadores de basquete chamam Lily de "bichinha" ou a atormentam nos corredores.

5. Ambos os personagens são atormentados porque não se encaixam com seus colegas de classe. Por que eles hesitam tanto em relatar o bullying aos funcionários da escola? Como as escolas podem intervir para ajudar alunos como Lily e Dunkin?

6; Discuta a enorme coragem que Lily e Dunkin precisaram ter para compartilhar seus segredos. Como a aceitação de um pelo outro afeta o modo como eles agem pelo resto da história? Não será uma estrada fácil para nenhum dos dois. Quais são alguns dos obstáculos que eles provavelmente enfrentarão no futuro?

7. Como este livro se relaciona com tolerância e compreensão?

Questões elaboradas por Pat Scales, Consultora de Literatura Infantil, Greenville, SC, EUA.

FONTE: Leitura
IMPRESSÃO: Paym

#Novo Século nas redes sociais

novo século®
www.novoseculo.com.br